KB116538

# 인터폴은
# 처음이라

**인터폴은 처음이라**

지은이 강기택
펴낸이 임상진
펴낸곳 (주)넥서스

초판1쇄 인쇄 2020년 5월 25일
초판1쇄 발행 2020년 5월 29일

출판신고 1992년 4월 3일 제311-2002-2호
10880 경기도 파주시 지목로 5
Tel (02)330-5500 Fax (02)330-5555

ISBN 979-11-6165-997-8 03810

저자와 출판사의 허락 없이 내용의 일부를
인용하거나 발췌하는 것을 금합니다.

가격은 뒤표지에 있습니다.
잘못 만들어진 책은 구입처에서 바꾸어드립니다.

www.nexusbook.com

국경 없는 경찰,
그 흔한 오해와의
실천적 거리 두기

# 인터폴은 처음이라

강기택 지음

넥서스BOOKS

# 서문

남들이 모두 경외하는 곳에서 일한 적이 있었다. 예외 없이 공경한 태도를 보이고 두려워하는 눈치를 내비쳤다. 일하는 곳의 위세가 나를 따라다녔다. 하루는 같은 경계 안에서 일하던 선배가 물었다. 선배라고 하나 함께 어렸다. 생각이 많은 선배는 "뭐가 되고 싶으냐?", 물었다. "익명으로 남고 싶다."고 답했다.

에밀 아자르를 알기 전이었는지 안 뒤였는지, 모른다. 알았다면 '익명의 인물들을 모아', '익명의 세계를 만들어 내는' 작정을 한 것은 아니라고 말을 맺으며 부인했을 테다. '자기 앞의 생'에 대해 그저 "혼자 숲으로 걸어 들어가듯이…….", 술을 빠르게 마시며 거기까지 말했다. 깊은 숲으로 사라져 입적한 큰스님이 있었다는 법문을 들은 뒤였을지도. 술을 빠르게 마신 탓에 기억은 거기에 미치지 않는다. "네가 그럴 줄은 몰랐다."던 선배는 지방으로 내려갔다. 사람이 나면 서울로 보내던 때이다. 나는 서울에 남았다. 내가 그럴 줄은 몰랐다.

삶이 우리를 속일 거라는 경고는 흔했다. 푸시킨의 시를 읽을 때면 슬퍼하거나 노여워하지 않겠다고 다짐했다. 엑스세대에 맞추어 나고 자랐다. 멋 삼아 니르바나를 들었다. 그러니 커트 코베인의 예언도 믿었다. 우리 모두 처녀인 채 죽지는 않을 것을 알고 있었다. 삶이 그리 내버려 둘 리 없다고 그랬다.

익명으로 살아갈 의지는 유효하다. 삶이 그리 내버려 둘 때까지이다. 박약한 의지를 힐난한다면 거기까지가 나의 의지라고 말하겠다. 삶을 거스를 수는 없다. 내 이름으로 글을 쓰기로 했다. 더 이상 젊지도 너무 늙지도 않다. 이르달 것도 늦었달 것도 없다. 밥벌이가 된 나랏일이 반평생은 넘겼다. 안달 것도 모른달 것도 없다. 의지를 선언하기에 다만 알맞다.

일단은 여기까지이다.

2020년 5월

바이러스가 덮쳐 생각할 여유를 얻은 방콕에서

차례

# 1장 인터폴을 아시나요?



# 2장 뭄바이 생환기



# 3장 적색 수배의 내막



# 4장 한담의 법칙



# 5장 다름 아니라 다름

## 6장 버닝썬과 키리바시



## 7장 응답하라 경찰대 87학번



## 8장 형사 외전



## 9장 내 마음 사용 설명서

많은 사람에게 인터폴은 뜻밖의 기시감을 불러일으킨다. 따지고 보면 그들도 그날의 내 혼잣말처럼 추리소설이나 첩보 영화 속의 경험을 현실과 혼동하는 건 아닐까 짐작한다. 그래서 인터폴이라면 누구에게는 멋짐을 덕지덕지 바른 가공의 인물을 우선 떠오르게 한다. 슈트 소맷자락에 걸친 커프 링크스가 눈에 띄면 '인터폴이라 다르다'고 한다. 어릴 적 내 별명이 '폼생폼사'였는데도 싸잡아서 그런다. 더러는 짐짓 은밀하게 입에 올리는 비밀스러운 국제조직을 연상하는 이들도 있다. 더 알려고 들면 다칠 수 있다는 경고를 잊지 않았다는 듯 사람을 곁눈질한다. 상대가 가드를 내리지 않으니 나도 말수가 줄어들기 마련이다. 그러면 또 돌아서서 그런다. "그러면 그렇지."

1장

# 인터폴을 아시나요?

# 인터폴에서
# 걸려온 전화

"인터폴에서 전화가 와 있는데요. 연결할까요?"

언뜻 보기에도 힘겹게 밀어서 연 출입문을 붙든 채 비서실 직원이 한 발 더 들어서기를 주저하며 내게 물었다. 2016년 여름이었다. 지구온난화의 재앙을 둘러싼 논란이 거의 매일 뉴스를 장식했다. 지겨운 더위가 이제는 꺾이려나, 아침마다 바뀌는 계절을 유심히 살폈다. 나는 한 지방 도시의 경찰서장으로 일하고 있었다.

"마침 기다리고 있었네요."

사무실 안쪽에 놓인 책상 위에서 받을 작정이었다. 그리 전화를 돌려 달라고 말했다. 긴 활처럼 뒤로 몸을 젖혀 기지개를 한 번 켜고 연달아 헛기침으로 잠긴 목을 푼 뒤에야 수화기를 들었다. 기대와 불안을 함께 가라앉혀야 했다.

경찰의 도움이 필요한 사건 사고라고 해야 어림잡아 하루 열 건이 될까 말까 하는 경찰서였다. 서울 남부터미널로 가는 시외버스의 '개통을 축하'하는 빛바랜 플래카드가 걸려 있는 군郡 소재지에 있으니 그런 상황을 예사로운 것으로 여겼다. 인심은 넉넉했고 일상은 평온했다. 지엄한 국법을 집행하는 경찰이라 한들 달리 유난을 떨 까닭은 별반 없는 곳이었다. 그곳에서 나고 자라 경찰서장의 뒷바라지를 하던 비서실 직원은 그날 '인터폴'을 무척 담담하게 소리 내어 말했다. 마치 '군 소재지에 있는 경찰서의 서장이라면 으레 인터폴에서 국제전화 한 통씩은 오고 그러는 것'으로 여기는 눈빛과 몸짓이었다. 그날 그렇게 그녀는 나를 처음으로 인터폴과 연결해 주었다, 오래전 이미 그러기로 정해져 있던 것처럼.

'첫 단계인 서류 심사를 통과했으니 축하한다. 그러나 이걸로 끝은 아니다. 다음 단계인 인터뷰를 위한 날짜를 잡자'는 연락이었다. 통화가 길어질 이유는 딱히 없었다. 나로서는 기다리다 제풀에 지칠 지경에 이르러서야 마침내 다다른 소식이었다. 그 무게가 새삼스럽던 수화기를 원래의 자리에 되돌려 놓고 의자에 깊이 몸을 파묻었다. 의자의 등받이보다 더 길고 깊은 안도의 심호흡을 했다. '인터폴 아시아 태평양 지부의 지부장Head of INTERPOL Liaison Office for Asia and South Pacific' 자리가 비어서 새로운 사람을 뽑는다는 소식을 처음 들은 지 족히 서너 달이 지난 때였다.

우리 정부의 추천 없이는 애당초 지원을 못 하도록 인터폴에서 규칙을 정하고 있었다. 회원국의 정부에서 국제기구에 직무 파견을 하는 방식인 만큼 파견하는 정부의 동의와 추천이 필요하기 때문이다. 우선 경찰청에서 인터폴에 추천할 사람을 선발하는 절차를 통과해야 했다. 도전해 보겠다는 기별을 먼저 넣은 뒤 정해진 절차에 필요한 서류를 챙겨 서울로 보냈다. 딱히 더 해야 할 일이 떠오르지 않았으므로 행여 다른 지원자가 있다면 누구든 마음을 못 정하고 주저하기를 빌었다. 짓궂은 것을 알면서도 모두들 고민 끝에 원서 마감 날짜를 못 맞추도록 하는 것 정도는 소원으로 들어주면 안 될지 두 손을 모아 물었다. 필요한 때만 건성으로 하는 기도의 효험을 기대하기 어렵다는 걸 깨닫기까지 오랜 시간이 걸리지는 않았다. 쟁쟁한 경쟁자들이 때맞춰 원서를 내고 보란 듯이 몰려들었다. '불신 지옥'이라는 구호가 마음 한구석을 찔렀다.

어디서나 적폐로 엄히 다스려지던 특혜 시비를 차단하기 위해 경찰청에서 주관하는 인터폴 지원 후보자의 선발 절차는 잘 짜여 있었다. 외부 기관에서 주관하는 영어 능력 시험과 경찰청에서 실시하는 우리말 면접을 짬짬이 준비하고 경황없이 치렀다. 처음 한두 달이 모르는 사이 지났다. 한 번에 사나흘씩 휴가를 받아 서울 서대문구 통일로에 있는 경찰청과 동대문구 회기동에 있던 시험 장소를 다녀와야 했다. 군 소재지에서 서울의 남부터미널로 가는 시외버스가 제때 개통된 일이 고마운 줄을 그때 처음 알았다.

경찰청에서 인터폴에 추천하는 마지막 한 명의 지원자로 뽑혔다는 소식은 전화로 군 소재지에 닿았다. 뒤늦게 냉담 신자의 설익은 기도가 하늘에 닿았던 것인지도 모를 일이다. 다음은 인터폴에서 회원국의 추천을 받은 후보자를 직접 심사하는 차례였다. 미리 안내받은 대로 채용을 위해 열어둔 인터폴 웹페이지를 찾아가 필요한 서식과 질문을 내려받았다. 내 이력과 직무 관련성을 묻는 보편화된 질문이 포함되어 있었다. 보편적인 기대를 채울 수 있도록 개별화된 답을 올렸다. 따로 요구하는 서류는 출력해 국제우편으로 프랑스로 보냈다. 이래저래 한 달 남짓이 다시 흘렀다. 그날 수화기를 집어 든 때의 나는 기다림에 지친 상태였음이 분명한데, 어떤 결과가 됐든 빨리 받아들기를 먼저 바랐다. 희망이 현실을 소홀히 하는 이유가 되지 않도록 다스리기란 쉽지 않았다. 몸 둔 데와 마음 간 데가 따로 있었던 앞선 몇 달 간의 생활과 미래의 불확정 상태를 반드시 해소해야 했다. 그날 통화가 끝나면 수화기를 제자리에 돌려놓듯 원래의 자리로 돌아가기를 소망했다.

다만 그런 앞뒤 사정을 알 리 없는 그날 아침 비서실 직원의 태도가 의아하게 여겨졌다. 그 아무것도 아닌 일이 자꾸 눈에 밟힌 데는 희소식에 오랜 긴장이 풀린 탓도 있지 않았을까 이제야 짐작한다. '그래도 인터폴인데 어떻게 저렇게 아무렇지 않은 듯 행동할 수 있는 거지?' 그게 궁금했다. 합격하지 못하면 그야말로 동네 창피한 일이 될 건 자명했다. 경찰서장이라는 자리가 그랬다. 2만 3천 명 남짓한 군 전체의 인구를 통틀어 누구 하나 내가 합격하는 데 도움을 줄 사람은 없었다. 그러니 계획을 떠벌릴 이유도 없었다. 경찰서장으로서의 명예를 걸고 혼자만의 비밀을 지키느라 가끔은 귓바퀴가 당나귀처럼 위로 길게 자라는 환각에 시달릴 지경이었다. 비서실의 직원이 그 내막을 미리 알 리는 없었다. 그러니 외국에서 국제기구로부터 걸려온 전화를 받은 그날 그녀의 반응은 적어도 '헐'이거나 '대박' 정도는 되는 게 맞는 거라고 여겼다. 전화는 전화일 뿐, 국제전화와 국내전화를 가릴 이유가 없으며 인터폴이라 한들 달라질 것은 하등 없다는, 평상심을 흩트리지 않은 그녀의 시크함은 그날의 작은 반전이었다.

"영화를 많이 봤던 게지."

한 경찰서에 경찰서장은 한 사람이다. 딱히 같은 사무실을 나누어 쓸 만한 사람은 없었다. 그러니 몇 달째 서장 노릇을 하느라 혼잣말하는 습관이 나도 모르는 새 생긴 때였다. 끝내 나만의 짐작을 입으로 소리 내어 말했으므로 제풀에 흠칫 놀라 누가 들은 사람은 없는지 출입문 쪽을 살폈다. 뉴스 채널의 볼륨도 함께 높였다. 영화가 되었든 다른 무엇이 되었든 분명 인터폴이란 존재가 그녀의 귀에 익은 것임에는 분명했다. 비단 그녀의 경우만은 아니어서 많은 사람에게 인터폴은 뜻밖의 기시감을 불러일으킨다. 따지고 보면 그들도 그날의 내 혼잣말처럼 추리소설이나 첩보 영화 속의 경험을 현실과 혼동하는 건 아닐까 짐작한다. 그래서 인터폴이라면 누구에게는 멋짐을 덕지덕지 바른 가공의 인물을 우선 떠오르게 한다. 슈트 소맷자락에 걸친 커프 링크스가 눈에 띄면 '인터폴이라 다르다'고 한다. 어릴 적 내 별명이 '폼생폼사'였는데도 싸잡아서 그런다. 더러는 짐짓 은밀하게 입에 올리는 비밀스러운 국제조직을 연상하는 이들도 있다. 더 알려고 들면 다칠 수 있다는 경고를 잊지 않았다는 듯 사람을 곁눈질한다. 상대가 가드를 내리지 않으니 나도 말수가 줄어들기 마련이다. 그러면 또 돌아서서 그런다.

"그러면 그렇지."

오랜 기다림 끝에 인터폴에 몸을 담고부터는 '인터폴에서 일하는 사람을 실제로 만나게 될 줄은 몰랐다'는 말을 첫인사로 자주 듣는다. 이게 따지고 보면 누구든 직접 만난 건 처음이겠으나 어떻게든 '인터폴이라면 내가 좀 안다'는 셈이다. 그래서 인터폴에 대한 상대의 환상이 어느 정도인지, 도대체 그 기대치는 어떻게 맞추어 가야 할지, 머릿속이 복잡해진다. 이런저런 핑계로 자리에서 빠져나와 옷매무새나 몸가짐을 다시 들여다보고 고친다. 경증이나마 연예인 병 아니냐고 핀잔을 준다 해도 할 말이 없다. 가끔은 '괜히 인터폴에서 일한다고 말했어'라고 속으로 절절히 후회한다. 여러 사람 모인 자리에서 누가 큰 소리로 '인터폴'이라며 호들갑을 떨기라도 하면 '몸 둘 데를 모른다'는 은유의 뜻을 곱씹게 되는 것도 같은 이유다. 자격지심인 줄 알면서도 도리가 없다.

# 딴마음을 품고 찾아온 손님

인터폴의 아시아 태평양 지부는 태국의 수도인 방콕 시내 한가운데 있다. 공식적인 명칭은 '인터폴 아시아 태평양 연락 사무소'다. 태국은 1970년대 말에 이 사무소를 처음으로 유치했다. 그전에는 인터폴이라는 조직이 유럽을 벗어나지 않았다. 태국이 '아시아의 경제 기적'으로 불리며 호황을 구가하던 때이다. 국경을 맞댄 네 개의 동남아 국가들과 의기투합해 인터폴의 '마약 연락 사무소Drug Liaison Office'라는 간판을 내걸었다. 태국과 미얀마, 캄보디아의 접경인 메콩강 유역을 따라 마약을 생산하고 밀거래하는 국제성 범죄가 통제 불능인 상태였다. 인터폴이라는 브랜드 가치를 앞세워 뭐라도 해야 한다는 절박함이 있었을 법하다. 그 이후 동남아시아 지역의 마약 범죄에 머무르지 않고 아시아 태평양 전역에 걸쳐 모든 종류의 국제성 범죄를 관할하게 되면서 지금의 모습을 갖추게 되었다. 태국이 인터폴 지역 사무소를 유치하고 10여 년이 지난 1980년대 말에야 중남미와 아프리카의 회원국들이 그 뒤를 따라 인터폴 지부를 유치하기 시작한 걸 보면 그 시절 태국의 국제적 위상을 짐작할 만하다. 지금은 전 세계 일곱 곳에 인터폴의 지부가 있다.

태국의 옛 위상을 보여 주듯 방콕에는 마약과 범죄 이슈를 다루는 유엔 산하 기구인 유엔마약범죄사무소UNODC도 있다. 다른 유엔기구는 물론이고 그 밖의 다양한 국제기구와 비정부기구도 시내 여기저기에 자리한다. 국제기구가 있으니 비정부기구가 따라오고 비정부기구가 늘어나니 다른 국제기구가 다시 방콕을 입지로 선택하는 일종의 선순환 구조다. 그곳에서 일하는 사람들 입장에서는 서로 얼굴을 직접 맞대고 교류할 기회는 늘어나고 국제기구와 비정부기구는 이러한 활동에 필요한 비용을 아낄 수 있다. 인터폴의 역할에 비춰보더라도 이러한 환경은 탐나는 것이다. 국경을 가리지 않는 국제성 조직범죄에 관한 정보를 수집하고 분석해야 하기 때문이다. 유엔 사람들도 접하고 비정부기구 사람들도 만난다. 얼굴을 맞대고 이야기를 나누다 보면 실마리가 보이고 대안이 떠오른다. 이미 국제기구의 입지에 관해서라면 규모의 경제를 갖춘 셈이다. 오랫동안 이어져 오는 태국의 정치적인 불안정성에도 불구하고 수많은 국제기구가 방콕을 터전으로 삼고 머물러 온 이유를 찾자면 이런 가성비를 눈여겨봐야 한다.

태국에 주재하는 일본 대사관의 일등 서기관이라고 새긴 명함의 주인을 만난 것도 방콕에서 흔한 교류의 자리에서였다. 태국 정부에서 개최한 행사였는데 몇몇 만나야 할 참석자들이 눈에 들어와 시간을 냈다. 리셉션이 있는 장소를 오가다 처음 그와 마주쳤다. 한눈에 보아도 유쾌하고 발랄한 성격이어서 그 나라 사람 같지 않다고 속으로 생각했다. 예의 이름이 내게 바로 보이게 두 손으로 명함을 건네며 자기소개를 하더니 대뜸 자신은 인터폴에 대해 아는 게 전혀 없다고 운을 뗐다. 그 나라 사람 특유의 겸손함이 배어 나오는 화법이었다. 스쳐 가는 대화가 끝날 때쯤 그가 한 번은 꼭 인터폴 지부를 직접 방문하고 싶다고 했다. 이어 초청해 주기를 청했는데 얼마 지나지 않아 '공식 방문'을 요청하는 메일을 먼저 보내온 것도 그였다.

일본 정부와 일본의 경찰청이라면 인터폴에 대한 재정적인 지원을 아끼지 않는 회원국과 기관 가운데 하나이다. 미루지 않고 당연히 초대하겠다는 답장을 보낸 데에는 이런 셈법이 없을 수 없었다. 사실 일본은 인터폴의 194개 회원국 가운데 미국 다음인 두 번째로 많은 지정 기여금을 매년 부담하는 나라이다. 지정 기여금은 국민소득 등을 포함한 산식에 따라 인터폴에서 매년 회원국별로 부과하여 걷게 되는데 조직을 유지하고 사업을 운영하는 데 핵심적인 재원이다. 2019년 들어 유엔 사무총장이 당장 다음 달 유엔 직원들 월급 주기도 빠듯하다며 공개적으로 앓는 소리를 한 적이 있다. 유엔 회원국 일부의 지정 기여금이 제대로 걷히지 않아 일어난 사단이었다. 나라마다 살림살이라는 것이 하늘과 땅 차이니 기여금을 못 낼 형편의 회원국이 드물지 않다. 납부 기한을 넘겨 연체되어도 가산금을 물리는 법은 없어서 제때 내지 않는 경우도 흔히 있다. 그만큼 많은 기여금을 제때 납부하는 경제 대국은 국제기구에서 발언권이 커지게 마련이다. 세계보건기구가 중국 눈치를 보는 것도 다 그래서다. 세상에 공짜는 없다.

사실 일본은 세계 2위의 인터폴 지정 기여금에 그치지 않고 동남아시아 국가에 대한 별도의 지원에도 적극적이다. 오랜 시절 다져온 동남아 지역에서의 경제 통상 기반에 더해 다양한 분야에서 외교적 우군을 확보하려는 노력을 멈추지 않는 것이다. 경찰을 포함한 법 집행 분야도 예외는 아니다. 특히 인터폴을 통한 간접투자가 두드러진다. 일본 정부에서 인터폴에 특별 기여금의 형태로 예산을 지원하면 인터폴에서 동남아의 회원국을 위한 사업을 진행하는 방식이다. 이런 사업에 관련된 행사의 개회식에는 그 나라에 주재하는 일본 대사가 나와 축사를 한다. 인터폴과 일본, 누이 좋고 매부 좋다. 인터폴을 대표해 아시아 지역의 사업을 관리하는 내 입장에서는 일본이라는 주머니 두둑한 회원국을 홀대할 수 없는 형편이다. 곳간에서 인심 난다고 했다.

공식 방문을 약속한 날 사무실을 찾아온 그 일본 외교관과 일행을 우선 따뜻하게 맞았다. 제법 품을 들여 준비했던 자료까지 내밀며 인터폴과 우리 지부에서 하는 일에 대해 설명했다. 이어 일본대사관의 관심사에 대해서도 의견을 나누었다. 일본 대사관에서 우리 지부에서 하는 사업에 직접 예산을 지원하는 것을 고려할 만하다는 밑밥을 던지는 것도 잊지 않았다. 주거니 받거니 할 이야기가 생각보다 길어졌다. 정해진 시간을 훌쩍 넘기게 되었는데 오랜 대화로 흉허물이 사라졌다고 생각할 때쯤 작은 반전이 찾아왔다.

그 일등 서기관이 뜬금없이 자신이 인터폴에 다녀온 걸 어머니가 아시면 무척 기뻐하실 거란 이야기를 꺼낸 것이다. 궁금해 하는 내 마음을 읽었는지 금방 겸연쩍은 표정이 된 그가 내막을 털어놓았다. 그의 어머니는 〈루팡 3세Lupin The Third〉라는 일본 애니메이션의 열렬한 팬이라고 했다. 출연 인물 가운데 '미스터 코우이치 제니가타'를 유별나게 좋아하시는데 그가 맡은 극 중 역할이 바로 '인터폴 경위'라는 것이었다. 그러니 만화 속 인물이긴 하지만 미스터 제니가타가 몸담았던 인터폴의 사무실을 자기 아들이 다녀온 것을 알면 얼마나 기쁨이 크실지 모르겠다는 것이 그날 그 외교관이 품은 딴마음이었다. 효심이 남다른 데다 공사를 가리지 않았다.

오래전부터 공식적으로 방문하고 싶다는 공문을 보내고 물어물어 우리 사무실을 찾아온 그였다. '이 나라 사람들은 속내가 따로 있기 쉽다고 했는데 내가 그걸 가볍게 여겼던 거야', 근거 없는 민족성 탓을 했다. '내내 혼자서 미스터 제니가타와 나를 비교했던 것인지도 몰라'라는 얼토당토않은 의심도 따랐다. 남은 시간 이야기를 나누는 중간에도 머릿속이 자꾸만 엄한 생각으로 복잡해졌다. 스멀스멀 경증 피해망상의 전조가 나타난 거다. 마음이 딴 데 가 있는 걸 애써 감추며 대화를 마무리했다. 개인적으로나 공식적으로

나 우리 사무실 방문을 '성공적'으로 마친 그를 현관까지 배웅했음은 물론이다. 그가 돌아선 걸 확인하자마자 서둘러 내 사무실로 돌아와 문을 닫고 컴퓨터 앞에 앉았다. 컴퓨터를 켠 뒤 구글 검색창에 'Mr. Zenigata'를 입력했다. 이어서 크게 한 번 심호흡을 하고는 이미지 검색을 클릭했다. '이럴 거까진 아닌데' 하면서도 내가 나를 말리지 못하고 저지른 일이었다.

# 확률을 믿나요?

인터폴이 등장한다는 <루팡 3세>를 탐독했던 어린 날의 기억은 없다. 영화 속 인터폴에 마음을 빼긴 적은 더더욱 없었다. 그러니 이번 생에 꼭 인터폴에서 일해 보겠다며, 호시탐탐 기회를 노릴 만한 유년의 추억이나 유별난 계기가 있었던 것은 아니었다. 인터폴과 맺은 지금의 인연은 사실 한 통의 전화에서 발단이 되었다. 우연히 엿듣게 되었던 다른 사람에게 걸려온 전화였다. 경찰청에서 근무하다 총경으로 승진한 다음 지방으로 내려가 근무하던 때의 일이다. 서울에서 총경으로 승진하면 정해진 기간은 지방에서의 근무를 한 뒤에야 다시 원래 서울로 돌아올 수 있게 되어 있다. 경찰청의 인사 규정에 따른 것이다.

그 한 통의 전화가 걸려온 해는 2016년이다. 당시 내 계급이었던 총경 이상 계급의 경찰관의 수는 12만여 명이던 전체 경찰관 수의 0.5%에도 못 미쳤다. 그래서 경찰의 인력 구조를 첨탑 모양이라거나 압정 모양이라고 한다. 총경 이상의 자릿수가 지나치게 적어서 계급에 따른 사람 수의 분포를 그래프로 그리면 끝이 뾰족해져 버리기 때문이다. 인사행정을 연구하는 사람들은 적정한 통솔 범위의 원칙이 지켜지기 어렵다며 바람직하지 않은 것으로 여긴다. 마지막 첨단을 오르기 위한 무한 경쟁이 개인과 조직 모두에 남기는 상처와 부작용도 적지 않다. 물론 그때나 지금이나 이런 실정이 별반 나아진 것은 없다. 총경으로 승진하기란 지금도 여전히 매우 낮은 확률이다.

그러니 이런 확률을 딛고 승진을 하지 못했다면 인터폴에서 일할 기회가 내게 오기나 했을까? 우선 자신이 없다. 게다가 그런 기회가 있다는 소식을 대한민국 땅이 아닌 중국에서 처음 듣게 된 신기한 사연이 더해지면 확률이란 것이 믿을 만하기나 한 것인지 싶다. 그날은 내가 근무하고 있던 지방경찰청에서 꾸린 중국 방문단의 한 사람으로 톈진天津 공안국을 들른 날이었다. 땡볕을 피하느라 공안국의 기동대가 사용하는 축구장 크기만한 연병장의 동남쪽 코너플래그 지점에 서 있었는데, 문득 방문단의 일행 중 한 사람이 까마득히 먼 센터라인에서부터 내가 있던 쪽으로 다가오는 모습이 눈에 들어왔다. 휴대전화를 귀에 바짝 붙인 채였는데, 갑자기 그가 목청을 높였다.

"인터폴이라니? 나는 지금 여기 중국이란 말이야!"

잰걸음이었음으로 통화가 얼추 끝난 때쯤에는 그가 이미 내 근처까지 와있었다. 급히 손짓해 불러 세우고 물었다.

"웬 인터폴?"

자세한 내막은 모르겠으나 인터폴에서 직원을 공모하는 중이라고 했다. 경찰청을 대표할 지원자를 물색하던 담당자가 급한 마음에 국제전화를 한 것이었다. 마감은 다가오는데 마땅한 사람이 없으니 애가 탔을 테고 '지금 거신 전화는 해외 로밍 중이어서 국제요금이 발생할 수 있다'는 경고를 무시한 채 중국에까지 건 전화였으리라. 그날 전화를 받은 그는 중국어라면 누구와 겨뤄도 자신있다며 이미 준비된 후보임을 자부했지만, 인터폴이라면 영어나 프랑스어일 텐데 얘기가 다른 것 아니냐며 전화를 끊었다고 했다.

북서쪽에서 온 그날의 귀인이 대륙의 경찰 문물을 하나라도 놓칠세라 연병장의 센터라인으로 서둘러 돌아가는 뒷모습을 바라보기란 묘한 기분이었다. '이건 어쩌면 운명같은 걸지도 몰라'라는 혼잣말이 끝나기 무섭게 선 자리에서 대한민국 서울의 경찰청 외사국으로 국제전화를 걸었다. 이날 내가 새삼 되새긴 교훈이 있다면 확률이란 것이 의미 없어질 확률이 항상 남아 있다는 것과 준비된 자에게 기회가 온다는 옛말이 틀릴 확률이 낮다는 것, 더불어 준비된 자 옆에 있다가도 우연히 기회를 얻을 확률이 전혀 없지는 않다는 정도라고 하겠다. 요컨대 나는 운이 좋은 편이다.

# 인터폴로 가려고 합니다

알고 보니 내게도 인터폴에서 일하는 것을 염두에 두었던 때가 있었다. 인터폴에서 근무하기 시작한 후에야 오래전 기억이 되살아난 것이지만 2004년의 일이었다. 경정이라는 계급으로 승진하기 위해 앞선 한 해 내내 나름대로 공을 들였으나 공든 탑이 무너진 것을 확인한 직후였다. 인터폴에서 전 세계 경찰기관의 경력자들을 대상으로 여러 자리를 두고 일할 사람을 공모한다는 정보가 내 귀에까지 닿았다. '내 그 탑 무너질 줄 알고 기다렸다'는 듯이 때맞춰 들린 소식이었다.

인터폴에서 일하는 사람들은 크게 파견직과 일반직으로 나뉜다. 파견직이란 인터폴과 같은 국제기구가 특정 분야에 경험과 전문성이 인정되는 회원국의 공무원을 회원국의 추천을 받아 검증한

다음 공모를 통해 채용하는 방식이다. 채용된 파견직의 임금은 그 공무원이 속한 회원국 정부가 지불하고 임무를 수행하는 데 필요한 경비나 수당 등은 국제기구가 부담한다. 반면 일반직은 인터폴 사무총국에서 직접 공모하는 절차를 통해 채용한다. 봉급 등의 모든 인건비를 직접 부담하는 것은 물론이다. 법 집행의 경험과 전문성이 반드시 필요한 인터폴의 특성에 맞추어 파견 직원들은 회원국의 경찰, 출입국 기관 등과 직접 접촉하면서 법 집행과 밀접하게 관련된 업무를 주로 담당한다. 반면 민간 출신이 대부분인 일반직 직원은 인사, 재무, 정보 통신 등의 일반 행정이나 집행 업무 등을 분담하게 된다.

파견직과 일반직이라는 채용 구분의 유일한 예외는 인터폴 사무총장이다. 사무총장은 인터폴 사무총국의 책임자로서 사무총국의 직원 중 유일한 선출직이다. 회원국마다 한 표씩 주어지는 인터폴 총회에서 선거를 통해 뽑는다. 임기는 5년이고 한 차례만 연임할 수 있다. 우리가 흔히 일컫는 인터폴이란 인터폴의 사무총국을 말한다. 영화나 소설에서 인터폴 본부라고 흔히 부르는 곳이 바로 이곳이다. 사무총장은 인터폴 사무총국의 최고 경영자인 셈이다. 프랑스 남부 리옹Lyon이라는 도시에 있는 사무총국, 싱가포르에 위치한 인터폴 혁신 글로벌 콤플렉스, 중남미와 아프리카 네 나라 그리고 태국 방콕에 각각 설치된 7개의 지부와 UN, EU, 아프리카연합에 각각 나가 있는 특별대표부 등의 조직을 아우르며 업무를 총괄한다.

최근 우리나라 후보의 당선으로 언론을 통해 많이 알려진 인터폴 총재는 이와 달리 회원국이 모두 참석하는 인터폴 총회와 지역별 대표인 집행위원들로 구성된 인터폴 집행위원회의 의장이다. 사무총국이 총회와 집행위원회에서 의결된 사항, 즉 예산의 집행이나 임무 수행 등을 제대로 하는지 감시하고 견제한다. 사무총장이 사무총국을 대표하는 데 반해 총재는 194개 인터폴 회원국 전체를 대표하는 자리다. 총재는 4년 단임인데 역시 총회에서 회원국들이 투표하는 선거를 통해 선출된다.

물론 인터폴의 채용 소식을 처음 전해 들은 그날의 나는 국제기구로 파견된다는 것이 무엇인지, 인터폴은 정확하게 무엇을 하는 곳인지조차 몰랐다. 승진이 목표가 되어야 한다는 주변의 권유를 일정한 주파수의 백색소음처럼 듣고 있던 때다. 다만 '실패를 새로운 도전의 계기로 삼아보지 않으련'하며 속삭이는 마음의 소리를 즐거움으로 받아들였을 뿐이다.

접부채에 상여추준좌가常如秋隼坐架라는 옛 글귀를 써두고 때때로 펴보았다. 가을 매가 횃대에 앉은 자태를 닮으려 했으므로 무엇에도 얽매이지 않는 기상을 흠모했다. 경찰청에서 이런저런 필요한 정보를 받아보고 마음의 준비를 우선 마쳤다. 다음은 내게 실패를 안겨 준 인사권자이자 상사였던 이에게 가장 먼저 결심을 밝혀야 했다. 딱히 그럴 기분은 아니었지만 결국에는 그의 인사 추천이 필요했다.

"인터폴로 가려고 합니다."

'승진에는 실패했지만, 기회를 준 것만으로도 고마웠다, 물론 방금 내가 가려 한다고 말은 했으나 인터폴에서 받아 주어야 가능한 것이므로 어폐가 있다는 것은 기꺼이 인정한다, 다만 경찰청에서 지원자를 추리게 될 테니 내 능력이나 자격을 인정한다면 빼고 더함 없이 있는 그대로만 추천을 해 달라' 한참을 그의 눈도 마주치지 않은 채 얘기했던 기억이다. 결국 그해에 누가 승진을 할 것이냐는 그 상사의 마지막 마음먹기에 달린 것이었다. 끝내 나를 선택해 주지 않은 데 대한 마음의 앙금이 없었다면 거짓말이다. 내 태도가 불경하다 한들 굳이 변명할 생각은 없었다.

"인터폴이라니……."

내 섭섭한 마음과 볼멘소리를 읽어 낸 그가 역정을 냈던 것인지 대한민국 경찰을 매개로 자신의 이력에만 매인 채 있을 줄 여겼던 내가 인터폴을 입에 올린 영화적 반전에 기가 막혔던 건지는 알 수 없었다. 또박또박 할 말을 하느라 다소 맥박이 빨라진 상태였던 탓일까? 그때는 물론 오랜 시간이 지난 지금도 기억이 뚜렷하지 않아 뭐라 말하기 어렵다. 다만 그의 첫 대꾸가 그게 전부였다는 기억만은 희미하게 남아 있다. 그다음 말은 세상에 흔한 인사권자의 진부한 화법이었다. '내년에도 승진의 기회는 있다, 해는 다시 떠오르는 법이니까, 지금 나가면 돌아와도 조직에서 미래가 없다'는 그의 말이었다.

마음이 딴 데 가 있던 나는 꼬박꼬박 마음속으로만 대꾸했다. '내년에 올 기회, 올해 주셨으면 좋았을 것을', '하루도 빠짐없는 일출을 부자가 천국에 가는 확률이라는 승진과 비교하시다니', '돌아와서 기회가 없다니 400만 재외 동포 여러분이 들으면 기겁을 할 일입니다' 물론 입 밖으로 생각을 소리 내어 드러내지 않을 만큼의 처세는 있었다. 한참을 듣는 둥 마는 둥 고개만 주억거리고 있었다. 그때 내 생각의 꼬리를 낚아채듯이 그가 한 마디 덧붙였다.

"내가 미안하구나."

합당한 인과관계는커녕 밑도 끝도 없는 문장이다. 무엇이 미안하고 왜 그래야 하는지는 도무지 알 수가 없었다. 그런데도 영화 대본이라면 지문에서 정한 듯 깊은 한숨을 함께 내쉬었음직한 이 한 마디에 그날의 나는 다시 미래에 대한 고민을 프리허그라도 되는 양 덥석 안았다. 그리고 머지않아 앞뒤 재지 않았던 새로운 도전에 대한 생각을 고이 접어 삶의 한구석에 조용히 포개두었다. 돌이켜 보면 당장에 미안한 게 있으면 다음엔 뭔가 해줄지도 모른다는 기대를 할 만큼 나의 처세는 농익지 못했던 것임이 틀림없다. 언감생심, 원서에 잉크가 마르기는커녕 원서를 잉크로 적셔보기도 전에 인터폴은 내 삶을 그렇게 휘적휘적 비켜갔다.

# 마음이 밖으로 나가지 않도록

결심보다 빨랐던 포기의 미덕에 따른 보상이었을까? 인터폴에 대한 미련을 떨쳐낸 지 한 해 만에 목표했던 승진의 꿈을 이루었다. 내 도전을 극적으로 만류했던 인사권자는 내가 그 진정성을 확인할 틈도, 그가 발설했던 정체 모를 미안함을 씻을 기회도 없이 조직을 떠난 다음의 일이었다. 돌이켜 생각하면 종래 나를 붙들어 맨 그 상사의 미안함의 실체는 당시 공무원 조직에 만연했던 '학습된 무기력'의 증거였다는 데 짐작이 가닿는다. 자리를 비우고 외국으로 나가 일하면 돌아올 곳 없는 처지가 되며 정부 조직에서 반드시 도태된다는 신념체계 말이다. 그렇다면 조금이나마 나를 걱정하거나 위하는 마음이 있었던 거네, 마음이 물러져서 '그때 눈이나 쳐다보며 얘길 할 걸 그랬어'라는 뒤늦은 후회가 좀 남는다. 그러고 얼마

지나지 않아 승진을 했으니 이런 아량도 생긴다. 관용은 가진 자에게나 가능한 마음가짐인지도 모를 일이다.

'학습된 무기력'이란 1975년 발표된 미국의 심리학자 마틴 셀리그만의 동물 실험 결과를 집약한 용어다. 우선 실험 대상인 개에게 목줄을 매 움직이지 못하게 한다. 그다음 실험자가 스위치를 켜 묶인 개에게 강력한 전기 자극을 가한다. 개는 고통을 호소하면서 묶인 장소를 벗어나려 한다. 그러나 목줄에 단단히 묶여 있어, 어쩔 도리가 없다는 것을 알게 된다. 이걸 학습이라고 한다. 개가 더 이상 묶인 데를 벗어나려고 하지 않으면 목줄을 풀어준 뒤 다시 전기 자극을 가한다. 개는 여전히 고통스러워하면서도 실험 장소를 벗어날 엄두를 내지 못한다. 물리적으로 이미 자유로운 상태가 되었음을 염두에 두지 못하기 때문이다. 이 상태를 무기력이라고 한다. 실험에 쓰인 개가 좀 가련하단 생각과 더불어 '내 목줄은 무엇이고 당장 묵묵히 견디는 것이 과연 최선인지, 항상 살펴야 하겠구나'라고 문득 다짐해 본다.

외국에서 나랏일을 한 경험이 있는 이들에게 그 시간은 어쩌면 목줄과 닮아 있다. 전혀 다른 환경에서 일하면서 얻은 차별화된 경험과 전문성을 살릴 기회를 국내에서 얻는 것을 가당치 않게 여기는 주변의 시선과 공기의 흐름을 잠자코 견디게 만든다. 이들에게 역량을 펼치게 할 샌드박스는 마련되어 있지 않고, 다른 의미의 유리 천장은 눈에 잘 띄지 않을 뿐 엄연했다. '나라를 위해 일한다'는 동사구가 '외국에서'라는 부사와는 애당초 문법적으로 일치하지 않는다는 편견도 〈성문 종합영어〉만큼 그 전거가 공고하다. '눈 밖에 나면 마음에서도 멀어지는 법Out of sight, out of mind'이라는 문장도 같은 책에서 배워 누구나 쉽게 수긍한다.

2018년 5월에는 인터폴 사무총장이 서울을 공식 방문할 거라는 연락이 왔다. 먼저 서울로 들어와 방문 일정을 준비하고 인천공항에서 그를 맞아 공식 행사를 수행했다. 출장을 모두 마치고 출국하기 전 정말 우연히 한 선배를 만났다. 혼자서 마음으로만 꽤 좋아하고 존경하는 선배였다. 진부하지 않은 우스갯소리를 잘하는 것이 내가 그 선배를 좋아하는 여러 이유 가운데 하나였다.

당시 경찰청의 국장급 가운데는 과거에 해외에서 경찰 주재관으로 근무한 이들이 한둘 있었다. 그날 인터폴 사무총장을 맞이해 회담을 가진 이들도 마침 이러한 경력을 가진 이들이었다. 서울에 출장을 온 이유를 묻는 선배에게도 자초지종과 함께 그날 누구누구가 사무총장을 만났는데 어디어디 외국에서 근무했던 사람들이라고 말해 주었다. 내 얘기를 잠자코 듣던 선배는 잠시 생각 끝에 외국에서 주재관으로 근무한 출신의 사람들이 그리 많더냐고 되물으며 말했다.

"그 정도라면 해외에서 근무한 후 국내로 잠입해 암약하는 세력을 발본색원할 특단의 대책이 있어야겠는 걸?"

그리고 크게 소리 내어 웃었다. 서울 하늘에서 오랜 공안公安의 그늘이 거두어지던 때였고 무척 가벼워진 '색깔론'이 유머의 코드가 될 수 있다는 게 마음에 겨워서 나도 소리 내어 따라 웃었다. 어느 '세력'에 속할지라도 웃는 낯이 필요할 때면 그래야 한다는, 조금 더 단단해진 내 처세도 한몫을 했는지 모를 일이다. 다만 웃는 게 웃는 게 아닐지 모른다는 모골이 송연해지는 감각이 돌아온 건 모두의 웃음소리가 내 것보다 조금 더 앞서 잦아들 때쯤이었다.

나는 그날 출국을 앞두고 당시 새로 문을 연 세종로의 대한민국역사박물관을 들렀다. 무언가 마음을 다잡으려고 했던 것 같은데 마침 그런 곳이 생겼다고 해서 반가운 마음이 들었던 기억이 새롭다. 그곳 기념품점에서 안중근 선생의 무명지 한 마디 없는 왼손바닥 낙관이 인쇄된 부채를 사서 '외국'으로 돌아왔다. 그 부채에는 경술년庚戌年인 1910년 3월에 중국 뤼순旅順의 감옥에 갇힌 채 안지사가 쓴 '국가안위 노심초사國家安危 勞心焦思'라는 유묵이 인쇄되어 있다. 나는 글을 쓰는 지금도 같은 부채를 가끔 잊지 않고 들여다보곤 한다. 눈 밖에 난 나랏일을 해야 할 바엔 나라가 내 마음 밖으로 나가지 않도록 종종 이렇게 붙들어두려 하는 것이다.

그날 샀던 부채가 다 헤어지고 서울의 지인에게 부탁해 재고로 남은 마지막 두 개를 매점매석했다. 지금 쓰고 있는 것이 벌써 세 번째이니 정말 마지막 남은 것이다. 더 이상 같은 것을 구할 방도는 없겠으니 그저 부채의 글귀가 마음에 오래 새겨지길 바랄 뿐이다.

그 새벽이 아침으로 밝았다. 마지막으로 남아 있던 우리나라 사람들이 모두 무사히 대피한 것을 확인한 후에야 공관으로 터벅터벅 돌아왔다. 대낮이었으나 사무실의 불을 밝히고 책상 위 컴퓨터의 전원을 켰다. '31명이 사망한 것으로 알려진 타지마할 호텔에서는 고립되었던 투숙객 등 250여 명이 탈출했다' 라고 요지를 적은 전문을 만들었다. '비현실적' 이라는 단어가 나도 모르는 사이 자란 입안의 물혹처럼 신경을 툭툭 건드렸다.

2장

# 뭄바이 생환기

# 인도면 어때, 나랏일 하러 가는걸

1999년 여름, 공무원에게 주어지는 교육 혜택의 하나인 국비 유학의 기회를 얻어 미국으로 건너가 로스쿨에서 학위를 받았다. 졸업장을 받아들고는 그 나라의 수도로 내려가 한 연구 기관에서 일했다. 그리고 돌아온 서울에서는 동공瞳孔을 키우고 나를 바라보는 이들을 흔히 만났다. 국비 유학의 허명이 무색한 가난한 유학생의 형편을 속속들이 아는 이들도 다르지 않았다. 미국물을 먹고 돌아온 사람이 달라 보인다고들 했다. 내 의지와는 무관하게 당시에는 몸담은 직장 내에 흔하지 않은 소위 미국 유학파로 분류되었다. 이러한 경력이 그 뒤로도 오랫동안 내 뒤통수를 따갑게 했던 것은 물론이다.

시간은 흐르기 마련이어서 유학을 다녀온 사람을 유별나게 대하는 시선도 시간에 비례해 열어졌다. 2006년 우리 외교부는 영사領事의 수를 늘리기로 했다. 외국에 있는 대사관과 같은 재외공관에서 일하면서 재외국민을 보호하는 임무를 담당하는 사람들이 더 필요했다. 이때 외교부 소속의 공무원 수를 늘려 더 채용하는 대신에 다른 부처에서 재외공관에 직무 파견을 받아 일하게 하는 소위 주재관 인력을 늘리는 차선책을 택했다. 이와 더불어 영사 업무와 연관성이 높은 정부 부처들을 한데 묶어 그 주재관 몫을 나눠준 다음 하나 이상의 정부 부처나 기관에서 추천하는 후보들을 경쟁시키는 공모 제도를 처음 도입했다. 외부 전문가들까지 심사에 참여하는 공개 경쟁을 거쳐 영사를 뽑는 주재관 공모 방식은 지금도 유효하다.

마침 나는 그 앞선 해에 막 승진한 참이었다. 다시 한 번 승진하는 데 필요한 준비를 서두를 이유가 없었다. 마음의 여유가 있던 형편이니 우선 닥친 기회를 붙들기로 마음먹었다. 영어라면 어디에 내어놓아도 빠지지 않는다는 만용도 힘을 보탰다. 어느 나라든 가겠다며 덤벼들었다. 물론 미국은 처음부터 공모 대상 국가에 들어 있지 않았다. 외교부에서 다른 부처에 미국 같은 나라에서 일할 기회를 선뜻 더 내어 주기는 쉽지 않다는 것을 처음 알았다. 공모하는 나라에 따라 지원자가 많을 때도 있고 지원자를 구하기 어려운 경우가 달리 있다는 것도 알았다. 공모 절차가 시작된 뒤의 일이었다. 상대적으로 경쟁률이 높은 나라와 재외공관이라면 능력치나 경험, 어학 성적의 높고 낮음을 들먹이는 법이 아니라는 것은 더 나중에 알게 되었다. 주위에서 자칫 생떼를 쓰는 것으로 여겨질 수 있다는 눈치를 주었다. 모두 나름의 비방秘方이 하나씩은 있다고 했다.

내게는 딱히 비방도 묘수도 없다는 것을 깨달은 즈음이었다. 누군가 '이번이 마지막'이라는 듯 내밀기에 받아든 후보지가 인도의 뭄바이Mumbai였다. 인도 제2의 도시, 떠오르는 금융의 중심지라고 했다. 다른 정부 부처에서 전폭적으로 미는 쟁쟁한 지원자가 있다는 소문도 그 높기로 유명한 부처 간의 장벽을 타고 넘어왔다. 실력으로 겨뤄 보겠다고 했다. 지원한 사람 모두가 한번 해보고 안 되면 말고 식이어야 실력만으로 겨룰 수 있다는 것을 알게 되었을 때쯤 인도로 갈 기회는 내게 주어졌다. 같은 시기에 다른 나라의 주재관으로 선발된 많은 이들은 주변의 부러움을 사며 진심이 담긴 축하를 흔히 받았다고 지금까지 간증하고 있으나 나의 처지는 사뭇 남달랐다. 이들이 '아니 인도는 왜?'라고 자꾸 물어 염장을 지르는 것으로 내심 기대했던 부러움의 눈길과 축하의 말을 대신했다

인류 4대 문명 중 하나의 발원지인 데다 무굴제국의 영화榮華를 기억할 법도 한데 다들 왜 그랬던 걸까? 돌이켜 보면 내 미국 유학의 그늘이 드리웠던 게 아닌가 싶었다. 인도가 따라잡기는 현실적으로 버거운 미국에서 유학했던 내 이력의 허상이 '차별적 시선의 배경이 될 수도 있겠네'라고 생각했다. 그러나 내 탓과 미국 탓만으로는 설명이 안 되는 정황도 있었다. 그 당시 우리나라의 한 방송에서 인도를 깎아내리는 발언을 연속극의 대사로 내보냈다가 주한 인도 대사관의 항의를 받았다는 일화가 그 하나였다. 지난날 프랑

스의 여배우 브리지트 바르도에게 전통적인 식습관 때문에 그토록 부당한 국제적 수모를 겪고도 우리 사회의 타자他者에 대한 편견과 차별은 좀처럼 개선될 기미를 보이지 않는 듯했다. 그간 국제적인 동물 보호 운동가의 반열에 오른 브리지트 바르도는 2019년 인도양의 섬 원주민들의 식습관을 다시 '야만적'이라고 비난했다가 제 나라에서부터 '인종주의자'라는 온당한 역공을 당한 적이 있다. 그때는 맞고 지금은 틀린 게 아니라 그때도 사실 틀린 거였다. 식습관의 옳고 그름을 따져 계몽에 나서는 데는 다른 문화를, 타자를 대하는 존중이 전제되어야 한다. 문화적 다양성에 관한 세상의 발걸음에 맞추어 우리 사회도 차츰 열려갈 것을 믿는다.

그러고 보면 나랏일 하는 사람들도 우리 사회 내 타자의 위치에 서는 때가 적지 않다. 겪어보지 않은 이들에게 그 체험과 마음가짐을 명징하게 설명하기가 항상 쉬운 것은 아니다. 나로서는 인도를 가든 미국을 가든 나랏일을 하러 갈 뿐이라고 말해주고 싶었던 것 같다. 재외국민의 생명과 재산, 자유를 지키는데 어디에서 그 일을 한들 무슨 차이가 있겠냐며 반문하려 했다. 다만 그런 생각을 말로 옮기자면 좀 '대한뉘우스'처럼 들릴 듯해 민망했다. 나랏일 하는 티를 내는 것에 경기를 일으키는 천성 탓도 있었을 테다. 그래서 이별 자리에서 술기운이 오르면 혼자 되어 집에 가는 길에만 가끔 중얼거리곤 했던 기억이다.

"인도가 뭐 어때서. 나랏일 하러 가는걸."

# 조금 더 따뜻해지도록

"초록색 화살표만 따라가시면 됩니다."

젊을 때는 영어를 좀 하는 편이라는 부풀려진 소문 탓에 통역으로 불려 다닌 때가 있었다. 경찰 조직에서는 일인지하 만인지상의 계급을 자랑삼는 이들이 해외로 출장을 나가면 인천공항 출국장에서부터 쫓아다녀야 했다. 한 계급만 더 올라가면 경찰 조직에서 마지막 꿈을 이룰 참인 이들이었다. 다만 그만큼 꿈에서 깰 때가 가까운 것도 현실이었으므로 남의 도움 없이 외국을 다녀오는 요령을 미리 알아두려는 이들이 있었다.

암스테르담 국제공항이었는데, 입국장을 지나 세관으로 가는 길이었다. 세관에 신고할 것이 없는 승객들을 위해 도착 장소로 난 통로가 초록색의 화살표로 표시되어 있었다. 공손하게 손가락 끝으로 가리키며 나중에도 따라가기만 하라고 일러 주었다. 빨간 화살표를 따라가서는 안 된다는 사족은 달지 않았다. '이런 양반들도 제 나라를 떠나니 불안한가 보구나'라고 혼자 생각했다. 빠짐없이 세상 다 아는 체를 하던 이들이었으나 별반 다를 것은 없었다.

누구인들 불안한 마음이 없을까? 신고 지령이 떨어지면 적어도 두 사람의 경찰관이 한 조가 되어 현장으로 나간다. 후배는 함께 출동을 나선 선배의 경험을 믿는다. 선배는 후배의 학력과 신체 연령에 은근히 기댄다. 상상 가능한 최악의 조합이라면 제로섬이다. 불안이 없을 수 없다. 각자의 기대와 불안 가운데 어느 편이 현실이 되느냐에 성패가 달린다. 현장에 다다르면 제 몫의 불안을 이유로 경찰을 부른 신고자의 기대와 마주친다. 불안과 불안이 만난다. 경찰관의 일터에서 신고한 이의 불안은 보편적이다. 그날 처음 만나는 신고자가 아니기 마련이다. 신고한 이에게 그 불안은 개별적이다. 평생 처음 만나는 경찰관일 수 있다. 민원인의 기대가 무너질 때는 불안의 보편성과 개별성의 낙차만큼 무너져 내린다.

제 나라를 떠나는 것은 불안한 일이다. 지체의 높고 낮음을 가리지 않는다. 분리불안이란 미성년의 인간이나 애완동물만의 증상이 아니다. 보호자와 떨어졌을 때의 심리 상태이다. 국가는 국민을 보호할 의무를 진다. 국가의 보호는 공기와 소금 같은 것이다. 결핍되어야 비로소 느낄 수 있다. 그래서 우선은 많은 이들이 단체 해외여행을 간다. 인솔자의 보호를 믿는다. 단체이든 개인이든 국가가 국민을 보호할 의무는 국내에 그치지 않는다. 로밍처럼 해외에도 따라온다. 외국 공항에 착륙해서 기내 방송에 따라 휴대전화를 켜보면 알 수 있다. 사람들도 따라 나온다. 외국에 있는 대한민국의 대사관이나 총영사관에는 영사들이 근무한다. 영사란 우리나라의 무역 통상의 이익을 도모하고 주재국에 있는 자국민을 보호하는 것을 임무로 하는 사람들이다. 불안을 담당하는 이들은 후자인데, 보호하는 사람들이다.

영사가 경찰청에서 외교부로 파견되면 흔히 경찰영사라고 부른다. 경찰관인 영사이다. 경찰영사들도 불안하다. 직업 외교관과는 달라서 평생 처음이자 마지막으로 재외공관에 근무하는 이들이 대부분이다. 해외 경험부터 시작해서 현지어 능력과 일에 필요한 주재국 내의 네트워크가 상대적으로 부족하기 마련이다. 경찰영사라는 명칭도 유명무실해서 불안하다. 경찰관직무집행법이나 형사소송법은 대한민국 영토 내에서만 유효하다. 일해야 하는 나라에서는 그 나라의 법을 따른다. 외국에서 경찰영사에게 제 나라 경찰과 같은 직무의 권한이나 사법경찰관리로서의 수사의 권한을 주는 법은 없다. 영사 콜센터나 재외공관으로 전화가 오면 현장으로 나간다. 둘 이상이 한 조가 되어야 한다는 법이나 어찌해야 할 지를 가리키는 화살표는 없다. 그들을 필요로 한 신고자의 개별적인 불안을 보편적으로 가라앉힐 수 있는 법률이 부여하는 권한이 없음은 물론이다. 개별적인 의지만이 가는 길에 따라나선다.

다만 경찰에 대한 기대는 해외까지 따라온다. 영사라고 하면 반가워하다가 경찰영사라고 하면 든든해 한다. 경찰에 대한 기대는 보편적이다. 경찰관으로서의 직무 권한과 사법경찰관리로서의 수사 권한의 있고 없음을 헤아려 도움을 청한 사람이 경찰영사에 대한 기대를 다스리기를 염두에 둘 수는 없다. 기대는 제 나라 안에서와 다르지 않으나 불안의 수위는 더 높다. 분리 불안이 개별적인 불안을 자극한다. 행여 분리된 상태가 해소되지 않을 수 있다는 불안은 절망적이기 마련이다. 경찰영사의 일터에서 경찰관을 찾는 재외국민의 불안은 보편적이다. 하루에도 몇 명이나 되는 민원인을 대하게 된다. 그들이 어떤 생각을 할지 모르기 쉽다. 다만 그렇게만 여겨지도록 내버려 둘 일은 아니다. 그들의 불안은 개별적이다. 제 나라 밖이어서 더욱 그러하다. 당신이 경찰관이라면, 그래서 영사가 된다면 그들에게 조금 더 따뜻해지도록 하는 편이 좋다. 먼저 자신의 안에 있는 불안을 들여다보고 다스려야 하는 것은 물론이다.

# 사문유관을
떠올린 일상

테러는 테러리즘terrorism을 줄여 부르는 말이다. 사전적으로는 정치적 목적을 달성하기 위해 폭력을 수단으로 삼는 주의主義나 정책을 뜻한다. 최근 들어서는 비군사적인 목표를 희생양으로 삼는 행위에 초점을 맞추어 테러인지 아닌지를 가린다. 다만 테러리즘이라고 이름 붙이려면 공포, 즉 테러를 조장하고 확산시키는 것을 전략적인 목표로 삼는 교집합은 반드시 필요하다.

돌이켜 보면 인도로 가는 나의 여정은 테러와 함께 시작되었다. 2006년 7월, 주재관 발령을 앞두고 출국을 준비하기 위해 들른 경찰청 외사국 복도를 걷다가 멈추어 섰다. 외국에 관련된 일을 담당하는 외사국이므로 복도의 벽에 걸린 텔레비전의 채널은 CNN에 맞춰져 있었다. 마침 외신 속보가 화면을 어지럽게 채우는 중이었다. 고화질 영상으로 전달되는 인도의 뭄바이는 멀리 떨어진 나라로 보이지 않았다.

인도의 금융 중심 도시인 뭄바이에서 근교로 빠져나가던 퇴근길 통근 열차 안에 누군가 설치한 폭발물이 터졌다. 무고한 시민 209명이 목숨을 잃고, 다친 사람의 수만 700명을 넘어섰다. 앵커와 현장 리포터는 사실을 있는 그대로 전해야 한다는 훈련된 본능에 비교적 충실했다. 아비규환을 목도한 절망과 분노를 넘치지 않게 조절했다. 2001년 9월 11일 항공기 테러로 뉴욕 트레이드 센터가 무너져 내리는 것을 보았던 기억이 겹쳤다. 미국 생활을 마치고 돌아온 지 한 해 남짓 지난 때였고 같은 뉴스 채널이었다. 미국에 있는 동안 주말이면 뉴욕을 들락거렸다. 어쩌면 운 좋게 테러를 피한 걸지도 모르겠다고 생각한 이유였다. 그리 안도한 지 5년이 못 돼 테러의 현장으로 다시 들어가는 셈이구나, 짐짓 남의 일인 양 생각했다.

이미 오래전 일이 되었으나 청와대의 대통령경호실에서 정보를 분석하는 일을 한 적이 있었다. 북한에 관한 정보를 받아보고 그 숨은 뜻을 밝히는 일이었다. 더불어 그날그날의 테러 사건을 챙기는 것도 할 일로 주어졌다. 경호란 위험한 일이 일어나지 않도록 미리 조심하고 보호하는 것이다. 경호를 감당하려면 필요한 일이었다. 테러를 미리 조심하고 보호할 이를 보호하는 데 실패하지 않아야 했다. 나라를 가리지 않고 어디서든 실패의 사례를 찾았다. 그 이유를 찾기 위해서였다. 이러한 약점이 있었으니 우리는 이렇게 보완해야 한다는 식의 분석이 맡은 일이자 매일의 결과물이었다. 하루가 다 가기 전에 책상 위는 전 세계에서 도달한 실패의 사례들로 어질러지기 쉬웠다. 활자와 자료 사진이 전부인 시절이었으나 찬찬히 들여다보면 목불인견目不忍見이었다. 불필요한 상상력을 털어낼 요량으로 머리를 가끔 절레절레 저었다. 일로만 여겨야 숨쉬기가 편하다고 스스로에게 주문했다.

뉴스 속보가 길어졌으므로 지체할 수 없다고 생각했다. 긴 복도를 마저 지나 외사국 사무실로 걸어 들어갔다. 3년을 떠나 있어야 했으므로 한 사람 한 사람 안부를 묻자마자 내처 작별했다. 모두 뭄바이에서 일어난 일을 알고 있는 눈치였다. 먼저 발설하는 이는 없었다. 걱정스러운 눈빛으로 충분했다. 한 후배가 '아무렇지 않아 보인다'라고 먼저 인사를 건넸다. 그래 보여서는 안 되는 이유가 있었던 셈이다. 다만 묻지 않았으므로 대화는 거기까지였다. 3년이 임기였으니 365일을 세 번 곱한 남은 시간일 수 있었다. 인천에서 10시간 좀 못 미치는 편도 비행시간만큼 멀어질 공간일 수도 있었다. 다만 나는 일상 속의 테러라는 정황을 먼저 떠올렸다. 그날 내가 아무렇지 않아 보였던 이유를 새삼 생각해 보았던 것은 나중의 일이었다. 일로만 여겨야 견뎌진다고 믿었던 오래전 매일의 체험과 다짐이 다시 떠올랐던 것도 그날 밤이었다.

뭄바이 현지의 사정은 호락호락하지 않았다. 스스로 꽤 단단했다고 믿었던 각오가 무색했다. 인도를 왜 선택했냐는 질문은 뭄바이에 도착한 이후에도 끊이지 않았다. 먼저 도착해 있던 이들은 저마다의 사연을 자조했다. 새로 뛰어든 이들의 사연으로 위로를 삼기를 바라는 듯했다. 다만 세상 건너편의 편견이 아니라는 차이는 컸다. 몸소 겪어 보고 던지는 물음이니 그 저의를 의심할 여지가 없었다. 인도를 여행한 이들이 기억하는 더위와 피할 데 없는 불결함은 시간이 지나면서 차츰 무뎌져갔다. 그러나 하루도 빠짐없이 목도할 수밖에 없는 빈곤과 불평등, 가지지 못했다거나 지켜야 한다는 각자의 이유로 몸에 밴 사위詐僞는 그리되지 않았다. 이후 36개월을 살아내는 내내 좀처럼 둔감해지지 않는 불편함을 안겨 주었다. 나서는 문 밖마다 벌레를 잡아먹는 새, 노인과 아픈 이 그리고 시체를 보았다는 사문유관四門遊觀의 설화가 가끔 떠올랐다. 고타마 싯다르타가 출가를 한 연유가 되었다는 것을 알고 있었다. 기원전 500여 년경 싯다르타의 카필라Kapila성을 어찌 불기 2550년, 아니 서기 2006년의 뭄바이에 비할까? 다만 사람의 마음이란 게 한결같을 수는 없었다. 다르다면 얼마나 다를까, 문득 의심이 깊어지는 때가 흔히 있었다.

생로병사生老病死를 조석朝夕으로 목도하고도 성불成佛을 꿈꿀 여유는 없었다. 당시 중국 다음으로 많다고들 했던 인도 뭄바이로 몰려드는 한국행 비자 신청 서류를 매일매일 꼼꼼히 살펴야 했다. 해외 근무의 절반을 차지한다고들 하는 가족을 챙기는 일도 소홀히 할 수 없었다. 생활의 불편함과 고단함이 큰 곳이어서 따라온 가족에 진 마음의 빚이 줄지 않았다. 빚지고는 못 사는 법이어서 일과 생활이 모두 분주했다. 균형적이었으므로 돌이켜 '워라밸'이라 하겠으나, 못내 자조적임을 부인할 길이 없다.

한편 테러는 여전히 흔했다. 다만 대부분 큰 나라 인도의 외딴 곳에서 일어나는 일이어서 체감하기 어려웠다. 한 달씩 묶으면 얼추 열 명에서 스무 명 안팎은 테러로 목숨을 잃었다. 낙살라이트Naxalite나 마오이스트Maoist와 같은 공산 반군의 테러 공격으로 죽는 군인이나 경찰관이 있다는 뉴스도 꾸준했다. 여론과 정부는 이들의 죽음을 크게 다루려 하지 않는 것으로 보였다. 이념과 분리 독립보다는 종교나 인종이 폭력의 발단이 되는 분리주의 테러가 우선이었다. 누군가 죽는다면 총을 들지 않은 시민들이 죽는 것에 민감하게 반응할 수밖에 없었다.

테러 사건을 살펴보는 것이 십여 년 만에 다시 일상 속의 일이 된 셈이었다. 다만 언론에서 접하는 소식이 대부분이었다. 무엇을 어찌해야 한다는 숙려는 필요하지 않았다. 일어난 일을 일어난 대로 전문에 옮겨 적었다. 쓴 것을 비화기에 걸어 서울로 보내고 손을 털면 나와는 전혀 무관한 일로만 느껴졌다. 따지고 보면 처음 해보는 일도 아니었다.

# 뭄바이 테러와 마주치다

주 뭄바이 대한민국 총영사관은 가장 작은 규모의 재외공관이었다. 관할하는 재외 국민의 수도 많지 않았다. 다만 크나 작으나 국가를 대표하는 역할을 하는 곳이 재외공관이므로 감당해야 할 일은 빠짐없이 해야 했다. 그날은 경제와 관련된 행사가 있었다. 뭄바이에서 일하는 우리나라 상사 주재원들과 인도의 현지 기업인들 사이의 만남을 주선하는 자리였다. 아니나 다를까 크게 벌여 놓은 일에 비해 공관의 손이 모자랐다. 얼마 안 되는 공관원들이 행사를 준비하고 진행하는 일에 모두 매달렸다. 날짜는 2008년 11월 26일 그리고 장소는 타지마할 호텔 19층의 연회장으로 정했다. 뭄바이의 관문이라고 부르는 게이트웨이 오브 인디아가 창 아래로 내려다보이는 곳이었다.

그날 밤 그 호텔에서 서른한 명이 목숨을 잃었다. 아내와 어린아이가 떠올랐다. 내려다본 창 너머 거리의 풍경이 심상치 않았다. 어렴풋이 총성을 들은 것 같아 창가로 다가간 뒤였다. 심상치 않은 일이라면 그 내막을 확인해야 할 책임은 우선 내게 있었다. 먼저 호텔의 연회 담당 지배인의 행방을 찾는 게 순서라고 생각했다. 사방을 돌아 시선을 옮기는데 연회장의 한가운데 놓인 단상의 마이크를 스탠드에서 뽑아내 움켜쥐는 그가 눈에 들어왔다. 그는 거두절미하고 지금 호텔 밖으로 나갈 수 없다고 먼저 말했다. 테러 공격이 있는 것 같다, 우리는 고립된 상태다 라고 덧붙였다. 여기서 몸을 숨기는 것이 지금으로서는 최선이라고 단호하게 말을 맺었다.

아내와 어린아이를 떠올리지 않으려 했다. 당장 내게 벌어진 일을 어쩔 수 있는 이는 세상에 하나도 없었다. 반면 그곳에서 일어나고 있는 일을 제때 있는 대로 알아야만 하겠다고 재촉하는 이들은 차고 넘쳤다. 가장 먼저 정확하게 알아야 할 자격과 권한을 주장하는 이들만 상대하기에도 벅찼다. 달리 응답할 방법이 없었으므로 내가 가진 휴대전화의 배터리 잔량으로는 부족할 것을 예감했다. 다그치는 이들이 가끔 싫지 않았다. 어쩌면 일에만 몰두할 수 있어서 다행인 건지도 모른다고 생각했다. '다행'이라는 단어를 떠올렸을 리 만무하지만, 요컨대 그랬다. 배터리가 충분한 다른 공관원들의 휴대전화까지 받아 여벌로 챙겼다.

통화가 한 번 끝날 때마다 소진되는 정보를 다시 채우기 위해 여기저기 떠오르는 대로 전화번호를 눌렀다. 평소 즐겨 만나던 다른 나라 영사가 연결돼 그의 음성으로 일어나고 있는 사건의 대강을 들었다. 그러고서야 마침내 그날의 테러를 사실로 확정했다. 스스로 여전히 믿기를 주저했음을 함께 깨달았다. 테러 정보와 관련해 업무 관계를 맺고 지내던 주정부의 대테러 국장은 끝내 전화를 받지 않았다. 그가 현장에 출동했다가 가슴에 총을 맞아 목숨을 잃었다는 소식을 또 다른 한 외국 공관원의 목소리로 듣고서야 이해했다. 시시각각 늘어나는 죽은 이들은 숫자로 적었으나 죽음에 이름이 붙은 것은 처음이었다. 보편적이었던 죽음에 개별성이 부여되자 그 밤 그 자리에서 나도 죽을 수도 있다고 생각했다. 다만 집 전화번호는 끝내 누르지 않았다. 그 부작위不作爲를 의식하고 있던 나는 순간순간 그 이유를 자문했는데 체념한 것인지 직업적으로 담담한 것인지 알기 어렵다고 여겼다.

로비에서 시작된 총격을 피해 그보다 위층에 머물던 사람들이 모두 올라왔다. 비상계단을 타고 꼭대기 층인 연회장까지 내몰렸다. 넓은 연회장은 어느새 낯선 사람들로 가득 찼다. 창에 가까운 가장자리는 총격이 닿을 수 있다고 했다. 가운데부터 촘촘히 서로에게 다가앉았다. 사람이 사람을 죽이는 사건의 한복판이었으므로 누구도 고개를 들어 다른 사람의 눈을 똑바로 보거나 행여 말을 건넬 생각을 하지 않았다. 공포와 불신과 적막함이 넓은 공간을 빈틈없이 채웠다. 죽음이 아무 말 없이 한 사람 한 사람 어깨를 지긋이 짚고 돌아다니는 것을 눈으로 본 것처럼 느껴졌다. 어느 순간 그날 모임의 우리나라 참석자 한 사람이 내게 다가와 그 고요함을 깼다.

누군가 내게 말을 거는 것이 매우 낯설다는 생각이 들 만큼 무거운 침묵의 틈새였다.

"무슨 일이 있을지 모르니 여기 있는 우리나라 사람들의 이름을 모두 적어서 기록을 남겨 두는 게 좋지 않을까요?"

그가 정해진 절차를 안내하듯 나직한 음성으로 내게 물었다.

"쓸데없는 소리 마세요."

나는 대뜸 손사래까지 치며 말허리를 잘랐다. 그제야 내가 살 궁리를 하고 있구나, 생각했던 것 같다. 짐짓 큰 소리로 말하고 손짓도 부러 키워서 모두 나 보란 듯 그랬다. 살아 나간다고 믿었다기보다 나라도 그래야 주변의 사람들이 낙담하지 않으리라 생각했던 것 같기도 하다. '죽어서 이름을 남긴다'던 속담이 예언이 될까 두려웠던 것인지도 모를 일이다.

격리된 채 숨을 고르고 몸을 웅크린 지 여섯 시간 남짓 만에 호텔을 빠져나가기로 했다. 밤새 계속되던 총성과 폭발의 진동이 다소 소강 상태로 접어든 다음이었다. 현지 경찰이 호텔의 한쪽 비상구를 확보한 것 같다는 전갈이 밖에서 도달했다. 연회장을 가득 채웠던 낯선 이들이 앞서거니 뒤서거니 행렬을 지었다. 누가 그런 결정을 했는지 그 결정의 근거는 무엇인지 서로에게 물어볼 엄두를 내지 못한 채였다. 여전히 한 치 앞을 알 수 없는 상황이었다. 검은 비상구 아래에 죽음이 있을 수 있다는 것을 염두에 두지 않을 수 없었다. 역시 그날 행사에 참석했던 우리 대기업의 주재원 한 명은 행렬의 틈에 섰다가 나를 발견하고는 주저하며 다가왔다. '건물을 빠져나가게 되면 어떻게 하는 게 좋으냐?', 대뜸 내게 물었다. '안내하는 사람이 있을 거다. 그가 가리키는 방향으로 뒤도 돌아보지 말고 뛰어가라', 망설임 없이 답을 해주었다. 이내 그 질문과 답이 모두 허망하다는 생각이 들었으므로 혼자 짧게 실소했다. 웃음이 바스러지는 소리를 들은 듯했다.

연회장 구석구석 남아 있는 우리나라 사람은 없는지 알아야 했다. 서둘러 주위를 확인한 후 바삐 행렬의 꼬리를 물었다. 비상구의 계단은 좁고 어둡고 그래서 더욱 길었다. 부족한 광량 때문이었는지 밤을 함께 지낸 공포 때문이었는지는 모르겠으나 발 디딜 데를 찾는 시선이 내내 요동쳤다. 시야가 좁아 스태빌라이저 없는 액션캠의 영상 속을 걷는 듯했다. 층이 바뀌며 예기치 않은 낯선 소음과 움직임을 마주칠 때면 내 이름을 적어 기록을 남겨두지 않은 걸 후회하는 순간이 스쳐 지나갔다. 살아 나간다는 확신이 끝내 온전하지는 않았다.

그 새벽이 아침으로 밝았다. 마지막으로 남아 있던 우리나라 사람들이 모두 무사히 대피한 것을 확인한 후에야 공관으로 터벅터벅 돌아왔다. 대낮이었으나 사무실의 불을 밝히고 책상 위 컴퓨터의 전원을 켰다. '31명이 사망한 것으로 알려진 타지마할 호텔에서는 고립되었던 투숙객 등 250여 명이 탈출했다'라고 요지를 적은 전문을 만들었다. '비현실적'이라는 단어가 모르는 사이 자란 입안의 물혹처럼 신경을 툭툭 건드렸다.

# 살아남은 자의 다짐

살아 돌아와 새 아침을 맞았으나 아침이 보편적으로 상징하는 희망은 때맞추어 함께 도달하지 않았다. 테러는 오랫동안 더 내가 사는 도시를 꽉 움켜쥔 채 놓아주지 않았다. 아홉 명의 테러범이 사살되고 마지막 남은 한 명은 생포되었다. 주정부와 경찰의 공식 발표는 테러의 종결을 확정하려 했다. 다만 테러는 여전히 뭄바이의 일상에 그 길고 무거운 똬리를 틀고 있었다. 길거리의 사람들은 정부의 발표를 믿지 않았다. 믿고 말고가 죽고 사는 문제가 된 뒤였으므로 누구도 믿으려 들지 않았다.

뭄바이의 시민 사회가 어떻게 테러를 극복하고 있었는지에 대한 기억은 많지 않다. 테러에 맞서는 시민들의 연대라고 하면 2013년 보스턴 테러나 2015년 파리 테러 이후에나 서구 언론이 조명하기 시작했다. 지금 내게 '내가 파리다Je suis Paris'라는 울림은 남았으나 '내가 뭄바이'라고 연대한 기억이 없다 한들 새삼스러운 것은 없다.테러는 개별적으로 극복되어야 했다. 차라리 일이 쌓이는 편이 낫다고 생각했다. 일로 치부해야 견뎌지는 것들이 있다는 것을 알았다.

다만 뭄바이의 차트라바티 시바지 역 대합실에서 일어난 사건은 달랐다. 일로만 다루기가 쉽지 않았다. 누구든 가릴 것 없이 이루어진 총격으로 사망한 58명의 국적과 신상을 확인하는 작업이었다. 인도의 기차는 열악한 대중교통 수단이다. 이미 그들이 나고 자란 사회에서 계층제와 양극화의 소프트 타깃soft target이 된 이들은 대합실에서 무작정 기다린다. 시간에 맞추어 도착하기로 약속한 기차를 기다리되 그 약속이 지켜질 것을 기대하지는 않는다. 스스로 선택하지 않은 삶에 내몰린 이들이다. 하필이면 이들이 다시 무방비 상태의 시민을 대상으로 삼는 소프트 타깃 테러soft-target terror에 죽음으로 내몰린 것이다. 부조리의 증거를 쉰여덟 번 거듭 확인해야 하는 일이었다. 하릴없는 무력감이 따랐다.

토머스 칼라일이 그의 책 〈프랑스 대혁명〉에서 묘사했던, 바스티유 감옥이 무너진 뒤 '공포의 나날들'이 떠올랐다. 그는 그 나날들이 '공정한 정의를 알고 있던 나라에서는 무시무시한 것이겠지만 그러지 못한 나라에서는 그다지 부자연스러운 일이 아니다'라고 썼다. 대합실에서 죽음을 맞은 쉰여덟 명의 망자에게 삶이란, 그 날의 공포란, 그리고 종래 닥친 죽음이란 어쩌면 그다지 부자연스러운 일이 아니었던 걸까? 아니면 태어남을 불행으로 여겨 끊임없이 절망했던 에밀 시오랑의 글에서처럼 그들의 마지막 순간은 별로 대단한 것을 알려주지 않았고, 자신들이 살아왔던 것과 마찬가지로 어리둥절한 채 숨을 거둔 것일까? 가끔 자문하였으나 자답하기는 어려웠다.

잠이 때와 장소를 가리지 않고 쏟아졌다. 처음에는 그저 테러가 있던 밤을 꼬박 새웠던 여파가 이어지는 것이려니 생각했다. 주위에서 아는 체를 하며 부족한 잠을 보충해야 한다고 하나 마나 한 소리를 해도 별 대꾸를 하지 않았다. 그러면 사람들은 말수가 많이 줄어든 것 같다고 위로하려 들었다. 전날 밤잠을 충분히 잤다고 생각하는 날도 낮에 깜빡깜빡 조는 일이 잦았다. 누구는 트라우마 때문이라고, 몸이 트라우마를 알아서 이겨내는 중인 거라고 그랬다. 어쩌다 빠질 수 없는 모임에 나가서 그날 밤 일을 이야기하면 내게 포옹을 청하는 사람들이 종종 있었다. 몇몇은 나를 품에 안은 채 속을 알 수 없는 눈물을 보였다. 나로서는 고맙다고 말하거나 낯선 이의 눈물에 당황할 법하다고 여겼는데 말과 행동 모두 반응이 느려져 있던 때여서 그러려니 하고 말았다.

졸음을 이길 수가 없던 시간이 한참을 이어졌다. 그날 본 걸 꿈에 다시 보지는 않으니 그나마 다행이네, 낮에 졸다가 번뜩 정신을 차리면 가끔 안도했다. 그 당시 얼마간의 일을 세세히 돌이키기란 여러모로 혼란스럽다. 몸이 트라우마를 이기려다 기억력을 덤으로 상하게 했던 건지 아니면 기억에 손을 대지 않고는 트라우마를 이기기 어려웠던 것인지 모르겠다. 그래서 자신이 없긴 하지만 꿈을 하나 꾸었던 것 같다고 늘 생각한다.

소방관이 나오는 꿈이다. 초로初老의 소방관이 사위가 캄캄한 강단의 조명 아래에 덩그라니 서 있었다. 불의 종류를 이야기했는데 일반인이 끄지 못하는 불이 있다고 숫기 없이 이야기한다. 아무나 이런 불을 끄려고 덤비다가는 죽을 수도 있다고 불을 끄기를 말리는 연유도 이어 말한다. 그리고 한마디 툭, 덧붙인다.

"죽으려면, 우리가 죽어야죠."

그 일이 있고 얼마인가 지난 후 아내가 물었다. 왜 그날 밤 집에 연락을 하지 않았었느냐고. 전화한들 무슨 소용이 있었겠냐고, 짧게 대꾸하고 입을 다물었다. 말수가 여전히 줄어 있던 때였다. 더는 묻지 않는 아내가 고맙다고 잠시 생각했던 것 같다.

프랑스의 사무총국에서 전갈이 와 닿는다. "아시아 태평양 지부는 작전한 지 좀 되지 않았나요?" 나로서는 정의가 강물처럼 흐르던 '범죄와의 전쟁'의 기억 탓에 기시감을 느끼기에 모자람 없다. '전쟁'에 비한다면 '작전'이란 에둘러 말하는 것이어서 귀에도 편하다. 다만 마음에 짐이 되기는 매한가지다. 인터폴이라는 조직은 한 세기 전 유럽에서 처음 창설된 이후 회원국 사이의 범죄 수사 공조를 지원해 온 '작전 세력'이다. 그 유구한 전통은 오늘도 이어져야 한다. 내게 범죄와의 전쟁은그래서 지금도 현재 진행형이다.

## 3장

# 적색 수배의 내막

# 또 누구를 잡으시려고?

인터폴의 다양한 활동 가운데 원문인 영어를 그대로 옮기자면 '오퍼레이션operation'이라는 이름이 붙는 것들이 있다. 영한사전에서 그 뜻을 찾아보면 '수술'이라거나, '조직화된 작전' 또는 '대규모의 기업이나 사업체'라는 등의 뜻으로 쓰는 단어라는 것을 알게 된다. 인터폴에 관해서는 문외한이라 하더라도 앞서 찾은 세 가지 뜻 가운데 인터폴에서 쓸 만한 것이라면 '조직화된 작전'을 답으로 고르는 데 어려움이 없을 것이다. 경찰, 즉 법을 집행하는 임무와 관련된 국제기구라면 수술을 집도할 일도 사업체를 경영할 일도 없을 테니 말이다.

우리나라는 성인 남성 대부분이 국방의 의무를 진다. '작전'이라면 병영의 추억으로 이어지기 쉬운 이유이다. 대간첩작전이나 한미연합작전에서와 같은 군사작전 말이다. 그래서인지 인터폴이라는 국제기구에서 작전을 할 일이 도대체 무엇이 있을지 궁금해하는 이들이 간혹 있다. 좀 아는 척을 하려 들자면 영화에 자주 등장하는 경찰특공대 정도는 떠올릴 법하다. 대테러작전도 엄연히 작전이다. 다만 우리 주변에서 흔히 접하는 경찰의 법 집행 활동을 염두에 두고 보면 인터폴에서 쓴다는 작전이라는 표현이 다소 과한 어감을 준다고 누군가 힐난하더라도 변명하기 어렵다. 그러나 나로서는 인터폴에서 하는 작전을 작전이라 부를밖에 도리가 없다. 물론 이 작명법이 인터폴에 대한 음모론적 시각에 동조하는 이들이 몰입하는 증강현실의 빌미를 제공하기도 한다. 내 주변에도 내가 작전이라는 이름이 붙은 출장을 갈 때면 가방에 소음기 달린 총 한 자루 정도는 찔러두고 나서는 거로 오해하는 사람들이 있다. 국제적인 조직 범죄를 저지른 범죄자의 은신처를 습격하며 붕붕 날아다니는 내 모습을 혼자 머릿속에 그리는지도 모를 일이다. 입이 근질거리는지 대놓고 묻는 이들도 있다.

"또 누굴 잡으시려고?"

혼자만 알고 있겠다는 눈치를 주는 것도 빼놓지 않는다. 나는 별 대꾸를 하지 않는 것으로 대답을 대신한다. '깊이 알려고 들면 다친다'라는 곁눈질을 잊지 않는 것은 물론이다.

그러나 영화와 현실은 엄연히 다르다. 아니, 달라야 한다. 인터폴에서 일한다고 해서 아무 나라에나 불쑥불쑥 들어가 경찰 노릇을 할 수는 없다. 번쩍이는 인터폴 배지를 들이밀며 '인터폴'을 외친 후 '할머니가 한국 분이십니다' 같은 혀 짧은 소리로 범죄자를 취조해서도 안 된다. 이런 설정은 처음부터 끝까지 작가가 만들어 낸 허구일 뿐이다. 그 내막은 자세히 모르겠으나 최근 들어 인터폴에서는 인터폴 문양이 새겨진 배지도 더 이상 발급하거나 사용하지 않고 있다. 과거에는 모든 직원들이 갖고 다녔던 것이다. 수사할 권한이 없는데 어디서든 배지를 흔드는 것이 스스로 생각해도 좀 웃겨서 그랬던 건 아닐까? 누구에게 물어보기 좀 그러니 혼자서 넘겨짚는 것이지만 합리적 의심을 지울 길 없다. 권한과 외양이 불일치하면 사기극이거나 희극, 둘 가운데 하나이다.

이러한 희극적 설정이 법 집행기관에서 일하는 사람들이 모이는 국제회의에서 입에 오르내리는 때가 있다. '내가 다른 나라의 경찰이나 법 집행기관에 형사 사건을 수사해 달라고 협조를 요청해도 소용이 없더라, 그러니 서로 남의 나라에 직접 가서 수사하고 범인도 잡을 수 있도록 국제법을 새로 뚝딱 하나 만들자'라는 대강의 논리와 주장이다. 범죄를 수사하는 사람이라면 너나 할 것 없이 해외로 도피한 범죄인을 반드시 잡고 싶어 한다. 남의 마당을 제 것처럼 드나들며 수사할 수 있다면 더할 나위 없다. 전 세계를 아우르는 하나의 형사 관할권single common global jurisdiction은 이들에게 견디기 힘든 유혹이다.

그러나 한 나라의 국가 주권은 절대적으로 존중되어야 한다. 사법 주권의 요소인 형사재판권은 양보할 수 없는 국가 주권의 영역이다. 이러한 국제법의 원칙에 비추어 세계 공통의 형사관할권이란 개가 풀을 뜯어 녹즙기에 넣고 돌리는 소리에 가깝다. 게다가 이런 주장을 하는 나라들이 덩치가 아주 큰 나라인 경우가 열에 아홉이다. 그 속내를 의심하고 경계하여 징비함으로써 만에 하나 후환을 없애야 하는 이유이다. 종래엔 힘센 놈이 비교적 약골인 친구 집에 마음대로 들어오겠다는 셈이 된다. 내 애든 친구 애든 우리 가훈을 더럽힌 죗값을 어디서든 치르게 하겠다는 발상이다.

죄를 저지른 사람이라면 받아야 할 형벌을 달게 받게 하는 것이 권선징악 아니냐고 반문할 수 있다. 탐독했던 무협지의 교훈에 비추어 바람직하다. '국제법 하나 만든다고 한들 뭐 대수일까?'라는 생각을 하는 이들이 의외로 적지 않다. 이 방향으로 생각이 기운다면 당장 2019년 홍콩 거리를 떠올려 보아야 한다. 동양의 진주, 아시아의 금융 허브를 불바다로 만든 단초는 홍콩 행정청이 범죄인 송환법을 개정하려고 시도했던 데 있다. 처음에는 대만에서 살인을 저지르고 제 나라인 홍콩으로 도망해온 용의자 한 사람 때문에 그 논의가 시작되었다. 그런데 법을 바꾸면서 마카오도 들어가고 본토인 중국도 끼워 팔았다. 중국의 법을 어기고 홍콩으로 도망한 범죄인을 중국 본토로 다시 돌려보내 재판받을 수 있는 길이 열릴 뻔 했던 것이다. 죄의 무겁고 가벼움을 떠나 제 나라를 떠나 수사받고 재판받는 데는 참을 수 없는 권리의 가벼움이 따르기 마련이다. 한 나라이되 두 개의 체제를 인정한다는, 일국양제 체제에서도 이는 다르지 않다. 그러니 '하나의 형사 관할권'이란 무도한 발상이다. 털끝이 쭈뼛 서지 않는다면 중추신경계에 문제가 있다고 봐도 무방하다. '나는 법 없이도 살 사람'이라는 이유를 댄다면 그건 살면서 두고 보아야 할 일이므로 섣부르다.

물론 이런 이야기를 꺼낼 때는 '너희도 우리 집 와서 똑같이 하면 되잖아?'라고 명시적으로 말하지 않는 법이다. 국제법에 흔한 호혜주의 원칙에 관한 약속은 마치 '뻔한 이야기라 하지 않을게'라는 태도로 모른 척 건너뛰기 마련이다. 돌다리는 두드려 보고 건너야 하고 만에 하나의 경우일지라도 빠짐없이 대비되어야 한다. 나중에 '난 그런 말 한 적 없다'라고 입을 닦는 바람에 두 눈 뜨고 코 베이지 않으려면 말이다. 국익이 최우선인 불신 지옥, 외교의 장에서의 논법과 화법은 빠짐없이 그래야 한다.

# 경찰을 연결해
# 더 안전한 세상 만들기

인터폴이 누굴 잡으려고 존재한다는 씻을 길 없는 오해는 공고하다. 굳이 영어를 직역하면 '국제형사경찰기구International Criminal Police Organization'다. 너무 길어지니 모르는 척 아니면 정말 몰라서 국제경찰이라고 흔히 부른다. 듣고 보면 국경 없는 경찰 같아서 그럴듯하다. 그러나 국경 없는 의사회가 분쟁 지역 어디에서나 의사 면허와 무관하게 긴급 구호에 나서는 것과 다름없다고 생각해서는 안 될 일이다. 병원과 경찰서가 같지 않은 이유다. 한 나라의 형사 주권은 존중되어야 한다. 이를 무시한 채 범죄를 수사하고 기소할 수 있는 권한은 인터폴에 허락되지 않는다. 194개 회원국 어디에도 인터폴에 이러한 권한을 주는 나라는 없다.

외국에서 변호사 자격을 딴 이가 우리나라에서 변호사라고 우기면 변호사법 위반이다. 우리나라 변호사 앞에서는 국제 변호사라는 말만 꺼내도 무지의 소치라며 면박을 당한다. 미국에서 로스쿨 졸업했다고 하면 내게도 국제 변호사인 거냐며 아는 체를 하는 이들이 있다. 아니라고 대답하면 사람이 겸손하다고 한다. 국제 변호사라는 자격은 어느 나라에도 없다고 설명을 한다. 그렇게 말하면 좀 배웠다고 잘난 체를 하는 거냐고 쏘아붙인다. 사법 주권의 원칙이 엄연하니 이런 인신공격도 감수해야 한다. 인터폴에서 일하는 사람이 우리나라에 와서 배지를 꺼내 들고 국제경찰이라고 소리치며 범인을 체포하는 일도 있을 수 없다. 같은 원칙 때문이다. 우리나라의 사법경찰관의 직무 권한을 행사하는 셈이다. 공무원 자격 사칭죄는 물론 강요죄, 감금죄 등의 죗값을 묻는다. 형사 주권의 문제이다. 나라를 빼앗긴 경험이 있는 우리가 늘 명심해야 함은 물론이다.

당장 그렇다면 인터폴은 도대체 뭐 하는 곳이냐는 질문이 열에 아홉은 돌아온다. 인터폴의 모토는 '경찰을 연결해서 더 안전한 세상을 만들자connect the police to make a safer world'이다. 무엇이든지 직접 하겠다는 게 아니다. 회원국의 경찰과 법 집행기관을 연결하는 것이 목표다. 가만두어도 연결될 텐데 무엇 하러 그런 수고를 하느냐고 물을 수 있다. 그게 가만두어서 될 일이 아니라는 데 함정이 있다. 생각보다 쉽지 않은 일이다. 모든 나라가 제 나라의 형사 주권을 앞세우고 끝까지 지키려 하는 탓이다. 이에 더해 관료제의 장벽은 높고 두텁다. 지역과 나라를 가리지 않는다.

범죄 수사는 합법성과 효율성이라는 양 추의 균형을 맞추는 일이다. 형사 주권과 관료제는 합법성의 영역이다. 범죄를 수사하는 이들은 형사 주권이 미치지 않는 해외로 나가 숨어 있는 용의자의 행방을 조금 더 빨리 찾기를 소망한다. 효율성을 추구하는 것이다. 인터폴은 용의자가 출국한 나라와 거쳐간 나라, 입국한 나라를 연결한다. 출입국 정보를 공유하게 하고 지문과 DNA, 안면 인식 정보를 주고받도록 한다. 회원국의 형사 주권은 존중하되 그 관료제의 벽은 우회한다. 합법성과 효율성의 무게중심을 찾고 이를 신중하게 유지한다.

누군가를 잡는다면 그것은 회원국의 법 집행기관에 고유한 권한이자 책임이다. 인터폴의 몫이 아니다. 다만 체포와 기소에 이르기까지 이에 필요한 범죄 첩보를 수집하고 분석해서 회원국에 배포한다. 회원국의 법 집행기관에서 일하는 사람들에게 필요한 사전 교육과 훈련을 제공하는 것도 상례이다. 첩보의 성격에 따라서는 어느 날 어느 때 어느 곳의 국경에서 길목을 지키도록 구체적인 임무를 부여하는 경우도 있다. 기소가 이루어지면 법정에서 필요한 증거가 한 나라에서 다른 나라로 전달될 수 있도록 돕기도 한다. 소문난 잔치에 범죄자들이 주눅이 들어 세상이 좀 더 안전해지기를 바라므로 '인터폴의 작전'이 성공적으로 마무리되었다고 호들갑을 한번 떠는 것은 물론이다.

경찰대학을 졸업하고 처음으로 발령 받은 일선 경찰서에서는 형사과 사무실에 자리를 마련해 주었다. 형사 주임이었다. '주임'

이라는 명칭은 일제의 잔재라는 의견이 있어서 더 이상은 사용하지 않는다고 들었다. 다만 그때 나는 '형사 주임'이었으므로 그대로 옮긴다. '옛날' 형사들 여섯과 함께 근무했다. 호랑이보다 곶감보다 더 무서워 우는 아기도 '형사 왔다'라고 하면 울음을 그친다고들 했다. 여섯 형사를 버겁게 짊어지고 어린 나이에 세상을, 경찰을 배우기 위해 무던히 애를 썼다. 형사 한 사람 끌고 가기가 빈대 백 마리 몰고 가기보다 어렵다고도 했다. 나름의 직장인 유머인 셈인데 그 시절 경찰 조직 내에 회자되었다. 음험한 군정 연장 민정의 시대였다. 법질서 하나라도 바로 세워야 했으므로 우리 사회의 정의는 반드시 강물처럼 흘러야 했다. '각하'께서 직접 범죄와의 전쟁을 선포하셨습니다, '우린 이제 죽었다'며 그 드센 형사들이 울었다. 그 시절 그렇게 빈대 6백 마리 분의 형사들을 업고 안고 걸리며 범죄와의 전장에 분연히 나섰다. 다만 '안 잡고 뭐 해?'라는 지청구는 아침저녁 끊이지 않았다.

'워라밸'이라는 말을 얼마 전 처음 들었다. 형사이던 때는 듣도 보도 못했던 말과 실천이다. 삶과 일의 균형을 입에 올리게 되었으니 세상은 바뀐 게 분명하다. 다만 일하지 않는 자 먹지도 말라는 성경 말씀은 유구하다. 인터폴 같은 국제기구라고 예외가 되리라 여긴다면 오산이다. 인터폴은 전 세계 회원국의 법 집행기관에서 범죄와의 전쟁에 분연히 나설 때 백전백승하도록 돕는 일을 사명으로 삼는다. 회원국이 194개나 되니 분주하기 마련이다. 한동안 사명감과 삶의 균형을 맞추려고 뜸을 들일라치면 프랑스의 사무총국에서 전갈이 와 닿는다.

"아시아 태평양 지부는 작전한 지 좀 되지 않았나요?"

나로서는 정의가 강물처럼 흐르던 '범죄와의 전쟁'의 기억 탓에 기시감을 느끼기에 모자람 없다. '전쟁'에 비한다면 '작전'이란 에둘러 말하는 것이어서 귀에도 편하다. 다만 마음에 짐이 되기는 매한가지다. 인터폴이라는 조직은 한 세기 전 유럽에서 처음 창설된 이후 회원국 사이의 범죄 수사 공조를 지원해 온 '작전 세력'이다. 그 유구한 전통은 오늘도 이어져야 한다. 내게 범죄와의 전쟁은 그래서 지금도 현재 진행형이다.

# 헌 의자 줄게, 새 의자 다오

"내 벌써 이런 일이 생길 줄 알았어요. 의자 하나 바꿔 주는 게 무슨 그리 대단한 일이라고 그렇게 뜸을 들이더니."

아침 일찍 내 사무실 문을 노크한 사무실의 직원 두 명이 문을 열자마자 번갈아가며 떠들어대고 있었다. 밑도 끝도 없이 무슨 소리인가, 처음에는 그저 의아할 뿐이었다. 끝까지 듣고 보니 직원 한 명이 병원으로 실려 갔다고 했다. 한숨 돌리고 말하라며 진정을 시킨 다음에야 알게 된 자초지종이다.

다친 이는 프랑스에서 온 직원이었다. 아침 일찍 멀쩡하게 출근했는데 자기 자리를 찾아 털썩 앉다가 중심을 잃고 의자와 함께 뒤로 넘어졌다고 했다. 쓰고 있던 안경이 깨져 미간에 피가 나는 상처를 입었다고 문 앞에 선 채로 독일 직원이 말했다. 눈을 안 다친 게 다행이라면서도 뒤로 자빠진 데다 뒷목을 잡고 병원으로 갔으니 뇌진탕이 아닐까 걱정된다고 오스트레일리아에서 온 직원이 옆에서 거들었다. 둘 다 잔뜩 찡그린 표정이 된 채 말했다. 과장된 감정의 표현 같아서 좀 어색한 느낌이 없지 않았다. 처음에는 다들 '실려 갔다sent'더니 급한 대로 혼자서 택시를 불러 병원으로 간 거라고 했다. 겸연쩍은 표정이 되어 진술을 번복한 것은 내가 조곤조곤 따져 물은 뒤의 일이었다. 그리고 두 사람 모두 기승전결에 이르러서는 '낡은 의자'를 원망했다. 다친 동료의 안위를 걱정하는 선의는 끝내 믿기 어려웠다. 이왕 벌어진 일이니, 한동안 모두의 숙원이었던 사무실 집기를 새 걸로 바꾸는 데 명분으로 삼자는 잇속이 역력했다. 쓰는 말은 각자 달랐지만 국제기구에 모인 사람들이라고 별반 다를 것은 없었다.

2017년 1월 2일, 길을 물어 도착한 새 일터에는 직원 한 명이 전부였다. 앞선 해부터 떠난 직원들의 자리를 채우는 일이 때를 놓치고 있었다. 인력을 보충하는 일을 우선 서둘러야 했다. 인터폴 지부로서의 제구실을 다 못하고 있었기 때문이다. 그 해가 가기 전에 전 세계 열 개 나라에서 온 열 명의 직원이 적적하던 사무실에 온기를 더했다. 열 명이나 모였는데 같은 국적을 가진 사람이 하나도 없는 걸 모두 신기하게 여겼다. 들뜬 마음으로 각자의 일거리를 찾아 움직였으므로 일터는 금방 활기를 되찾았다.

그러나 그에 걸맞게 일하는 환경을 개선하고 필요한 집기를 새 것으로 바꾸는 일은 뜻밖에 무척 더뎠다. 우선 내구 연한과 가용 예산, 구매 절차를 따지는 국제기구의 관료주의가 발목을 잡았다. 인터폴 사무총국의 느리고 복잡한 일 처리 방식은 그야말로 숙적 가운데 난적이었다. 어지간한 레드 테이프red tape에는 놀라지 않을 자신이 있던 27년차 대한민국 공무원인 내게도 그랬다. 여기에 인터폴 본부가 있는 프랑스 사람들 특유의 느림이 더해졌다. 점입가경에 설상가상이면 이런 느낌 아닐까, 얼마간 생각했다. 여기서 오래 일하면 참을성 하나는 기를 수 있겠네, 밝은 곳만 보려는 낙관주의로 하루하루 버텼다. 그러던 가운데 벌어진 일이었다. 헌 의자 줄게, 새 의자 다오, 재촉한 지 한참이 지난 때였다. 나로서도 직원들과 나누는 동병상련의 심정이 없을 수 없었다. 의자 탓을 하는 직원들을 건너보며 속으로는 내 의자도 바꿔야 하는데, 라고 생각했음을 고백한다. 다친 직원의 칠칠치 못함을 나무라지 않았다. 떡 본 김에 제사 지내려는 나머지 직원들의 속 보이는 호들갑을 탓해서도 안 되는 형편임을 잘 알고 있었다.

"그래요? 어느 병원으로 갔나요? 많이 다친 건 아니죠?"

그럼에도 불구하고 나까지 장단을 맞추지는 않겠다는 내색을 감추지 않았다. 일부러 낮은 목소리로 발음을 끌며 천천히 물었다. 문 앞에 서 있던 직원들의 얼굴에 금방 '이 사람 우리 편 아니네'라는 숨길 수 없는 실망감이 스쳐 지나갔다. 한발 늦게 쫓아와 내 사무실 안을 기웃거리던 다른 직원들에게까지 눈치를 주며 각자의 자리로 돌아가는 데 오랜 시간이 걸리지 않았다. '내가 좀 심했나?', 잠시나마 혼자 뜨끔했다. 이래서 어디서든 책임이 커지는 만큼 외로워지는 거다. 처음 겪는 일도 아니었다.

사람이 상한 경우이니 가장 먼저 인터폴 본부에 전문으로 벌어진 일의 사실관계를 알려야 했다. 내 눈으로 보지 못한 일이었다. 그나마 들은 대로 알려야 했기에 직원들의 입방아에 오른 낡은 의자도 이곳저곳 사진을 찍어 덧붙였다. 내구 연한을 넘긴 것은 사실이나 '쓸 만한 상태'로 보인다고 썼다. 직원들의 사기가 많이 떨어졌으니 이번 기회에 새로운 사무집기를 서둘러 구매하자는 것이 최선의 결론이었다. 다만 직원이 다친 데는 그 직원이 부주의한 탓도 있어서 낡은 의자를 제때 바꿔 주지 않은 것을 유일하고 직접적이며 빼도 박도 못 할 원인으로 치부하기는 어렵다고 주를 달았다. 책임을 면할 궁리를 한 때문이었다. 다만 내 개인의 책임에 관한 것은 아니었다. 인터폴이라는 한 조직이 져야 할 수도 있는 책임을 염두에 둔 것이었다.

'그래도 사람이 다쳤는데 책임 타령이 웬 말이냐? 그 참 인정머리 없네'라고 누군가 핀잔을 주더라고 감수할 각오는 되어 있었다. 그러나 우리네 정서에 비해 '인정머리'의 기대치는 높지 않았다. 사무실 직원의 열 명 가운데 여덟 명이 서구 국가 출신이었다. 뒷말의 조짐은 별반 없었다. 게다가 다친 직원이 통원 치료 이틀 만에 다시 출근했고 새 의자를 배송하는 기사는 그 직원이 돌아오기 전에 이미 사무실을 다녀갔다. 다들 '좋은 게 좋은 거'라며 새 물건을 탐닉할 뿐 더 이상은 어디에서도 원망의 대상을 찾으려 들지 않았다. 다친 직원의 입장에서도 의자에 앉다 낙상해서 다친 기억이 자랑스러울 리 없을 법했다. 인터폴씩이나 되는 곳에서 일하는 처지를 감안하면 더더구나 그랬다. 그날의 웃기고도 슬픈 사건이 모두의 기억 속에서 빨리 사라지길 바라는 기색이 역력했다.

한동안은 새 의자에 기대어 기대앉은 직원들의 내색을 가끔 살폈다. 일터에서 혼자뿐인 헤드Head이니 관리자 모드를 유지해야 했다. 그날 벌어졌던 일에 관해 만에 하나 법률적인 책임의 소재를 따져두어야 한다는 데 생각이 미쳤다. 로마에 가면 로마법을 따르면 그만이다. 다만 여러 나라 사람 모여 일하는 곳은 로마법이랄 게 따로 없다는 게 함정이다. 어떤 법이 무엇을 어떻게 결정하게 될지 미리 살펴두어야 했다. 그것이 기우일 수도 있음을 알았다. 다만 내가 말 그대로 '헤드'인 일터에서 누군가 하늘이 무너질까 살펴야 한다면 그것은 오롯이 내 몫일 수밖에 없었다.

# 징벌적 손해배상 논의 유감

정치하는 사람들이라면 그 나라를 가리지 않고 소위 가짜 뉴스의 피해자 코스프레에 열을 올리는 것이 요즘의 세태이다. 뉴스매체는 강자요, 뉴스의 객체인 자신은 약자라는 자의적 설정이 자칭 약자를 보호하기 위한 다양한 입법적 아이디어로 자연스럽게 귀결되는 경우도 눈에 띈다. 그 가운데 눈길을 끄는 하나가 오보를 낸 언론에 징벌적 손해배상을 하도록 하자는 주장이다. 헌법에서 보장하는 언론의 자유에 비추어 위헌적일 수 있다는 것을 우선 염두에 두어야 한다. 헌법에 발목이 잡힌다면 민법의 입법론인 징벌적 손해배상의 도입이 적절한지까지 따질 여지는 남지 않는다. 다만 언론을 겨냥하는 것이 아니더라도 징벌적 손해배상제도가 공인들의 입에 오르내리는 풍경은 더 이상 낯설지 않다. 그것이 많은 고민을 거친 웅변으로는 보이지 않는 게 문제이지만.

사실 다친 프랑스 직원에게는 부끄러울 법한 낙상의 추억을 마냥 덮어두지 못한 나만의 근심도 징벌적 손해배상 때문이었다. 자칫 잘못될 경우 시원찮은 의자를 제때 바꿔주지 않은 인터폴에서 질 수 있는 법적인 배상 책임이 커질 것을 우려했다. 징벌적 손해란 불법 행위로 입은 실제 손해에 더해 문제가 된 불법 행위를 징벌하기 위한 목적의 배상액을 덤으로 정하는 것을 말한다. 민사이니 가해자가 배상액을 부담하는 것은 물론이다. 가해자의 부담이 늘어나도록 해서 다시는 같은 불법 행위를 저지르지 않도록 하는 것이 목적이다. 미국에 특유한 것인데 불법 행위법tort law 분야에서 판례를 통해 형성된 손해배상의 범위를 정하는 원칙이다. 징벌적 손해배상이 영미법계의 전통이라면 우리와 같은 대륙법계의 나라에서는 일반적으로 실제 발생한 손해만을 따지는 보전적 손해배상을 원칙으로 한다.

다만 우리나라에서도 지난 2019년 특허권과 영업 비밀 침해에 대해 손해액의 3배까지 징벌적 배상을 예외적으로 허용하는 법률이 도입되었다. 대기업에서 개인이나 영세한 기업의 특허나 영업 비밀을 자꾸 훔쳐가는 걸 막아보겠다는 거다. 징벌적 손해배상이 약자를 강자로부터 보호하기 위한 배려의 측면이 있음을 엿볼 수 있는 입법례다.

미국의 법이라고 했으니 이해를 돕기 위해 우리나라에도 흔한 미국계의 패스트푸드 가맹점에 다녀온 기억을 떠올려 보자. 물청

소를 방금 마친 바닥에 놓인 '미끄럼 주의caution wet floor' 표지판을 피해 다닌 적은 없는지, '뜨거운 내용물 주의caution hot contents'라고 새겨진 일회용 커피 용기의 플라스틱 뚜껑을 눈여겨본 적은 없는지 말이다. 물리학을 배우지 않아도 경험적으로 알고 있는 젖은 바닥이 미끄럽다는 상식의 영역을 왜 굳이 돈 들여 표지판까지 세워 상기시키는 걸까? 뜨거운 음료를 달라고 했으니 안 뜨거우면 이상한 건데 대장금도 아닌 것을 뜨거운 것을 뜨겁다고 굳이 공을 들여 음각으로 새겨두는 이유는 무엇일까? 세종대왕께서 백성을 어여삐 여겨 한글을 창제해 널리 이롭게 한 대한민국에서 그걸 또 영어로 함께 써두는 까닭은 무엇일까?

이 번거로움에 관한 배경을 알아보자면 다시 1992년의 미국으로 가야 한다. 그 해 어느 날 아침 스텔라 리벡이라는 일흔두 살의 할머니가 한 패스트푸드 매장에서 주문한 뜨거운 커피를 받았다. 무척 미국답게 아침부터 그 패스트푸드 매장의 주차장에 차를 세우고 조수석에 앉은 채 허기를 면할 참이다. 무릎 사이에 컵을 끼운 채 커피에 크림을 타서 마시면 그만인 것으로 알았을 뿐 커피를 엎지를 줄은 모른 채였다. 그러나 결국 커피는 쏟아졌고 리벡 여사는 컵 받침으로 쓴 자신의 사타구니에 3도 화상을 입는 사단을 만난다. 이 웃긴 듯 슬픈 이야기의 결론은 1994년의 한 판결로 이어진다. 스텔라 리벡과 맥도날드사 간의 제조물 배상 책임에 관한 민사재판에서 미국의 뉴멕시코 지방법원은 화상 등으로 실제 입은 손해액을 16만 달러로 산정한다. 그러나 이에 그치지 않고 피고인 패스트푸드 회사에서 그보다 3배 많은 48만 달러를 피해자에게 배상하도록 했다. 이게 징벌적 손해배상이다. 1992년 당시의 화폐가치나 그 간의 물가 상승률을 감안하지 않더라도 커피 한 잔 값을 지불하고 3도 화상을 입은 환자에게는 입이 떡 벌어질 만큼 큰돈이다. 대충의 최근 환율로 따져도 6억 원이다.

이 판결의 배경은 앞선 10년간 미국 전역의 맥도날드 매장에서 커피를 쏟아 화상을 입은 사람이 700여 명이나 된다는 사실관계의 증명이었다. 재판부는 피고 기업에서 이런 사실을 알고도 커피의 온도를 낮추는 등 필요한 예방 조치를 하지 않았던 것이 '악의적'이라고 본 것이다. 이런 악덕 기업에는 법의 뜨거운 맛을 보이겠다는 사법부의 의지인 셈인데 그래서 징벌적 손해배상을 본보기식 손해exemplary damage배상이라고 부르기도 한다. 20여 년 전의 본보기에 놀란 패스트푸드 매장들은 지금까지 미끄러운 걸 거듭 미끄럽다고, 뜨거운 걸 다시 뜨겁다고 경고한다. 미국의 판례이므로 나라를 가리지 않고 영어로 같이 쓰는 것은 물론이다. 경고했으니 책임 못 진다는 것이다.

그러나 노년에 새로운 인생을 시작할 만한 재산을 일군 이 불행 중 대박의 판례는 사실상 미국 내에서도 징벌적 손해배상 제도를 개선할 필요가 있다는 주장의 근거로 자주 인용된다. 지나친 징벌적 배상액의 산정으로 기업 활동이 위축될 우려가 있다는 반대론이 그것이다. 그리고 이러한 미국의 징벌적 손해배상제도에 비판적인 태도를 보이는 대륙법계 국가의 대표 주자가 프랑스이다. 지나치게 자의적으로 손해배상액을 산정하고 있어서 법적 안정성을 해친다는 주장을 앞세운다.

커피는 놔두고 다시 인터폴에서의 낙상의 추억으로 돌아오면 다친 직원의 계약서를 살피는 일이 우선이었다. 징벌적 손해배상을 인정하는 영미법 국가에서도 계약관계에 관해서는 계약을 우선할 뿐 일반적인 징벌적 손해 산정의 적용을 배제하기 때문이다. 인터폴에서 일하는 이들의 근로계약을 관할하는 법률은 프랑스의 것이다. 당장 프랑스라니 그것만으로도 마음이 놓였다. 의자에서 낙상해서 다친 경우가 커피 엎질러서 화상 입은 사람의 수만큼 있는 게 아니므로 의자를 제때 바꾸어주지 않은 것이 악의적이라고 볼 것도 아니었다. 직원 열 명 가운데 하필 프랑스 사람이 다친 경우이니 미국법대로 하자고 떼를 쓸 리 없는 것은 물론이었다. 어느 모로 보나 징벌적 손해배상의 송사에 휩싸일까 근심을 할 일은 애당초 아니었던 셈이다. 다만 징벌적 손해배상이 흔히 입에 오르내리는 서울 소식이 소환한 낙상의 추억이 새삼스러워 글로 남기려 할 뿐이다.

# 적색 수배의 정치학

2019년 들어 인터폴 직원의 수가 1,000명을 넘었다. 이 정도면 일을 하다가 다치는 사람이 아예 없을 수는 없다. 그러나 인터폴에서 의자에서 낙상하여 직원이 다치는 일 정도로 송사에 휘말릴까 근심하는 이가 있다는 이야기를 들어본 적은 없다. 이 나라 저 나라 법을 좀 떠들어 봤다고 항상 노심초사할 일은 아니다. 정작 법률적인 다툼에 관한 인터폴의 근심은 다른 데 있기 때문이기도 하다. 알 만한 사람은 다 안다는 인터폴 적색 수배red notice의 법률적 효력에 관한 다툼이 그것이다.

'수배'란 우리 수사 절차에 비추어 보면 '지명수배'의 줄임말일 수 있다. '피의자나 기소중지자의 신병을 확보하기 위해 관내 또는 관련 지역이나 전국 수사기관에 범인을 추적, 체포, 인도할 것을 요구'하는 것을 일컫는 말이다. 인터폴의 '수배'와 비슷한 데가 분명히 있다. 그러나 조금만 눈여겨보면 둘 사이의 차이도 분명해진다. 영어로 쓸 때도 인터폴의 '수배'는 notice, 직역하자면 '통보'가 맞다. 반면 지명수배는 wanted라고 쓴다. 옛 서부영화 속에서 보안관이 거리에 붙여놓는 악당의 수배 전단 위나 아래에도 WANTED라는 글자가 선명하다.

게다가 '인터폴 수배'의 용도나 목적은 우리의 '지명수배'에 비해 넓다. 주요한 범죄나 범죄인 등에 관련된 정보를 담아 인터폴 회원국들과 공유하는 데 사용하는 다양한 문서 형식을 통칭하는 것이기 때문이다.

종류별로 살펴보자면 가장 널리 알려진 적색 수배를 필두로 범죄 수사에 필요한 사람에 관한 정보를 확인하는 데 쓰이는 청색 수배, 공공의 안전에 위험이 될 수 있는 사람의 범죄 행위를 경고하는 데 쓰이는 녹색 수배가 있다. 실종된 사람을 찾는 데는 황색 수배, 사체의 신원 등을 확인하려면 흑색 수배, 사람이나 재산에 급박한 위험을 초래할 수 있는 사건이나 사람 또는 물체 등에 대해 경고하는 데는 오렌지색 수배, 새로운 범죄 수법을 공유하고 싶다면 보라색 수배를 이용한다. 마지막으로 유엔안보리의 제재 대상에 대해 안보리의 요청으로 발부하는 특별 수배가 더해진다. 가지 많은 나무 바람 잘 날 없는 법, 이 가운데 특히 적색 수배가 집안의 근심거리가 되는 경우가 종종 있다. 그도 그럴 것이 사람 찾아서 추방하거나 송환하기 위해 임시로나마 인신을 구속해 달라고 요청하는 수배이기 때문이다. 어찌 보면 가장 침익적, 쉽게 말해 기본권을 침해할 우려가 가장 크다.

사실 인터폴 적색 수배의 법적 효력과 적색 수배자를 다루는 방식은 194개국 회원마다 조금씩 다르다. 극소수이기는 하지만 아예 자국 내 체포 영장과 같은 효력을 인정하는 나라도 있다. 적색 수배를 규정한 인터폴 헌장 등을 비준하는 입법부의 동의를 얻어 국내 법적 효력을 인정하는 경우다. 하지만 대부분의 나라에서는 '생각은 해볼게' 정도로만 받아들인다. 즉 인터폴 적색 수배의 대상이 된 개인의 인신을 구속하는 데 극도로 신중한 태도를 보이는 것이다. 결국 형사 문제에 관한 법률 지원의 국제법 틀 안에서 조약이나 비조약 분야의 협력을 해나가는 데 하나의 고려사항으로만 적색 수배를 인정하고 있다.

그럼에도 불구하고 적색 수배의 힘은 무시할 수 없는 게 현실이다. 인터폴의 범죄 정보가 담긴 데이터베이스가 회원국의 경찰기관은 물론 이민 출입국을 담당하는 기관에도 대부분 연결되어 있어서 적색 수배가 발부되면 전 세계적으로 정보가 실시간 공유되기 때문이다. 그러니 적색 수배에 오른 사람이라면 출입국의 관문을 통과해 해외여행을 하는 데 큰 제약을 받기 쉽다. 많은 나라에서 그저 고려사항으로만 여기는 적색 수배라고는 하지만 한 나라에서 다른 나라로 넘어가는 출입국을 거쳐야 하는 경우에는 사정이 조금 달라지는 것이다.

공항이나 항만같은 나라와 나라 사이의 관문에서는 그 나라의 형사소송법 등이 적색 수배를 인신 구속의 법적 근거로 인정하지 않더라도, 국경 출입을 통제하는 출입국에 관한 법률에 따라 인터폴 적색 수배자를 입국하지 못하게 하거나 출국시키는 것이 합법적으로 가능해진다. 경우에 따라서는 출입국 심사 등을 명분으로 이민 구금시설 내에 상당 기간 머물게 하는 경우도 어렵지 않게 찾아볼 수 있다. 이 경우 합법과 불법의 경계선상에서 관행적으로 이루어지는 행정적 조치여서 법률적인 구제를 받기가 쉽지 않음은 물론이다.

이처럼 개인의 여행 자유가 크게 제한될 가능성을 감안해서 인터폴의 적색 수배는 그 신청부터 발급까지 피라미드 형태의 엄격한 심사를 거친다. 우선 회원국의 법 집행기관이 해외로 도피한 범죄인을 찾아서 데리고 오기 위해 제 나라의 인터폴 국가중앙사무국에 적색 수배를 신청하면 이를 접수한 국가중앙사무국에서 첫 번째 문지기 역할을 한다. 법 집행기관이 제출한 증거 자료와 관련된 법원의 결정 등이 인터폴 사무총국이 정해 놓은 기준에 부합하는지를 살피는 것이다. 이러한 심사가 끝나면 국가중앙사무국에서는 인터폴 사무총국에 적색 수배 발부를 요청한다. 여기까지 오면 수배 신청의 심사를 전담하는 사무총국의 태스크포스에서 회원국의 신청 내용이 믿을 만한지, 혐의를 증명할 자료는 충분한지, 해당 범죄의 유형이 인터폴의 기준에 맞는지 등을 꼼꼼히 다시 심사한 후에야 수배를 발부할 것인지 결정하게 된다.

꼼꼼하다고는 했으나 이 다단계의 절차가 물샐 틈 없이 보인다면 착시다. 우선 회원국의 인터폴 국가중앙사무국이 제 나라에서 독립적인 지위를 보장받는 것은 아니기 때문이다. 그러니 국익을 앞세우는 바람에 인터폴 헌장에서 요구하는 기준을 자의적으로 해석하는 경우가 있다. 물론 이런 경우 사무총국에서는 회원국의 수배 발부 신청을 거부할 수밖에 없다. 사실 인터폴의 존재 의의라고 해도 과언이 아닌 적색 수배 때문에 사무총국 직원들이 가장 골머리를 앓는 것이 바로 이런 경우다.

회원국의 투표로 선출되는 사무총장이 사무총국의 적색 수배 발부를 최종적으로 감독하는 위치에 있기 때문이다. 그러니 사무총국의 결정에 불만을 품은 회원국에서는 사무총장을 공략하려 들기 마련이다. '당신에게 투표했던 내 손가락을 잘라야 할 지경'이라거나 '다음 선거에서 보자'라는 식의 무언의 압박이 집중된다.

그래서 낸 방안이 독립성이 철저히 보장되는 위원회 조직을 두는 것인데 인터폴 사무총국에 설치된 CCFCommission for the Control of INTERPOL's Files가 그것이다. 이 조직은 인터폴이 관리하는 정보의 보안과 개인정보의 처리 절차를 감시하는 한편 인터폴 기록에 대한 열람이나 삭제의 신청 등을 심사하는 역할을 맡고 있다. 적색 수배가 남발되는 것을 막고 관계자의 신청이 있는 경우 그 적법성에 대한 권위 있는 결정도 내린다

한 개인이 적색 수배 대상이 된 사실을 알게 된 경우 이를 법률적으로 다투려면 인터폴이 있는 프랑스의 중재법원에 소를 제기해야 한다. 그런데 이미 프랑스의 법원에서도 인터폴 CCF의 기능적,

절차적 중립성을 인정하여 이러한 신청을 기각한 결정례가 있다. CCF의 중립성과 그 결정의 법적 권위가 사법부에 의해 인정받은 것이다. 인터폴의 회원국에서 적색 수배 발부의 거부나 취소 등 사무총국의 조치에 대해 공식적인 이의를 제기할 때도 마찬가지다. 사무총장이 아닌 CCF에서 이들을 상대한다. 인터폴의 사무총장으로서는 적색 수배를 신청했다가 거절당한 회원국의 대표가 불만을 토로할 때면 '그 마음 나도 잘 알지만 법대로 하는 수밖에 없으니 CCF와 이야기를 한번 해 보는 게 좋을 것 같은데?'라고 친절히 안내하면 그만인 셈이다. 임명 권력이 선출 권력의 어깨에 놓인 짐을 덜어주는 묘수라고나 할까? 인터폴에서 CCF를 설치할 때는 계획이 다 있었던 거다.

국제적인 행사에 참석하면 다른 참석자들과 안면을 트는 것이 일의 7할이다. 서로가 스쳐지나가면서 스몰 토크small talk로 대화의 물꼬를 튼다. 다만 스몰 토크라고 해서 마냥 사소한small 것으로만 여겨서는 안 된다. 인터폴 회원국의 정부와 그에 속한 법 집행기관, 국제기구와 비정부기구를 대표해서 국제 행사에 참석하는 이들이 한담 따먹기를 위해 모여들었을 리 없지 않은가? 행여 그들을 '시답잖은 일에 기뻐하는 것밖에 재주가 없는 존재라고 생각' 한다면 무릇 천진난만하다.

# 4장

# 한담의 법칙

# 슬기로운
# 커피 브레이크 활용법

국제기구의 일은 사람 만나는 일이 많은 부분을 차지한다. 글을 쓰는 지금 따지고 보면 인터폴에서 일한 지 3년이 다 되어 가는데도 그렇게 만나는 사람들이 생면부지, 그러니까 처음 만나는 경우가 여전히 드물지 않다. 회자정리會者定離의 장인 국제적인 행사나 회의에서 만나는 사람들인 만큼 사는 곳, 일하는 곳이 세계 방방곡곡이기 때문이다. 그야말로 옷깃만 스쳐 지나가는 인연이기 쉽다. 특히 법 집행기관의 경우 다른 정부 부처나 민간 부문과 비교해 상대적으로 자리바꿈이 잦은 것이 여러 나라에 공통된 현상인 듯하다. 그러니 인터폴을 인연으로 만나는 회원국의 법 집행기관과 관련된 사람들과의 인연은 오래 이어지기 쉽지 않다. 매번 사람이 바뀌니 낯선 이들과 새로운 만남을 이어가는 것은 필연이다.

나는 낯을 많이 가리는 편이다. 처음 만나는 사람과 이야기하는 것이 즐겁지 않다. 그래서 사람 만나는 게 일인 국제회의에 참석할 때면 그저 일일 뿐이라고 스스로에게 최면을 건다. 피하지 못하면 즐기란 말은 안 믿는 편이다. 축구는 좋지만 축구 선수가 되면 얘기가 달라지는 거라던 고교 시절 축구부 친구의 고백을 떠올리는 것이 도움이 된다. 즐기는 일도 직업이 되면 더 이상 즐겁지만은 않다고들 하니 마냥 즐겁지는 않은, 사람 만나는 일이 직업인 셈인 편이 나은 것인지도 모른다는 식의 마음 다스리는 법이다. 고육지책이다. 남들은 내가 낯가리는 걸 모르니 주어진 일은 해내는 편인가 보다라고 매번 스스로를 격려한다. 그러고도 이런 자리에서 조금씩 지쳐갈 때면 마음 한구석에는 '나쓰메 소세키'의 연작소설 〈나는 고양이로소이다〉의 한 구절이 떠나지 않는다. '인간이란 시간을 보내기 위해 애써 입을 움직이면서, 재미있지도 않은 일에 웃고 시답잖은 일에 기뻐하는 것밖에 재주가 없는 존재라고 생각'한다거나 '내가 보기에도 안쓰럽기 짝이 없는 일'이라고 했던 고양이의 조롱 말이다.

애써 입을 움직이는 사람들을 위해 국제 행사에서는 나 같은 사람 낯가리지 말라고 시간을 따로 할애해 준다. 회의 프로그램이나 아젠다에 커피 브레이크라거나 티 앤 커피 브레이크라거나 케이터링에 충실한 이름을 붙여 놓은 것이 그런 경우다. 좀 더 솔직한 경우 네트워킹 브레이크라고 이름 짓는다. 말 그대로 서로 네트워크를 하라고 마련한 '쉬는 시간'이다. 네트워킹이 일의 7할은 될 텐데 쉬는 시간이라는 게 수미상관 하지 않아 불편한 측면이 있다. 다만 한두 번 부딪히다 보면 운명에 순응하게 된다. 쉬는 게 쉬는 게 아닌 거다. 이 시간을 정말 힘겨워 하는 사람들이 적지 않다. 나처럼 낯을 가리는데 그 정도가 중증 이상인 사람들이다. 어떤 이는 만인의 공포인 대중연설 버금가게 힘든 게 이런 자리에서 낯선 사람과 밑도 끝도 없는 이야기 하는 거라고들 한다. 영어로는 스몰 토크small talk라고 한다던데 우리 영어사전에서는 '한담閑談'이라고 새기는 듯하다. 다만 그저 한가롭게 이야기하는 경우와는 다를 수 있는데 영한사전에서도 '사교적인 자리에서 예의상 나누는 것'이라고 풀이한다.

다만 영한사전에서 한담의 방법론을 다루지는 않는다. 여기에도 나름의 요령이 필요하다. 우선 공수를 정해야 한다. 공격, 그러니까 사람들에게 먼저 다가갈 작정이면 다소 느린 걸음으로 정해진 '한담' 장소로 간다. 반대로 수비, 즉 먼저 나아가 다가오는 이들을 맞을 심산이라면 잰걸음으로 나아가 한가운데 자리를 잡는다. 보통 발제를 하거나 패널로 참석한 다음에는 수비 태세로 임할 수 있다. 발제자나 토론자에게는 모든 참석자가 우선 뭐라도 말을 건넬 빌미가 있다. '발표 잘 들었다'며 말을 걸어오길 기다렸다가 묻는 데 답하는 식이다. 자신도 뭐가 뭔지 모르는 발표를 하지 않은 이상 문답의 순서를 따르면 된다. 비교적 수월한 편이다. 아무도 말을 걸어주지 않아 고독에 떨게 되는 경우는 최소한 면할 수 있다.

이도 저도 하지 않은 다음이라면 남는 건 물론 공세다. 이때는 사방을 잘 살펴야 한다. 만나서 담판을 짓거나 무엇이든 제안을 해야 할 참석자가 있다면 작업에 착수하면 그만이다. 최단 경로로 다가가 비즈니스에 돌입한다. 이게 어쩌면 제일 마음 편한 경우이다. 물론 일이니까. 일거리가 없다면 우선 구면인 참석자는 없는지 찾아본다. 백 년 만에 만나는 거라며 호들갑을 떤 후에 지난 대화를 기억해내 이어갈 수 있어 좋다. 정말 사고무친四顧無親, 세상에 나 하나뿐이라는 현실 인식에 직면하면 우선 같은 처지의 외톨이를 찾아야 한다. 여기저기 슬쩍슬쩍 눈길을 옮겨 다니다 비슷한 처지의 눈빛을 만나면 잠시 머문다. 아주 살짝 우연을 가장한 눈인사를 나눈 다음 다가서면서 '하이Hi!' 한다. 이름과 일하는 곳, 직책으로 간단하게 소개를 하고 상대의 자기소개를 유심히 들은 다음 대화의 방향을 결정하게 되는데 가벼운 주제가 좋다. 상대가 마실 것을 들고 있다면 차냐? 커피냐? 맛이 어떠냐? 정도의 대화도 마중물이 될 수 있다. 국제행사라면 다들 오랜 비행 끝에 도착하기 마련이므로 자기소개에서 상대가 말한 사는 곳, 일하는 곳은 좀 더 자세하게 어디냐? 오는 데 비행기로 몇 시간 걸렸냐? 시차는 얼마나 되냐? 주거니 받거니 물은 다음 미리 준비한 나의 대답들로 맞장구를 치는 것도 괜찮은 방법이다. 다음은 주로 앞선 회의나 행사의 내용에 대한 소감을 나누거나 공감대를 형성하는 단계로 접어든다. 슬슬 지루해지기 마련이므로 이때쯤 빠져나갈 핑계를 준비하기 시작하는 것이 바람직하다.

사실 이런 자리에서는 혼자 남게 돼 남의 눈에 띄는 상황을 모면하려고 모두 필사의 노력을 하게 마련이다. 손을 잡고 빙빙 돌다가 구령에 맞추어 몇 명씩 짝을 지어야 하는 짝짓기 놀이의 양상이 나타나는 이유이다. 짝을 찾지 못해 겪는 난감함이 싫다면 이미 모여 있는 그룹에 끼어드는 요령도 필요하다. 이때도 그룹 중 한두 명에게 번갈아 눈길을 주면서 끼어들겠다는 사인을 미리 던진다. 그 상대가 공간을 내주거나 악수를 청하는 반응을 보이면 자연스럽게 그 사람과 인사하는 것으로 시작하는 게 좋다. 일대일의 경우와 다르다면 이미 모인 그룹의 사람들이 늦게 끼어든 사람에게 무슨 말이든 한마디 해주기를 기대한다는 것이다. 자리를 내주었으니 자릿값은 해야 한다. 이때는 간단한 자기소개에 이어서 거기 모인 사람들이 어떤 사이인지, 무슨 대화를 하고 있었는지를 가볍게 묻는 것으로 지나친 관심을 빨리 덜어야 한다. 이미 이어지던 대화가 계속될 수 있도록 배려해 주는 편이 축제 분위기에 찬물을 끼얹지 않을 수 있어 바람직하다.

스몰 토크Small talk이니 모든 대화의 소재는 small해야 한다는 것, talk이라고는 하나 talk는 small한 분량에 그치게 하고 상대와 눈을 맞춘 채 정성스럽게 고개를 끄덕거리며 잘 들어 주는 것이 더 중요하다는 것도 염두에 두어야 할 테다.

# 휴민트의 덫을 경계하는 이유

국제적인 행사에 참석하면 다른 참석자들과 안면을 트는 것이 일의 7할이다. 서로가 스쳐 지나가면서 스몰 토크small talk로 대화의 물꼬를 튼다. 다만 스몰 토크라고 해서 마냥 사소한small 것으로만 여겨서는 안 된다. 인터폴 회원국의 정부와 그에 속한 법 집행기관, 국제기구와 비정부기구를 대표해서 국제 행사에 참석하는 이들이 한담 따먹기를 위해 모여들었을 리 없지 않은가? 행여 그들을 '시답잖은 일에 기뻐하는 것밖에 재주가 없는 존재라고 생각'한다면 무릇 천진난만하다. 스스로를 관찰 '고양이' 시점에 가두는 셈이 될 수 있다.

인터폴에서 주최하거나 후원하는 국제 행사의 경우 대부분 국가 경찰 조직이나 국가 범죄 수사기관 등의 법 집행기관에서 일하는 사람들이 정부를 대표해 참석한다. 인터폴의 존립 근거와 목적에 비추어 자연스러운 일이다. 다만 그렇지 않은 경우가 없지 않다. 우선 민감한 이슈가 있는 때에 국가 경찰 조직의 상위에 있는 정부 부처는 물론 외교부처 등에서 직접 회원국을 대표하여 사람을 보내는 경우가 있다. 경찰이나 범죄 수사와는 무관한 사람들이다. 회원국에서 투표권을 행사하게 되는 선거를 치르는 인터폴 총회는 물론 국가 이익과 관련된 중요한 의제가 있는 주요 회의에서는 이러한 예를 어렵지 않게 찾아볼 수 있다.

우리 언론에서도 주목했던 2017년의 베이징 인터폴 총회도 예외가 아니었다. 팔레스타인이 인터폴 회원 가입을 신청했던 해다. 팔레스타인이 지난 몇 차례 무산된 가입 시도에 절치부심하며 범정부적인 대표단을 꾸려 현지에 도착했음은 물론이다. 반대하는 진영은 팔레스타인을 국가로조차 인정하려 들지 않는 나라들이므로 '용납할 수 없다'는 각오를 다지며 역시 규모를 갖춘 대표단으로 일전을 불사했다. 찬반 격돌이 불가피했던 만큼 양 진영을 각각 지지하는 제3의 회원국의 대표단의 규모도 예년에 비해 늘어나 있었다. 아니나 다를까 이 안건을 채택하던 날 총회 본회의장은 후끈 달아올랐다. 투표를 지연시키기 위해 끊임없이 의사 진행 발언을 신청하는 반대 국가들의 필리버스터와 투표 속개를 촉구하는 찬성 진영 간의 날 선 공방전이 종일 이어진 것이다.

갑론을박에 나선 각 나라의 대표들 가운데 경찰이나 법 집행과는 무관한 정부 부처의 대표들이 흔히 눈에 띄었음은 물론이다. 그날의 찬반 토론이 팔레스타인의 주권국가 지위를 인정할 것이냐에 관한 정치 · 외교적 이견에서 출발하는 만큼 이는 불가피했을 것이다. 회기 내내 회원국의 직업 외교관들이 인터폴의 총회에 참가해 토론할 자격이 있는지 문제 삼는 이들은 아무도 없었다. 인터폴 회원국의 정부에서 인터폴 사무총국에 총회 참가 자격에 관한 신임장credential을 제출하고 심사를 거치면 그만인 때문이다. 원칙적으로 그들이 어떤 부처에 소속되어 일하고 있는지를 따져 묻지 않는다. 회의에 참석하거나 토론에 참여하는 자격에도 제약은 없다.

직업 외교관을 포함한 이런 경우의 참석자들은 커피 브레이크도 허투루 보내는 법이 없다. 모든 기회를 틈타 다른 나라 사람들과 말을 섞고 필요에 따라서는 생각을 바꾸려 든다. 선거나 투표를 앞두면 나라별로 찬반의 의중을 알아내 투표 결과를 사전에 점치느라 분주하다. 이렇게 분석된 결과는 본국 정부와 실시간으로 공유하기 마련이다. 정부 간의 외교 채널을 통해 표결에 영향을 미치기 위한 것이다. 마지막 한 표를 던지는 순간까지 긴박한 외교전이 이어진다. 이처럼 사방에 보는 눈과 듣는 귀가 있으니 커피 브레이크라고 마음 놓을 일은 아니다. 그저 한담일 뿐이라고 여겨 정부의 공식적인 찬반을 발설해서는 안 되는 것은 물론 개인적인 견해를 입에 올리는 것도 삼가야 한다. 평소에 훈련된 국가대표 선수들과 말을 잘못 섞다가는 스스로 휴민트HUMINT, 다시 말해 인간 정보의 출처를 자처하는 셈이 된다.

구면이면 좀 마음이 놓이게 마련이다. 다시 한 다리 건너서 소개받았더니 '경찰'이라며 명함을 건네면 한결 편해진다. 피는 물보다 진하고 고슴도치도 내리사랑에 예외는 없다. 다만 잊지 말아야 할 것이 하나 있다면 '경찰'이라고 다 같은 '경찰'이 아니라는 점이다. 실제로 국가 경찰 조직이나 법 집행기관에서 일하는 참석자라고 하더라도 이들이 그저 범죄를 수사하는 데 그치는 사람이 아닌 경우가 있다는 것이다. 명함에 '경찰'이라고 새겨져 있고 그 명함이 위조된 것도 아니지만 외국에 관한 정보를 수집하는 일이 엄연히 그들의 주업인 경우이다. 정도의 차이는 있으나 중앙집권적인 국가 경찰 조직을 가진 나라에서는 흔히 볼 수 있는 사례이다. 국가 경찰기관의 국제 협력을 담당하는 부서의 경찰관이나 해외에서 근무하는 연락관liaison officer들이 이러한 해외 정보 수집 활동의 전면에 나선다.

정보 용어로는 이들의 활동을 '이끌어내기 또는 추출elicitation'이라고 부른다. 정보를 수집하는 대상이 되는 사람과 직접 대화하는 것이 가장 대표적인 추출 방식이다. 사람을 상대로 하는 것이니 휴민트 활동의 기본이기도 한데 국제 행사나 회의가 그 전문 분야와 관련된 외국의 정보를 추출하는 보고寶庫라는 것은 그쪽 업계의 사람들에게는 이미 널리 알려진 사실이다. 규모와 체계가 잘 갖추어진 회원국의 대표단을 지켜보면 회기 내내 자리에 앉아 모든 발표와 토론 내용을 속기하는 참석자, 쉬지 않고 돌아다니며 다른 회원국의 사람들을 만나고 회담 등을 주선하는 참석자들 사이의 분업 체계가 금방 눈에 띈다. 앉으나 서나 추출 생각뿐이다.

추출을 잘하려면 질문을 잘해야 한다. 우리가 교실에서 배운 바로는 질문을 잘하기 위해서는 예습을 철저히 하고 수업을 잘 들어야 한다고 했다. 교실 바깥에서도 그 원칙이 크게 다르지 않다. 국가적인 이익과 필요를 위해서 한담을 가장한 추출이 필요한 상대 나라가 정해지면 미리 누구와 이야기 하는 것이 가장 효율적일지, 그 사람에게 다가가 안면을 트는 데 어떤 방식이 가장 자연스러울지 미리 궁리해야 한다. 추출이 필요한 주제의 배경지식을 예습하고 상대의 반응과 말을 놓치지 않는 집중력을 유지해야 하는 것은 물론이다. 누군가 당신에게 다가온다면 그 반대의 경우, 방첩이다. 본론에 이르기까지 대화가 이어지는 데 마디가 드러나지 않고 넌지시 하는 질문이 핵심을 찌른다는 느낌을 주는 사람은 우선 경계한다. 국제회의에 참석한다면 공식적으로 휴민트 활동을 위한 장이 선 것으로 여기고 몸가짐은 신중하게, 입은 무겁게 한다.

# 대화의 마중물, 맛담배의 심리학

국제행사에서 사람들을 만나면 우선 자기소개를 한다. 이름을 말한 뒤 인터폴의 아시아 태평양 지역을 대표하면서 마흔 개의 회원국을 책임지고 있다고 말하는 순서다. 이어서 돌아오는 상대의 자기소개를 기다린다. 서로에 관한 대강의 소개를 주고받을 때쯤이면 사람들에게 흔히 듣는 첫 마디가 있다. '많이 바쁘시겠네요'가 그것인데 인터폴의 안팎을 가리지 않는다.

일단 책임지고 있는 나라의 수가 적지 않은 데다 그 지리적인 범위도 좁지 않으니 누구라도 넘겨짚어 할 만한 말이다. 서쪽 끝까지 가면 아프가니스탄이고 남쪽으로 내려가면 오스트레일리아까지 가 닿는다. 동쪽 끝에는 전 세계에서 새해를 가장 먼저 맞는 남태평양의 작은 섬나라, 키리바시가 자리 잡고 있다. 북쪽의 끝은 실크로드가 지나간 자리를 거쳐 카자흐스탄의 몫이다. 일단 인터폴에서 일하는 사람들은 자신이 맡은 나라의 수와 범위에 비추어 내가 감당해야 할 일이 많을 거라는 어림짐작을 하기가 수월하다. 세상은 넓고 그래서 할 일은 많은 건 동서고금의 상식이다. 반대로 인터폴과 무관한 사람들의 경우라면 인터폴은 물론 내가 무슨 일을 하는지 알 길이 없다. 다만 만나게 되는 대부분의 사람이 외국의 정부나 국제기구 또는 법 집행기관에서 일하는 경험 많은 '선수'라 대화를 끌어가는 저마다의 수완이 있다. 자기소개를 마친 상대에게 바쁠 것 같다고 말해 주는 것은 이런 부류의 사람들 사이에 널리 쓰이는 대화의 마중물 가운데 하나다.

누구에게든 바쁠 것 같다고 말을 걸면 상대방의 자존감을 높이는 효과가 있다. 자존감은 진정성과 비례한다고 한다. 자존감을 강화하는 것으로 연구된 호르몬인 테스토스테론을 투여한 남성이 거짓말을 할 확률은 그렇지 않은 실험군에 비해 현저히 낮아진다는 실험 결과가 있다. 담배에 불을 붙여 주면서 자백을 받아내는 형사들은 이걸 경험으로 안다. 맞담배는 자존감을 높인다. 그래서인지 바쁘지 않으냐고 우선 물어보는 이들에게는 내가 하는 일을 대체로 숨김없이 말하게 된다. 내가 좀 중요한 사람이라 바쁘긴 하지, 이 사람이 뭘 좀 아네? 한껏 고양된 자존감은 이실직고以實直告로 이어진다. 그러니 처음 만난 사람을 간 보기에 이만한 대화의 실마리가 없다. 영어로는 'You must be very busy' 정도가 어떨까 싶다.

글을 쓰다 문득 여권을 꺼내 사증란에 찍힌 출입국 스탬프를 세어 보았다. 지난 한 해 출장을 다녀온 회원국이 얼추 열다섯 곳은 되는 듯하다. 한 달에 한두 번 짐을 싸고 푸는 일이 일상이 된 기억은 오래지만 과연 분주하긴 했구나 새삼 실감한다. 우선 가장 많은 출장은 회원국의 법 집행기관들이 어떻게 일하는지 그 실태를 살펴보고 인터폴에서 회원국을 돕기 위해 추진하고 있는 프로젝트나 교육 훈련을 현장에서 지원하기 위한 출장의 경우이다. 인터폴 아시아 태평양 지부의 사무소가 태국 방콕에 있고 동남아 지역 국가에 대한 지원 필요성은 여전한 편이어서 캄보디아, 미얀마, 라오스, 베트남 등의 아세안 국가를 자주 다녀오게 된다. 최근 들어서는 남태평양 국가의 인터폴 가입이 늘고 있어서 두세 번 비행기를 바꿔 타며 남반구의 섬나라로 향하는 출장이 늘어나고 있기도 하다.

아시아 남태평양 지부장이 공식 직책이지만 사실 남태평양은 오스트레일리아와 뉴질랜드 두 나라를 제외하고는 그간 잊힌 채였다고 해도 과언이 아니었다. 남태평양 섬나라들의 경우 지리적으로 접근성이 떨어지고 경제적으로도 뒤떨어져 국제기구에서의 활발한 활동을 기대하기 어렵다. 2017년 일을 시작한 첫해에 남태평양 국가의 경찰청장 회의체인 PICP 총회Pacific Islands Chiefs of Police Conference에 인터폴 지부장으로는 처음으로 참석했다. 기왕 내가 맡은 지역에 관한 책임이라면 그 이름과 실질이 같아야 한다고 생각했기 때문이다. 그 다음 해부터 남태평양 국가 가운데 솔로몬아일랜드, 나우루, 키리바시가 줄지어 인터폴 회원국으로 새로이 가입했다. 내가 다 해낸 일이 아닌 건 알지만, 이런 일도 하느라 바쁘다고 말하면서 은근슬쩍 제 자랑으로 삼는다.

다음은 인터폴헌장에 정해진 주요 회의에 매번 참석해야 한다. 가장 큰 연례행사인 총회는 물론 회원국을 대표하는 국가중앙사무국장 회의, 아시아 지역의 회원국끼리 모이는 아시아 지역 총회 등이 이에 해당한다. 이런 때는 인터폴 사무총국이 있는 프랑스는 말할 것 없고 총회가 열리는 나라라면 지구 어디든 가야 하므로 비행시간이 길어지기 마련이다. 2019년 총회는 남미에 있는 칠레 산티아고에서 열렸는데 오가는 비행시간만 50시간 남짓이 걸렸다.

끝으로 실제 국제성 범죄를 단속하고 수배자들을 검거하기 위해 인터폴에서 주도하는 검거 작전을 주관하거나 그와 관련된 행사에 참여하는 출장도 매년 빠지지 않는다. 2017년에는 해외 도피사범 수사에 관한 행사를 위해 지구 반대편 자메이카를 다녀왔고 2019년에는 우리 경찰청에서 후원하고 아세안+3 회원국들이 참가한 합동 검거 작전을 주관하느라 서울을 드나들었다. 2년 남짓 인터폴에서 일하는 동안 여권의 사증란 47쪽을 얼추 다 채웠다. 다음에 서울을 다녀올 때는 새 여권으로 바꿔야 할 모양이다.

# 인터뷰의 첫 단추, 자기소개의 가성비

2018년 여름이었다. 인터폴에서는 회원국에서 파견을 나와 근무하던 직원들이 정해진 계약 기간을 마치고 떠나면서 비게 되는 자리에 새로운 직원들을 공모하고 있었다. 대부분의 파견 계약이 3년 안팎이므로 나고 드는 자리는 대략의 예측이 가능하다. 때를 맞추어 우리나라의 경찰청에서도 미리 공모가 날 만한 자리에 추천할 사람들을 내정해두기 마련이다. 마침 서울에 형편을 물었더니 그해에도 이미 경찰청에서 내부적으로 공모한 네 명의 지원 후보가 추려져 있다고 했다.

한 해 전 인터폴에 지원하기 위한 준비를 하느라 혼자서 동분서주했던 기억이 퍼뜩 떠올랐다. '우리나라 지원자들이 다른 나라의 후보와 경쟁하는 데 도움을 줄 길은 없을까?' 같은 길을 가본 이의 오지랖이 뒤따랐다. 마침 잠시 귀국할 일이 있던 참에 시간을 냈던 것이지만, 나부터도 준비하기가 막막했던 사무총국과의 면접에 대해서만 시간이 나는 대로 내 경험을 나누고 필요한 조언을 하기로 약속을 정했다.

인터폴에 지원한다면 사무총국에서 처음 받게 되는 연락은 첫 번째 단계인 서류 심사를 통과한 사실을 알려주는 전화이기 쉽다. 축하한다고 말하기 무섭게 면접이 남았다며 날짜를 잡자고 말한다. 1차 서류 심사에서 탈락한 사실을 알리기 위해 굳이 전화를 하라는 법은 없다. 법대로 하는 것이 태생적인 임무인 국제기구인 때문인지 법에 정해져 있지 않은 일은 수고로이 하지 않는 편이다. 전화 한 통은 받고서야 다음 단계인 면접이다. 서류를 보내고 하루하루 피를 말리는 기다림을 감내해야 하는 지원자 입장에서는 희망고문에서 벗어나는 순간 점입가경을 다시 맞닥뜨리는 셈이다.

그해 서울의 폭염은 내가 일하는 방콕의 기온을 오히려 그리워하게 하는 살벌함이 있었다. 쏟아지는 태양과 숨이 막히게 하는 더위로부터 도망치듯 경찰청으로 걸음을 옮겼다. 마련된 회의실에 들어서니 찬 공기가 몸을 감싸며 반겨 주었다. 그러나 더위를 대신해 네 명의 지원자들의 시선이 곧 내게로 쏟아졌으므로 나도 모르게 다시 날숨을 참았다. 인터폴에 나가서 일하고 있다는 저 사람은 어떤 사람일까, 지원자들의 호기심은 당돌하다 싶을 만큼 노골적이었다. 그렇다고 한들 인터폴에 지원해서 합격하는 데 무엇이든 도움을 줄 수 있기는 할까, 썩 미더워하지 않는 젊은 패기도 엿보였다. 어려서부터 원어민에게 외국어를 밀도 높게 배운 요즘의 젊은 친구들에게는 웬만해서는 자국민의 영어에 감탄하지 않겠다는 각오가 서려 있게 마련이다. 좋은 조짐이라고 생각했다. 그들이 경쟁할 상대는 영어를 모국어나 공용어로 쓰는 원어민들이기 쉽다. 그 편이 차라리 든든했다.

서로 첫 인사를 나누기 바쁘게 본론으로 들어갔다. 먼저 인터폴 면접에서 자신을 소개하는 요령이었다. 자기소개는 인사 면접이라면 거의 예외 없이 첫 질문이기 마련이다. 아니 적어도 인터폴에서는 그렇다. 이때 흐름을 자기 쪽으로 가져가지 못하면 끝까지 끌려다닐 위험이 커진다. 따라서 초장에 자기소개를 틈타 직무와 연관된 자신의 경력과 성과를 간결하면서도 인상깊게 전달해야 한다. 아 이걸 먼저 말했어야 하는데, 인터폴 면접은 처음부터 끝까지 영어로 진행된다. 허를 찔리거나 그런 거 아니었길 빈다. 그만 포기하라는 것은 절대 아니다. 미리 잘 준비해서 후회가 없도록 하자는 것일 뿐이다. 그러려면 비영어권 국가의 국민인 우리로서는 예상 답안을 미리 준비하는 것이 물론 바람직하다. 이처럼 모범 답안을 미리 만들기 위해서는 예상 질문을 잘 선택해서 집중하는 편이 효율적인 것은 물론이다. 자기소개는 인터폴의 채용 면접에서 99%의 출제 확률를 보이는 저위험, 고수익 투자 종목이다.

그날 경찰청에 가기 전 지원자들로부터 영어로 쓴 이력서를 미리 받아본 것도 같은 이유에서였다. 각자 이력서를 채워 가면서 일찌감치 자기소개에 대한 전략 투자를 시작하기를 바랐던 것이다.

더불어 나로서는 이력서를 통해 그들이 공직을 담당하면서 목적있는 삶의 태도로 국제기구에서의 일할 동기를 유지해 온 사람인지를 확인하고 싶은 마음도 있었다. 단순히 기회를 잡으려 하는 사람이라면 한 나라를 대표해 여러 나라의 사람들과 함께 일하는 자리에는 어울리지 않는다고 여겼던 것이다.

영어로 자기소개를 할 때 기술적인 측면도 잊지 말아야 할 것이 하나 있는데 바로 사용하는 표현이 영어적이어야 한다는 것이다. 지구를 처음 찾은 외계인에게 프랑스 사람은 '점심으로 무얼 먹느냐?'고 먼저 묻고 일본 사람은 '사용하는 화폐 단위가 무엇이냐?'라고 묻는데 한국 사람은 '대한민국 아느냐?'고 대뜸 묻는다는 우스개가 있다. 외계인이라니 이게 우스개가 되지만 우리는 유독 다른 나라와 문화 속에 사는 인간들에게도 불쑥불쑥 우리의 것을 말하는 습관이 눈에 띄는 나라 사람인 편이다. 그것은 내게도 경험칙이긴 하지만 면접을 하는 상대가 어떻게든 우리나라와 문화, 또는 박지성이나 김연아를 알 거라는 생각을 버리는 것은 회화뿐 아니라 영어 면접에서도 필요한 마음가짐이다.

일한 곳을 소개하면서 '중랑경찰서'라고 하기보다는 '대한민국 수도에 자리 잡은 한 경찰서'라고 말하는 편이 부드러운데 면접관이 '중랑'에서 고개를 갸우뚱거리지 않아도 되기 때문이다. '강남경찰서'라면 이제 프랑스 사람들도 많이들 알 법하지만 말춤을 즐긴다고 해서 면접에서 호의를 베풀 것이라는 보장은 어디에도 없다. 역시 풀어서 말하고 우리말의 고유명사는 쓰지 않는 것이 좋은 데 문화적으로 다양한 환경에 익숙하고 상대를 배려할 줄 안다는 인상을 남기기 때문이다. 요즘은 구인 구직을 위한 '링크드인' 같은 웹서비스가 있어서 직업적으로 비슷한 경험을 한 원어민의 게시물을 참고할 수 있다.

사실 이날 만난 경찰청의 젊은 인재들은 이미 '링크드인' 정도는 섭렵한 눈치들인 데다 영어권 국가의 대학원에서 유학해 학위를 얻은 이가 있는가 하면 로스쿨을 마치고 변호사 자격을 가진 지원자도 있었다. 어디에 내놓아도 부끄럽지 않음은 물론 외국에 내놓기 아깝기까지 한 재원이었다. 부탁했던 영어 이력서를 쓰는 기술적인 면도 모두들 나무랄 데가 데 없어 보이길래 돌아가면서 자신을 영어로 소개해 보라고 했더니 미리 전해 들은 대로 '요즘 영어 잘하는 젊은 엘리트들'이어서 그 솜씨도 빠지지 않았다. 쓰기, 말하기 다 잘하는 셈이니 나는 누구이고 여기는 어디인가, 도움을 주겠다던 내 오지랖을 후회할 처지가 될 지경이었다. 다만 이어서 인터폴에서 일하고 싶은 이유를 묻자 손 볼 데가 눈에 들어왔다.

영화 〈그랜드부다페스트 호텔The Grand Budapest Hotel〉의 장면이다. 주인공 제로Zero는 극 중 후견인이 되는 무슈 구스타브M. Gustave의 난데없는 취업 면접 제안에 선뜻 응한다.

무슈 구스타브 : 왜 (우리 호텔의) 로비에서 일하려는 거지?

제로 : 글쎄요. 누군들 원하지 않겠어요? 그랜드부다페스트 호텔인데요. 여기야말로 유서 깊은 곳인걸요.

영화 속 제로는 호텔의 소유주이자 경영자인 구스타브의 마음을 단박 사로잡으며 즉석에서 취직하게 된다. 왜 인터폴이냐는 내 예상 질문에 돌아온 지원자들의 답변은 나름 다양했다. 어릴 때부터 인터폴에서 일하는 꿈을 꾸었다고 말하는 이가 있는가 하면 전 세계의 조직범죄를 뿌리 뽑겠다는 다소 미심쩍은 포부를 낯빛도 변하지 않은 채 밝히는 이도 있었다. 사실은 인터폴에서 일하기 위해 경찰이라는 직업을 선택했다는 답도 있었는데 내 귀와 영어 청취 능력을 잠시 의심했다. 다만 내게는 모두 한결같은 답변이라고 여겨졌는데 그 순간 영화 속 제로의 현답賢答이 문득 스쳐 지나간 것이다.

인터폴은 100년의 유구한 역사를 자랑하는 유서 깊은 국제기구이다. 법 집행을 경력으로 삼은 전 세계의 사람들이 한 번쯤 일하기를 꿈꾸는 곳임이 분명하다. 영화에도 자주 등장하니 폼 나는 데다 국제기구에서의 경력으로서도 빠지지 않는다. 인터폴에서 일하는 사람들은 모두 아는 사실이다. 다만 어린 시절 장래 희망이었다거나 초국경 범죄를 송두리째 뽑아 버리고 온 세상을 안전하게 만들겠다는 포부는 파견직 자리를 지원하는 이들에게 기대하는 답은 아니다. 순백의 영혼처럼 보여서는 안 된다. 어릴 적 꿈이라니, 너무 순진하다. 프로페셔널 해야 한다.

그러니 왜 이곳에서 일하고 싶어?why do you want to work here?, 물어오면 왜 내가 당신에게 이 일을 맡겨야 하는 거지?why do I have to hire you?, 정도로 새겨듣는 편이 도움이 된다. 제로는 평생 첫 직장을 구하는 중이고 구스타브는 유서 깊다는 칭찬에 들뜬 창업주다. 혼자 둬도 무엇이든 알아서 할 만한 경력자를 구하는, 딱히 주인이라고 할 만한 사람은 없는 국제기구와는 경우가 여러모로 다르다.

# 리더를 만드는 습관, 이력서의 쓸모

태어나서 처음 영어로 이력서를 써본 건 미국으로 건너가 로스쿨을 졸업할 때쯤이었다. 졸업식을 마치는 대로 그 나라의 수도로 내려가 법 집행기관에서 일해 보거나 그와 관련된 연구를 하는 곳에서 좀 더 경험을 쌓으리라 마음먹었다. 그래서 기말시험을 마칠 때쯤 난생처음 일자리라는 것을 구하고 있었다. 다니던 로스쿨에서 형법이나 형사소송법을 골라 듣긴 했었다. 졸업해서 개업하면 벌이가 시원찮은 형사법 분야여서 미국의 로스쿨 학생들은 그다지 선호하지 않는 과목들이다. 그러나 우리 경찰청에서 선발된 국비 유학생이라면 그 공부가 맞다고 생각했다. 다만 따지고 보면 그게 모두 미국에서 변호사가 되기 위한 공부였다. 법 공부와 결을 달리하는 경찰에 관한 공부와 경험이 더해져야 맞는 것이라고 여겼다.

경찰청에서 한 해에 한 사람 뽑아 나랏돈을 들여 공부시키는 거니 그게 도리에 맞는 거였다.

구직자가 되었으니 우선 이력서를 보내야 했다. 그해가 1999년이었는데 그때 미국에서는 야후라는 검색엔진이 대세였다. 구글이 1998년 9월에야 서비스를 시작했다고 하니 돌이켜보아 그럴 법하다. 그래서 안타깝게도 'resume'라거나 'curriculum vitae'와 같은 검색어만으로 1억 건이 넘는 검색 결과를 향유하는 지금과 같은 구글의 시대가 아니었다. 구글 지도도 물론 없었으니 물어물어 서점을 찾아갔다. 그 당시 미국 출판가에서 유행하던 것이 '바보 Dummies' 시리즈였다. 다양한 분야에 걸쳐 설사 '바보'라고 해도 이해할 만한 수준의 기초를 설명해 놓았다고 했다. '바보를 위한 PC', '바보를 위한 엑셀' 같은 식이었다. 다행히 〈바보를 위한 이력서 Resumes for Dummies〉라는 제목의 책도 있었다. 그 책을 한 권 사서 일독한 다음에야 첫 이력서를 써 내려갔다.

대여섯 곳에 이력서를 보냈고 단 두 곳에서만 면접을 보자는 연락을 받았다. 나는 일시적인 경험 정도로 여겼지만 이력서를 받아 든 이들에게는 새로운 사람을 채용하는 결정이었으니 그 무게가 달랐을 법하다. 게다가 그 사람들 입장에서는 내가 외국인 노동자이니 취업 비자며 뭐며 생각보다 일이 복잡해지기 마련이었다. 그래서 두 곳에서 취업 제안을 받은 것도 감지덕지라고 여겼다. 면접을 본 후 너는 좋으냐, 그만하면 나는 괜찮다, 폴리스 파운데이션 Police Foundation이라는 연구 기관에서 일하기로 마음을 정했다. 고백하자면 나머지 한 곳의 합격 통보는 이미 내가 폴리스 파운데이션에 출근하기로 마음을 정한 뒤에야 도착했으니 사실 선택의 여지가 없었던 게 사실이다. 다만 폴리스 파운데이션에 '다시 생각해보고 마음이 바뀌었다'고 말할 생각은 전혀 없었는데 그곳이 내가 처음부터 바랐던 공부와 경험을 쌓는 데 딱 맞춤이라고 여겼기 때문이었다.

요즘 세대의 취업 준비기에 비할 절박함이 결부된 상황은 아니었고 돌아갈 직장이 폐업할 확률은 사실상 없는 국비 유학생이었니 배포가 든든했다. 최악의 경우 서울로 좀 일찍 돌아가면 그만이었다. 그럼에도 불구하고 이력서를 보내고 답을 기다리며 직장이라는 것을 처음 구해 본 경험은 지금도 각별하게 여겨진다. 이후로 오래 마음에 새기고 지킨 몇몇 교훈과 실천을 내게 남겼는데 그 가운데 하나가 간간이 이력서를 채워가는 일이다. 미국으로 유학을 떠나던 때 나는 9년째 나랏일을 하고 있었다. 그러나 이때 새로운 직장을 구하기 위해 A4 용지 한두 장 분량의 이력서를 채우기란 절대 쉽지 않은 일이었다. 이력서를 쓰기 위해 산 책 제목대로, 바보 같기만 한 스스로를 나무랐다. 오래오래 부끄러운 일이라고 생각했다. 이력서를 쓰는 데 바보는 겨우 벗어나게 해 주었던 데다 어쨌든 일자리를 찾아준 그 책은 귀국길에 잃어버렸다. 그렇지만 그때의 자책은 내가 오는 하는 일이 이력서에 어떻게 남게 될까를 가끔 생각하는 습관을 챙겨서 서울로 돌아오게 했다.

이력서는 이력서를 쓰는 목적에 일관되는 것이 바람직하다. 기웃거리지 않고 이력서를 들이미는 이유를 위해 자신이 살아온 흔적을 꾹꾹 눌러 쓰듯 담아야 한다. 마음가짐은 '아다지오 소스테누토adagio sostenuto'로, 느리면서 차분한 빠르기를 유지하되 음 하나 하나를 충분히 눌러서 무겁게 연주하듯 써야 한다.

이렇게 이력서를 습관에는 목적적인 삶의 태도를 가꾸는 부수적인 효과도 있다. 올해가 다 지날 때쯤 내 이력서를 새롭게 써보려면 오늘은, 이번 달은 무슨 일을 어떻게 하는 게 좋을지 생각해 보게 되기 때문이다. 공직에서는 내일 아침 신문에 네가 한 일이 보도되면 어떨지 생각해 보라는 주문을 흔히 받는다. 골치 아픈 일 만들지 말라는 이야기다. 심리학자들은 이걸 '회피 동기'라고 부른다. 나쁜 결과를 먼저 염두에 두고 이를 회피하기 위한 생각과 일을 하는 방식이다. 실수를 피하고 몸을 아끼라는 뜻이니 보신주의라는 말과 비슷하지 싶다. 이력서를 쓰는 일은 이와 반대되는 '접근 동기'를 부여한다. 좋은 것에 가까워지려는 동기를 말한다. 한 일과 이룬 것을 때때로 적어 보면 다음에는 무엇을 더해야 할지를 생각하게 된다. 과거 시제의 글쓰기라고 하나 미래를 위한 자극을 준다. 살다 보면 때로 피할 건 피해야 하는 법이어서 접근과 회피, 두 종류의 동기가 조화를 이루는 것이 바람직하다고들 한다. 공직에 몸담은 나로서는 오랫동안 이력서를 쓰는 습관을 들이길 참 잘했다고 스스로 대견해 하는 이유다.

오래전 '헤드헌터'라고 새겨진 명함을 받아든 적이 있었다. IMF의 굴레를 벗어난 당시의 우리 경제는 제법 활황이었고 그 탓에 별반 달라진 것 없는 공직의 처우는 상대적으로 불만스러웠던 때였다. 우리나라에 진출한 다국적기업 중 한 곳에서 사람을 구한다고 했다. 법무팀에서 기업 보안을 담당하는 일이었다.

기업이 보유한 지적재산권을 온전히 지키는 일이 매우 중요한 업종이었다. 영업 비밀에 관한 법적 지식을 소화할 수 있는 학문적 배경이 필요했다. 정부가 가짜 제조품을 강하게 단속하면 가짜 제품이 시장에 유통되지 않게 돼 지적 재산권을 보유한 기업의 수익이 어부지리를 얻는 구조였다. 법 집행기관이 가짜 상품을 강하게 단속할 의지를 갖추도록 설득할 수 있는 네트워크를 가진 사람을 필요로 했다. 실제로 정부 기관이 가짜 상품을 단속했을 때 피해 기업을 대변할 수 있는 법률 지식과 수사 실무 경력을 겸비한 사람이라면 그야말로 금상첨화였다.

제안을 받자마자 몇 해째 적어 모아두었던 이력서를 꺼내 펼쳤다. 학력 가운데 우리나라의 경찰대학교는 법 집행기관과의 네트워크를 강조하는 데, 미국의 로스쿨을 졸업한 학력은 다국적기업이 원하는 법률 지식을 두드러지게 하는 데 각각의 쓸모를 두었다. 다만 한국에 진출한 다국적기업이라면 우리나라에서의 네트워크를 더욱 중요하게 여길 것이 분명해 보였다. 이력서 분량에서 경찰대학교는 키우고 미국의 로스쿨은 그에 비해 분량을 확 줄였다. 다만 로스쿨에서 수강한 과목 가운데 형사법이나 증거법 분야를 눈에 띄게 하고 경찰 수사나 정보와 관련된 우리나라에서의 실무 경력과 어떤 관련이 있는지를 강조했다. 마치 그런 기회가 다가올 것을 염두에 두고 하루하루 살아왔던 것처럼 지나간 기억을 되살리며 빈 곳 없이 두 장 남짓 이력서를 꾸몄다. 서류 심사를 통과하고 본사에 초청되어 얼굴을 마주하고 인터뷰에까지 응했다. 그러고서도 '좋은 경험을 했다'고 하고 그만두었다. 주변의 만류와 회유가 꽤 집요하기도 했지만 결국에는 맡은 나랏일에 기회가 더 있을 것이라는 기대가 더 컸다. 이 일로 두고두고 소개한 '헤드헌터'의 원성을 샀으나 나로서는 얻은 게 많았다.

인터폴에 원서를 낼 때도 다르지 않았다. 공개 채용의 방식이므로 인터폴의 홈페이지에서 그 직책에 관해 설명해 놓은 직무 기술서job description를 구하는 것은 어려운 일이 아니었다. 다음은 각각의 항목과 연관성이 가장 높은 자신의 경력이나 성과, 교육의 이력 등을 추려야 한다. 인터폴의 직급은 그레이드grade로 표시한다. 유엔의 경우 P-2에서 시작해서 P-7으로 숫자의 크기가 커지며 올라가는 데 반해 인터폴은 가장 높은 직급인 G1에서 가장 낮은 G10까지 한 단계씩 낮아지는 구조다. 내가 응모했던 직위는 G2로서 등급이 구분되는 직급 중 두 번째로 높은 중견 관리직senior manager에 해당한다. 따라서 실무적인 전문성보다는 관리자로서의 경험과 업적이 보다 눈에 띄어야 했다.

우리나라에서 경찰대학교를 졸업한 이력은 큰 의미가 없다. 인터폴에서 우리나라 경찰대학교 입학 성적을 알 리 만무하기 때문이다. 미국 로스쿨의 졸업장은 그나마 나은 편이다. 국제기구라면 이력서에서 우리나라 경찰대학교는 줄이고 영어로 수강한 로스쿨에 관한 분량은 최대한 키워야 한다.

인터폴의 경우 수사나 정보는 역시 중요한 경력이지만 내가 어떤 범죄를 수사해서 기소와 유죄를 끌어냈다는 이력은 실무 직원의 몫에 보다 가깝다. 내가 한 일이랍시고 이력서를 빼곡히 채운 이가 관리자가 되면 내가 가장 잘 안다고 생각하므로 듣기보다 말하기를 좋아하는 '답정너'이기 쉬운 것은 물론 실패는 남 탓으로 돌릴 우려도 커진다. 이력서만 보아서는 리더와 보스 가운데 후자가 되기 쉬운 사람이다.

이에 반해 항상 배우려는 자세로 말하기보다 듣고 해법을 제시하며 인정 욕구를 충족시켜 주는 이들을 리더라고 칭한다. 이들의 이력서에는 함께 일한 이들이 드러난다. 맡은 조직에 대한 애정과 열심, 문제 해결을 위한 의지와 준비는 물론 구성원에 대한 관심과 존중이 창의적인 성과로 이어져야 한다. '나'는 줄이고 '우리'를 키우게 되므로 이력서는 좋은 리더를 가려낼 수 있게 한다. 이력서를 쓰는 이에게는 좋은 리더에 접근하는 동기도 부여함은 물론이다.

A가 있어야 할 자리에 Q가 있을 수도 있다는 것. 중국에 관한 것이라면 인류학자인 유발 하라리의 글에도 북경의 장삼이사張三李四일 망정 사소하나마 그 연유를 달리 밝힐 여지가 없지 않다는 것. 이처럼 다름 아닌 다름에 생각의 경계가 넓어지는 경험들은 무엇과도 바꿀 수 없는 것이어서 국제기구에 자원방래自遠方來 하여 일하는 기회에 얻는 가장 소중한 열락으로 여긴다.

## 5장

# 다름 아니라
# 다름

# 제 이름을 불러 주는 일의 무게

인터폴에서 일을 시작한 지 한 달이 채 지나지 않았던 때였다. 2017년 1월 인터폴에서 주최하는 국제 행사에 참석하는 첫 공식 일정이 잡혔다. 네팔의 카트만두에서 열리는 제23회 인터폴 아시아 지역 총회에 발표자로 초청을 받은 것이다. 앞선 2016년 한 해 내가 맡은 아시아 태평양 인터폴 지부에서 벌인 주요 사업과 그 성과 등을 본회의에서 발표해 달라는 요청이었다. 물론 내가 인터폴에 몸을 담기도 전의 일이었다. '난 그때 여기 없던 사람인걸?'이라고 말해 봐야 소용 없다는 것을 알았다. 내가 아니라 내가 맡은 자리를 향한 초청이기 때문이다. 그 자리를 차지한 이상 딴소리하기는 없기란 묵계는 분명했다. 묵묵히 짐을 꾸려 카트만두로 향했다.

큰 국제회의에서는 대체로 따르게 되어 있는 순서와 의례가 있다. 정해진 순서에 발표를 하거나 토론에 참여할 사람이 연단에 오르게 되면 시작에 앞서 진행자가 연사들에 대해 간단한 소개를 하는 것도 그 가운데 하나이다. 내 차례가 돌아왔으므로 이탈리아 사람인 그날의 진행자가 청중에게 내 소개를 할 참이었다. 처음으로 인터폴 회원국의 참석자들에게 나를 드러내는 자리였으므로 상세한 자기소개는 직접 하겠다고 그를 찾아가 미리 일러둔 뒤였다. 그러니 그로서는 미리 건네받은 내 약력에 'Kitaek Kang'이라고 영어로 적힌 이름만 소리 내어 읽으면 그만이었다.

"카이택 캥!"

부모님이 지어주신 이름이 귀에 익으니 나로서는 잠시 방향감각을 잃을 수밖에 없었다. 다만 영어를 모국어로 쓰는 사람들의 기준에서는 'Kitaek Kang'을 그렇게 읽었다고 해도 탓할 수는 없다는 것을 예전부터 알고 있었으므로 최대한 평정심을 유지했다. '그게 바로 나'라는 몸짓을 곁들이며 연단으로 향했다. 사실 'k'라고 쓰면 '키읔'으로 발음하기에 우리말 '기역'의 소릿값으로 읽어 주기를 바라서는 안 된다. 알파벳 'i'는 모음이 바로 따라오는 자음 앞에서 '아이'로 소리 나므로 '이'로 발음해 주기를 기대하는 것도 맞지 않는다. 그러니 아무리 뜯어 보아도 영어로 표기된 내 이름의 소릿값은 '카이택 캥'이 적당하다. 영어를 쓰는 원어민들이 공통된 발음을 한다는 것은 내 경험칙이기도 했다.

다만 다양한 언어와 문화적 배경을 가진 사람들이 모이는 국제회의라면 달라야 한다. 각자의 언어와 문화를 존중하는 태도가 필요한 것이라고 믿었다. 참가자의 불편을 줄이기 위해 회원국의 합의로 선택된 공식 언어가 있지만, 각각의 나라와 문화에서 유래하는 요소들은 그 원형이 유지되어야 한다. 특히 행사의 진행을 맡은 때라면 자신이 소개해야 할 사람들의 이름을 물어서 원래대로의 발음을 익혀두는 것이 맞다. 내가 처음으로 인터폴 행사에 참석한 때였다는 사정을 감안하더라도 나로서는 다소 불편한 마음을 지울 수 없었던 이유였다.

단상에 자리를 잡고 마이크의 높낮이를 조절했다. 우선 진행자에게 미리 소개해 주어서 고맙다는 말을 잊지 않았다. 역시 하나의 관행이라 그랬을 뿐 그 말에 영혼은 담겨 있지 않았다. 티 났다고 해도 괘념치 않는다. 그런 다음에는 '내 이름은 강기택'이라고 몽당연필을 꾹꾹 눌러쓰듯 말했다. 우선 인터폴에서 일하기 시작한 이후 첫 공식 행사였으므로 '내 이름을 건다'는 혼자만의 비장함이 없지 않았다. 이에 더해 국제기구라면 모든 회원국 구성원 각자의 다양성과 차이를 인정하고 존중해야 한다는 것을 은연중에 강조하고자 했다. 대문호 셰익스피어마저 '이름이 대수냐?'라고 했다지만 그러한 순진한 관용이 다름을 인정하지 않는 상대의 차별적 행태에 빌미를 줄 수도 있는 법이다. '나는 그런 행태를 용납하지 않는 사람'이라는 점을 처음부터 분명히 해두어야 한다고 믿었다.

젊은 시절 미국에서 유학할 때부터 영어로 지은 이름의 유혹은 컸다. 주변에 온통 그 나라 말인 영어로 말하며 자란 이들뿐이었으니 '기택'이라는 이름을 낯설어 했다. 기택을 기택이라 발음하지 못하는 이들과는 친구가 되기 어려웠다. 처음 만나면 '강'과 '기택'의 발음과 원래의 순서에 대해 한참을 공을 들여 설명해야 했는데 상대가 'whatever'라고 말하고 나오는 경우에는 초장에 관계가 파탄에 이르렀다.

처음에는 내 이름이 우리말을 쓰지 않는 이들에게 소리를 내거나 기억하기에 불가능한 발음이라고 좌절하는 시기를 지났다. 그 불편함을 감수하면서도 양보하지 않은 것이 원래대로의 내 우리말 이름이었다. 우선 영어 이름을 쓰려면 영어를 원어민처럼 해야 한다는 나름의 다짐 때문이었다. 언어가 부자연스러우면서 그 언어로 지은 이름을 가진 이방인들을 히죽거리는 원어민들을 종종 엿보면서 생긴 나름의 기준이었다. 그때 나는 그러한 스스로의 원칙에 못 미친다고 생각했으므로 영어로 지은 이름을 가지는 것이 가당치 않다고 여겼다.

다음은 내 이름을 공들여 기억하고 불러 주는 원어민 친구들이 꽤 있었기 때문이다. 우리말에 소질이 있거나 평균인에 비해 우랄·알타이어족에 속하는 외국어에 최적화된 발음기관의 구조를 가진 것은 아니었다. 그러나 그들은 내 이름을 알아듣기 충분할 만큼 소리 내어 말해 주었다. 그럴 때면 다른 인종과 문화에 대한 열린 마음과 존중하는 태도, 상대를 위해 무엇이든 배우려는 친절함이 '기택'이라는 두 음절에 고스란히 담겨 있다고 느꼈다. 자신의 이름으로 상대를 거듭 부르는 영화 〈콜 미 바이 유어 네임Call Me By Your Name〉 속에서와 같은 뜨거운 사랑은 끝내 내게 찾아오지 않았으나 'call me by my name'만으로도 상대의 우정과 존경을 확인하는 데는 부족함이 없었다. 이름은 나를 기억하고 불러 주는 이들을 위한 언어적 도구다. 이미 마음이 닫힌 이들에게는 그들을 위해 스스로 붙이는 낯선 이름조차 무용지물이 되기 마련이다. 반면 열린 마음의 사람들은 내가 듣고 자란 이름을 기억하고 불러 주려 조금 더 애쓰는 이들이다. 그들의 가상한 성의를 위해서라도 나의 우리말 이름은 지키는 게 맞는 거라고 여겼다.

타이거 우즈의 캐디를 지냈던 행크 해니가 방송에서 한국 골프 선수의 이름을 대지 못한 것이 미국 내 여론의 힐난을 받았다. 'Lee'라는 성을 가진 한국 선수의 우승을 예상한다고 해설했는데 진행자가 그 선수의 이름을 묻자 LPGA 투어에서 뛰는 'Lee'라는 성을 가진 선수가 여섯 명이나 되는데 자신이 그 이름을 어떻게 모두 알 수 있겠냐고 대꾸한 것이 발단이었다. 원래 영어 이름이 아닌 걸 왜 내가 굳이 그 소릿값을 배우고 기억해서 원어민들을 위한 라디오 방송에서 하나하나 불러 주어야 하느냐는 태도였다. 낯설지 않다. 닫힌 마음의 사람의 마음가짐이고 행동이다. 그는 해설을 중단해야 했고 그 방송국은 정중히 사과했다. 그게 맞다.

2109년 일본의 외무성 장관이 외신 인터뷰를 하던 도중에 아베 일본 총리의 이름에 관해 언급한 적이 있다. 같은 해 5월 트럼프 미국 대통령의 일본 방문 직전이었는데 '신조 아베'가 아니라 '아베 신조'가 맞는 순서니 그에 맞춰 보도해 달라는 요청이었다. 우리와 중국처럼 성이 앞서고 이름이 뒤따르는 순서를 지키는 일본이다. 일본의 외무성 장관은 문재인 대통령과 시진핑 중국 주석의 예까지 들어가며 일본에서도 그편이 맞는 것이라고 밝혔다. 19세기 메이지유신 당시 서구의 문물을 그대로 답습하던 일본에서 영어로 이름을 적을 때 이름과 성의 순서로 '국제 기준'을 따르기 시작한 것이라고 한다. 그 이후로도 대외적인 관행이 된 것을 이제는 바꾸겠다고 외국 언론에 사정한 셈이다.

그 연유를 살펴보지는 않았으나 우리 사회에도 이름과 성의 순서로 영어 이름을 표기하는 것이 '국제 기준'이라고 여기는 사람이 있는 듯하다. 일본의 영향을 이야기하면 너무 섣부른 추론이라고 생각할 수 있으나 어쨌든 이름과 성의 순서에 '국제 기준'이 있다는 발상은 역사에 비추어 일제의 잔재가 아닐까 짐작하게 된다. 일본 외무성의 국제적인 노력에도 불구하고 대부분의 외신은 여전히 '아베 신조'를 '신조 아베'로 부른다. 스스로 대수롭지 않게 여기니 외신도 소수 의견으로 치부해 무시하는 거 아닌가 싶다. 서구에 관한 한 일본이라는 나라는 꽤 조신한 편이라는 건 이걸 봐도 알 수 있다.

나는 인터폴의 명함에 'KANG Kitaek'이라고 새긴다. 그리고 다른 문화권의 사람들에게 성 다음에 이름이 오는 것이 내가 나고 자란 문화이니 그렇게 불러 달라고 미리 당부한다. 그래서 인터폴의 많은 동료는 나를 '강기택'으로 주의해서 부른다. 이름을 부르는 방법이라는 것이 사소하다면 사소한 것이지만 어디서나 다름은 존중되어야 한다. 특히 국제기구에 나가 일한다면 나라를 대표하는 셈이니 그리 주장하는 것이 맞는 것이라고 여겨 실천한다. 나부터도 누가 되었든 상대의 문화와 차이를 배우고 존중하려 하는 것은 물론이다.

# 김정은 위원장 따라잡기

인사를 한다면 어디서든 그곳의 인사법을 따르는 편이 좋다. 미국에서 굿모닝이라고 말한다면 프랑스에서는 '봉쥬흐Bonjour!'가 맞다. 물론 인터폴에서 주최하는 국제 행사에 가면 참여하는 나라의 수만큼 인사말도 더 늘어나기 마련이다. 2019년 말을 기준으로 194개나 되는 회원국을 가진 인터폴이니 그 많은 언어를 다 감당할 길은 없다. 그래서 네 가지 언어만 콕 집어서 공식 언어로 삼고 있다. 영어, 프랑스어, 스페인어, 아랍어가 그것이다.

공식 언어로 정해진 만큼 영어는 물론이고 나머지 세 언어에 대해서도 항상 통역이 함께 제공된다. 회의장 안에서의 경우이다. 통역이 쫓아다니는 것은 아니니 회의장 밖이 문제다. 겪어보면 인터폴 행사에 참석하는 사람들의 절반 이상이 영어가 서툴기 때문이다. 최근 한 통계에 따르면 전 세계에 스페인어를 사용하는 인구가 4억 2천만 명, 아랍어를 쓰는 인구는 2억 3천만 명 정도라고 한다. 한 나라의 공용어를 기준으로 한 수치이니 편차가 없지 않겠지만 대충 그렇다는 거다. 프랑스어를 1억 3천만 명이 사용하는 데 비해 영어를 사용하는 인구는 5억 천만 명이다. 국제회의에 가서 참석자와 영어로 대화하자면 이 분포에 얼추 맞게 의사소통의 불편이 따른다.

인터폴이 주최하는 회의에 참석해서 등록을 하면 이름표를 나눠준다. 목에 거는 줄인 랜야드의 색깔이 그 사람이 주로 사용하는 언어를 표시한다. 파란 줄을 목에 건 사람들과 눈이 마주치면 나는 조금 할 줄 아는 프랑스어로 인사한다. 이야기가 길어질 것 같으면 자리를 피하면 그만이다. 노란 줄을 목에 건 사람을 만나면 '올라Hola!', 아침이면 부에노스 디아스'Buednos dias!', 스페인어로 인사한다. 회색 랜야드를 늘어뜨린 사람에게는 '살람 알레이쿰Salam alekum!', 오른손을 왼편 가슴에 가볍게 얹으며 말한다. 아랍어 인사말이다. '당신에게 평화가 깃들기를', 이라는 뜻이라고 하는데 내가 아는 인사말 중에 그 뜻으로 치면 가장 마음에 와닿는다. 인사하고 나면 내 마음에도 평화가 깃드는 느낌이랄까? 빨간 줄이 눈에 뜨이면 그건 그냥 굿모닝이다.

인터폴의 이성 동료들에게는 비즈faire la bise 한다. 국제 행사에서 만난 이성 참석자 중 낯익은 이들에게도 비즈 한다. 인사와 함께 가볍게 어깨를 안으면서 볼에 입을 맞대고 귀엽고 경쾌하게 쪽, 소리를 낸다. 우리에게는 많이 낯선 이 인사법을 처음 익힌 건 미국에서 유학했던 때다. 유럽에서 온 여자 사람 친구들이 당연하다는 몸짓으로 내게 뺨을 내밀면서였다. 나라고 가만히 있을 수는 없었다. 따지고 보면 첫 경험이었으나 금방 친근함이 생기는 것 같아 좋았다. 나로서는 신혼일 때였고 흑심은 결코 없었다. 우리는 이 인사법을 흔히 비주une bisous로 알고 있다. 그런데 이건 비즈보다 좀 신체 접촉 면이 입술 쪽으로 내려가는 프랑스의 인사법이다. 입술끼리 부딪치는 가벼운 입맞춤에 가깝다. 연인 간의 입술 맞춤도 비주라고 부른다. 프렌치 키스에 비할 바 아니지만, 입술이 닿아야 한다. 그러니 처음 만나서 비주 하긴 이르고 비즈가 알맞다. 첫눈에 어지간한 불꽃이 튀지 않았다면 말이다.

인터폴 사무총국이 있는 리옹Lyon은 프랑스의 남부 도시다. 비즈를 한다면 상대의 오른쪽 뺨에서 시작해서 왼쪽 뺨에 한 번 더, 모두 합쳐 두 번 하는 것이 프랑스 남부 지방의 풍습이다. 가장 북쪽의 지방에는 다섯 번 번갈아 하는 미풍양속을 지킨다고 들은 적이 있다. 리옹에서 남쪽으로 더 내려가면 스위스가 나온다. 두 나라의 국경지역부터 이미 세 번 뺨을 맞추는 것이 관습이다. 국제사회에 처음 모습을 드러낸 김정은 위원장의 '완벽한 비주'가 우리 언론의 눈길을 끌었다고 한다. 뺨에 가닿았으니 비주라기보다는 비즈가 맞다. 스위스에서 유학한 그였으니 그가 선보인 기술도 세 번 좌우 왕복하는 그 나라 풍습대로였다.

다만 비즈의 횟수나 좌우 순서는 크게 신경 쓰지 않아도 된다.

순대를 소금에 찍어 먹느냐, 막장에 찍어 먹느냐, 정도의 차이다. 자기네들끼리도 서로 방향이나 횟수가 어긋나는 걸 재미있어 하는 것을 자주 보게 된다. 그게 다르다고 지역감정 따위를 느끼며 정색하지 않는다. 다만 비즈라는 방식으로 인사를 자연스럽게 나누느냐, 아니냐가 설정하는 관계의 선은 꽤 분명한 듯하다. 미국에서 내가 처음 배운 비즈는 가까운 이성 사람 친구와의 친밀감을 표시하는 인사법이었던 것 같다. 이탈리아와 러시아에서 온 친구들이었다. 미국 펜실베니아주 사람들은 역하다며 비즈를 안 하려 든다. 유럽 풍습이라면 거리를 두는 게 미국답다고 여기는 미국 사람들이 좀 있는 게 아닌가 생각한 적이 있었다. 그런데 프랑스는 좀 다르다. 가깝거나 말거나 그냥 아무 생각 없이 하는 인사법일 뿐이다. 동성 간에 하지 말란 법도 없다.

처음 리옹에 출장 가서 사무총국 직원들 모아놓고 사업 성과를 발표했을 때 일이다. 모든 순서가 끝나자 그날 참석했던 동료들이 줄지어 서서 내게 인사와 축하를 건넸다. 리옹은 처음이지? 반겨 주는 기회였다. 가장 앞줄에서 마리아가 내 품으로 달려왔다. 맞다. 마리아가 이름이니 여자다. 원래 이메일과 전화로 자주 연락을 주고받던 친구라 반가운 마음에 스스럼없이 비즈를 주고받았다. 직접 만난 건 그날이 처음이었으나 마리아는 태생 프랑스 사람이니 나와의 비즈는 당연한 인사법인 거고 내가 동방예의지국에서 온 외간 남자라며, 물러서기라도 한다면 축제 분위기에 찬물을 끼얹는 무례함이 될 것은 뻔했다. 첫 출장이었으니 마리아가 지나간 자리에는 낯선 사람들이 대부분이었다. 그럼에도 불구하고 이들과의 비즈는 긴 줄이 끝날 때까지 한동안 계속될 수밖에 없었다. 프랑스에서 나거나 일하고 있는 그들에게는 그게 당연하고 자연스럽기 마련인 데다 모두들 내가 제일 앞줄의 마리아와 비즈 하는 것을 이미 본 뒤였기 때문이다. 만인은 비즈 앞에 평등하다.

비즈는 분명 우리의 풍습과는 완전히 다른 예법이다. 그러나 여러 나라 사람이 섞인 곳에서 일해야 한다면 다름에 쭈뼛거리지 않는 것이 좋다. 짧으나마 제 나라말로 건네는 인사말은 누구든 마음을 열게 만든다. 프랑스에 동료들을 둔 국제기구에서 일하려면 김정은 위원장 수준 정도의 '완벽한 비주'도 익히는 편이 바람직하다. 다만 바이러스가 덮친 세상이니 비주라는 풍습이 인류 문명에서 사라지는 건 아닌지, 걱정이 앞선다.

# 자원방래의 즐거움

인터폴에서 주최하는 행사장에 가면 인터폴 직원들만 출입할 수 있는 별도의 사무 공간이 있다. 여기에는 출장길에 당장 필요한 컴퓨터며 프린터와 같은 주변기기 같은 것들을 설치해 두는데 인터폴 직원들은 각자의 아이디로 접속해 인터넷과 인트라넷 등을 이용한다. 먼 길이라면 출장길 짐을 줄일 수 있으니 매우 편리하다. 처음으로 이곳을 이용한 날의 일이었다. 제법 삼엄하게 출입문을 지키고 선 경호원들에게 인터폴 패스를 들이밀며 의기양양 들어섰다. '이 맛에 그리들 멤버십을 돈 들여 사는 거지' 속으로는 입이 귀끝에 걸렸다. 다만 겉으로는 티가 나지 않게 조심을 하면서 여기저기 동료들에게 아는 체 눈인사를 건넨 후 비어 있는 컴퓨터를 찾아 자리를 차지했다

하지만 문제는 그다음이었다. 몇 번인가 확인을 거듭하며 아이디를 입력했지만, 아이디가 다르다는 팝업 창이 떴다. 의기양양하게 정문을 통과한 오프라인과 달리 온라인에서는 문전박대를 당한 것이다. 모양 빠지는 걸 죽기보다 싫어하는 천성인지라 한참을 혼자 끙끙 앓았다. 자존심을 구기며 전원을 껐다 켜는 수모를 감내하기까지 만감이 교차했다. 하지만 인트라넷의 클라우드에 당장 내게 필요한 자료가 있었고 다음 행사 일정은 촉박했으므로 종래 자존심 따위 헌신짝처럼 버려야 함을 깨닫는 데 시간을 더 허비해서는 안 된다는 자각에 이르렀다.

"영문을 모르겠네."

크지 않은 혼잣말로 건너편에 앉은 동료 직원의 주의를 끌었다.

"로그인이 안 되는데 뭐가 문제인지 모르겠어요."

넌지시 간절한 눈길을 건네며 도움을 청했다. 가로 놓인 긴 테이블을 빙 돌아와 이것저것 들여다보던 그이가 한참 궁리를 하더니 '브알라Voila!'라고 소리쳤다. 그 말 듣고 보니 프랑스 사람이었는데 그네들 말로 '보라!'는 뜻이지만 만족감을 나타내거나 별 뜻 없더라도 말버릇처럼 흔히 쓰는 감탄사 같은 거다.

알고 보니 문제는 키보드였다. 아니 내가 몰랐던 거니 문제는 내게 있었다고 해야 맞겠지만. 그곳의 컴퓨터와 주변기기는 모두 인터폴의 사무총국에서 임시로 가져다 둔 것이었는데 사무총국이 프랑스에 있으니 키보드도 프랑스에서 쓰는 것이었다. 그런데 영어 자판을 만지던 습관에 의존해 자판의 알파벳을 들여다보지도 않고 손길이 가는 대로만 자판을 두드려 아이디를 입력했으니 결국 엉뚱한 아이디를 입력해 놓고 로그인을 시켜달라는 무리한 요구를 고지식하기 마련인 컴퓨터 운영체계에다 대고 했던 셈이다.

우리가 흔히 쓰는 영어 자판은 QWERTY 키보드라고 부른다. 키보드를 유심히 보면 알파벳 자판의 맨 왼쪽 첫 줄에 놓인 알파벳의 순서가 Q, W, E, R, T, Y인데 여기에서 따온 이름이다. 그런데 프랑스에서 흔히 쓰는 키보드는 이와 달라 AZERTY 키보드다. 같은 작명법을 따르지만 왼쪽 첫 알파벳이 A, Z로 시작하기 때문이다. 내 아이디에는 a가 들어가는데 결국 나는 프랑스산 자판에서 q를 누르고 a를 입력한 것으로 내내 착각한 것이다. 도와준 동료에게 고맙다고 말하고는 괜히 겸연쩍어져서 왜 프랑스 키보드가 영어 키보드와 다른 건지 내처 물었다.

영어 자판이 QWERTY 키보드와 같이 배열된 건 옛날 쓰던 기계식 타자기에서 유래한 것이라고 했다. 글본이 잉크가 묻은 리본을 때려 종이에 글자를 찍어 냈던 기계식에서는 사용 빈도가 높은 알파벳의 글본끼리 그만큼 서로 얽히는 일이 자주 있었다는 것이다. 영어 단어에서 가장 많이 쓰이는 알파벳인 e, t, a, o, i 등이 그 원흉이었는데 그래서 글본의 위치를 정할 때 이 글본들을 가장자리로 보내 서로 멀찌감치 떼어 놓으면서 자연스럽게 지금 자판의 자리가 정해졌다는 것이었다. 그런데 프랑스어 단어에서 자주 쓰는 알파벳은 영어의 경우와는 다르니 엉킴을 막으려는 필요에 의해 자판의 배열은 달리해야 했던 것이고 그래서 QWERTY가 아니라 AZERTY 키보드로 자리 잡은 것이라고 말을 맺었다. 모태 문과인 나로서는 그저 신기한 이야기로만 여겨졌다.

유붕자원방래有朋自遠方來의 낙樂이 학이시습지學而時習之의 열說의 바로 뒤에서 대구를 이루는 이유를 궁금해한 적이 있었다. 때때로 공부하다 굳이 멀리서 아니더라도 친구가 찾아오면 다 팽개치고 놀기를 작정하는 범인凡人의 행태나 의식의 흐름과 닮아 있어 '군자 맞아?'라고 여겼기 때문이다. 한번은 중국 출장길 공자가 나고 자란 산둥성의 곡부라는 도시로 가는 기차 안에서 〈사피엔스〉 속에서 저자인 '유발 하라리'가 '좋은 쇠로 못을 만드는 것은 낭비다'라고 중국 속담을 인용해 쓴 대목을 발견했다.

"이거 중국 속담 맞아?"

옆자리의 중국인 동행에게 물었던 적이 있다. 그는 예의 중국인의 높은 기상을 얼굴에 숨김없이 드러내며 '하라리 이 양반 뭐라는 거야?'라는 표정으로 책을 들여다보더니 금방 뿌듯한 표정으로 아마 중국 속담인 '좋은 쇠는 칼을 만드는 데 써야 한다'를 잘못 옮긴 것 같다고 일러 주었다.

A가 있어야 할 자리에 Q가 있을 수도 있다는 것. 중국에 관한 것이라면 인류학자인 유발 하라리의 글에도 북경의 장삼이사張三李四일 망정 사소하나마 그 연유를 달리 밝힐 여지가 없지 않다는 것. 이처럼 다름 아닌 다름에 생각의 경계가 넓어지는 경험들은 무엇과도 바꿀 수 없는 것이어서 국제기구에 자원방래自遠方來 하여 일하는 기회에 얻는 가장 소중한 열락으로 여긴다.

# 까마귀를 대하는 우리의 자세

까마귀를 길조로 여긴다는 유럽의 한 나라에 들른 적이 있었다. 길한 새인 길조라면 까치요, 흉한 새인 흉조라면 까마귀를 우선 드는 대한민국에서 나고 자란 나로서는 뜻밖의 일이었다. 궁금함을 참지 못하고 이유를 물었다. 그 나라 사람들도 까마귀가 나타나면 좋지 않은 일이 있을 징조로 생각하는 것은 마찬가지라는 답이 돌아왔다. 다만 그걸 보고 미리 불행에 대비할 수 있도록 해주는 셈이니 불길한 날짐승을 같은 이유로 외려 이롭게 여긴다는 것이었다.

결국 까마귀의 출현이 불운이나 불청객을 예고한다는 데는 우리와 같은 생각의 지점이 있었다. 다만 우리네가 소리를 질러 쫓고 소금 뿌리고 침을 뱉는 주술적 의례로 액을 물리치기를 우선하는 편이라면 그네들은 액이 올 걸 미리 알려 주었으니 정작 어떻게 될지는 모르지만 까맣게 모른 채 당하기보다는 나은 편이라고 여기는 것이었다. 까마귀의 목을 비틀어도 액이 닥칠 거라면 아침에 찾아온 까마귀를 보고 뭐라도 대비를 해야겠다 싶어 외양간을 두루 살폈더니 마침 고칠 데가 눈에 띄어 손을 본 덕에 다행히 그날 소를 잃지 않았다는 해피엔딩이 좀 더 낫지 않을까 싶기도 하다. 생각하기 나름이라는 말이 새삼 귀하다.

2019년 태국의 치앙마이에서 열린 아세안국가 환경부 장관급 회의에 인터폴을 대표해 참석했다. 야생 동식물의 밀거래를 막기 위해 아세안 회원국인 참가국들이 어떻게 마음을 합칠 것인지 논의하는 자리였다. 인터폴에서도 야생동물 밀거래 등의 환경 범죄를 단속하는 데 공을 많이 들인다는 것을 잘 알고 초청을 한 것이었다. 공식적인 회의 일정이 모두 끝났음을 알리던 사회자가 마지막 날 구조된 코끼리를 보호하는 시설을 방문하는 부대행사가 마련되어 있다고 말했다. 태국 왕실에서 직접 후원하는 곳이라고 자랑삼아 덧붙였다. 자주 있는 기회가 아닌 게 분명해 선뜻 참석하겠다고 했다.

사람들이 가두어 일하는 짐승으로 부리다 상하게 한 코끼리들이 있었다. 험한 야생에서 사고를 겪은 코끼리들도 섞여 있었다. 모두 사람들의 지극한 보살핌을 받고 있었다. 동물의 상처를 어루만지고 돌보는 그곳 직원들의 진정이 느껴져서 보는 내내 괜히 마음이 애잔했다. 코끼리 병원을 떠나 자리를 옮기는 길에는 안내를 맡은 그곳 직원이 지나다 보면 왕실 코끼리royal elephant를 볼 수도 있을 거라고 상기된 표정으로 귀띔을 했다. 순간 방금 헤어진 아프고 병든 짐승들의 지친 모습이 눈에 밟혔다. 삶의 양극화는 코끼리도 비껴가지 않는구나, 기분이 개운하지 않았다. 그런데 한참을 갔는데도 기대했던 왕실 코끼리는 눈에 띄지 않았다. 얼마 지나지 않아 다소 실망한 표정이 된 안내직원이 설명을 이어갔다. 말로 때우겠다는 거였다. 태국에서는 피부가 흰 코끼리가 왕실 코끼리로 간택된다고 했다. 희거나 연분홍빛을 띤 피부를 가진 코끼리를 신성하게 여기는 불교의 영향 때문이라고 그랬다.

함께 행사에 참석해 만난 씨테스CITES 사무총장이 내 옆구리를 쿡 찌른 건 그때였다. 씨테스는 유엔 산하의 환경 기구의 하나다. 파나마 태생인 그녀는 최근에 아프리카 출장을 갔던 이야기를 불쑥 꺼냈다. 아프리카의 한 나라에서 흰 코끼리가 수난을 당한 사연이었다. 그 나라의 많은 부족 사람들이 하얀 피부를 가진 코끼리를 불길한 징조로 여긴다고 했다. 악령 취급을 해 눈에 보이는 족족 학살하는 오랜 풍습이 여전히 남아 있다는 것이었다. 장소와 시선, 생각의 차이는 결국 같은 피부색을 지닌 같은 짐승에게 정반대의 운명을 강요하고 있었다. 멜라닌 세포에서 멜라닌 합성이 결핍되는 선천성 유전 질환의 외관이 어디서는 신성의 상징으로 여겨져 왕족의 자격으로 대접받는데 다른 어디서는 죽여 없애야 할 흉조로 여겨진다니 말이다.

말레이시아 쿠알라룸푸르 출장길에서는 숫자 4를 좋아한다는 중국계 현지인을 만난 적도 있다. 우리를 비롯한 한자문화권에서 중국어의 영향 탓에 죽을 사死자와 발음이 비슷해 불길하게 여기는 숫자라는 걸 화교인 그 친구가 모를 리 없을 것 같아 되물었다.

"물론 알지. 하지만 우리는 좋아해. 발음은 모르겠고 우리는 숫자의 생김새를 좋아하거든. 가만히 보면 한쪽 다리를 다른 편 다리 위에 꼬고 앉은 모습이잖아? 보고 있자면 여유롭고 편안해져서 좋아."

그때는 재미있다고 생각했을 뿐 대수롭지 않게 여겼는데 얼마 지나지 않아 문득 그 이야기가 진짜인지 궁금해진 적이 있었다. 태국에서도 숫자 4가 자그마치 4개 들어가는 번호판이 눈에 띄곤 했는데 그 번호가 웃돈을 주고도 사기 어렵다는 이야기를 들은 다음이었다. 어쩌면 말레이시아에 사는 화교들만 4를 좋게 여기는 건 아닌지도 모를 일이었다. 지인 찬스를 허락하는 동남아시아 국가의 중국계 친구들에게 빠짐없이 물어보고 가끔 이래저래 떠오르는 검색어를 넣어 구글링도 해보았다. 끝내 숫자 4를 좋게 여기는 경우를 안다는 사람을 만나거나 그걸 확인해 주는 인터넷 검색 결과를 찾을 수는 없었다. 그때 그 친구가 말한 '우리'가 누구인지를 물어봤어야 하는 건데, 후회했지만 이미 지난 일이 되었다.

다만 그 이야기를 들은 뒤부터는 앞서가는 자동차의 번호판에 있는 숫자 4가 눈길을 끌더라도 불길하다고 여길 이유는 없어졌다. 사람이 죽는 교통사고를 연상하는 오랜 미신을 따르는 대신 '참 편안해 보이네'라고 생각할 수 있으니 분명 나쁘지 않다. 출근길에 까마귀가 눈에 띄거나 그 울음소리가 들려오더라도 낯을 찌푸리는 대신 고마운 일이라 여길 수 있게 된 것도 마찬가지로 괜찮은 변화이다. 하루를 시작하는 내 몸가짐을 다시 한 번 돌아보면서 조심할 일을 미리 조심할 수 있으니 분명 고마운 거다. 물론 어쩌다 길을 가는 새하얀 코끼리 무리를 만난다면 더할 나위 없겠지만 말이다.

# 눈에는 눈, 뉴스에는 뉴스로

아침에 사무실에 출근하면 우선 커피를 내리고 컴퓨터를 켜서 메일을 확인한다. 그다음이 인터넷 기사를 살피는 일이다. 맡은 지역의 회원국에서 밤새 일어난 사건 가운데 눈에 띄는 국제성 범죄는 없는지, 검거된 수배자 가운데 인터폴 적색 수배자는 없는지 우선 눈여겨봐야 한다. 이어서 새로 언론에 발표된 국제성 범죄에 관한 논문, 보고서, 통계 등을 검색한다. 달라진 것은 무엇인지 이전의 것과 비교해 따로 분석하거나 정리할 필요는 없을지, 염두에 두면서 찬찬히 읽어 내려간다.

아시아 지역의 주요 영어신문과 국제기구의 누리집을 즐겨찾기 사이트로 저장해 두고 하는 작업이니 물론 영어로 된 소식이 전부다. 하루를 시작하는 습관이 이러하니 우리나라 소식을 접하는 시간은 줄어든다. 서울발인 영문기사가 눈에 들어올 때가 없지 않지만 맡은 나라 마흔 개 가운데 하나, 40분의 1의 확률을 밑도는 것이 사실이다. 퇴근을 해서 집에 가도 마찬가지다. 우리나라 방송을 볼 수 있는 셋톱박스가 없어서 뉴스도 외신 채널만 본다. 그나마 나라 수를 따라 40분의 1인 산술적 확률은 그 바람에 더욱 낮아진다.

눈에서 벌어지면 마음도 멀어진다. 그러려니 여기며 지낸 시간이 꽤 쌓여 두 해를 넘기던 어느 날 우리나라의 소식을 좀 더 자주 많이 챙겨 보기로 생각을 고쳐먹었다. 가끔 들여다보는 서울 뉴스의 맥락을 이해하기 어려운 경우가 가끔 있어 불편과 불안을 함께 느꼈기 때문이다. '인싸'와 '아싸'의 뜻을 몰라 아이에게 물어 안 뒤에야 '현타가 온' 것이 직접적인 계기였다.

아침 루틴의 끝에 우리나라 인터넷포털의 뉴스를 훑어보는 루틴을 더했다. 한글을 읽는 일이어서 시간을 많이 잡아먹지는 않았다. 세종대왕께 감사할 따름이다. 집에 돌아와서는 유튜브에 스트리밍되는 8시 뉴스나 9시 뉴스와 스포츠 뉴스까지 시청했다. 가끔은 내일의 날씨까지 마저 보았다. 기상 캐스터가 한강공원에는 햇살이 좋아 행락객이 많다거나 해운대 앞 먼바다에는 파도가 높아 조업 중인 어선이 주의해야 한다고 말할 때면 구글 위성사진으로 살던 곳을 찾은 때처럼 그리움으로 마음이 묘하게 설렜다.

달라진 습관 덕에 새롭게 배워 알게 된 건 많아졌으나 우리 선조의 지혜에 새삼 고개를 끄덕거리게 되는 후회도 함께 잦아졌다. '아는 게 병'이라거나 '모르는 게 약'이라는 옛말 말이다. 공교롭게 '동물 국회'가 정치 뉴스를 어지럽히던 때에 시작한 뉴스 보기의 다짐이었으니 시기가 좋지 않았다. 뒤이어 이웃 나라까지 역사의 수치를 잊고 준동하는가 싶더니, 나라 안에서는 한 장관 후보자를 둘러싼 의혹이 진영 싸움으로 번지기 시작했다. 내우외환에 겹쳐 북쪽의 대남전략이라던 남남 갈등이 흔한 식당의 물처럼 셀프가 된 것 같아 혼자서 자꾸 목이 탔다.

국회가 사람 구실을, 정치가 통합의 제구실을 못하는 와중에 '뒤로 뻔뻔한' 진영에서는 이웃 나라의 발호로 '토착 왜구'가 걸러지는 뜻밖의 행운을 만났다며 반대 진영을 경멸했다. '대놓고 뻔뻔한' 진영에서는 장관 후보자를 둘러싼 논란 덕에 '얼치기 좌파 전위대의 민낯'이 드러났으니 그나마 다행이라며 역시 반대 진영을 조롱했다. 청문회를 열면 '진실을 발견'하리라는 호언장담은 사법부의 사명을 넘보는 현학의 허세로 여겨졌는데 아는 체라면 양 진영을 가리지 않았다. 논문이 '미국에서는 에세이'라거나 '장관의 가족이라면 세상 무서운 줄 알아야 하는 것'이라는 부류의 확증 편향과 비린내 나는 연좌제의 부활도 좌와 우를 가리지 않았다. '아비 없는 자식'이라는 차별적 프로파일링의 역린을 건드렸다가 '진영 논리'를 자백하고 용서를 구한 한 언론인의 처신이 그나마 빛나 보였다. 뉴스 속에 찾기 힘들었던 책임성이라는 가치에 맞았다.

우리나라 뉴스 따라잡기가 마음을 무척 지치게 하는 것 같아 가끔 후회하는 때면 '그래 어느 편의 대한민국으로 돌아갈 작정이니?'라고 스스로에게 물었다. 귀신 이야기를 즐기던 어린 시절 '빨간 종이 줄까, 파란 종이 줄까?'라는 반전으로 간담을 서늘하게 했던 도시 괴담이 새삼 떠오르기도 했다. 자문했던 선택의 차이는 선명하고 그 선택의 결과는 치명적일 수 있을 것이라는 두려움 탓이었을 게다. 다만 지레 걱정을 하거나 좋지 않은 예감을 오래 마음에 담아두는 성정을 타고 나지 않았다. 싱겁게 생각에 그치고 마음에 담아두지 않았다.

한편으로는 그치기로 마음먹을 때에 마음 쓰기를 그칠 수 있었던 데에 매일매일 다른 나라의 뉴스를 챙겨 봐야 하는 일의 덕을 본 것도 있다고 여긴다. 특히 미국의 대통령에게 고마운 마음이 컸다. 빨간 상징색을 가진 미국의 공화당과 파란색을 상징으로 하는 야당인 민주당 진영을, 흑과 백을, 이민과 반이민을, 총기 규제와 자유를, 심지어 진실과 대안 진실을 갈라치기 하는 그의 행보는 서울의 혼란을 무색하게 하는 클래스가 있었다. 2016년 출구조사 무용론에 쐐기를 박으며 대통령이 되었으나 시간이 지날수록 그의 수준의 바닥은 날개 없이 추락했다. 그런 트럼프가 트위터 한 줄로 김정은 위원장과의 판문점 만남을 성사시킨 때도 그랬다. 우리 뉴스에 출연한 외교 전문가들이 그의 의중을 심각하게 분석하는 모습을 지켜보며 그저 실소했는데, 취임 첫 100일 동안 492차례 거짓말을 했다는 워싱턴발 기사를 기억하고 있었으므로 어쩔 도리가 없었다.

다음으로는 마음을 다스리던 와중에 우연히 읽은 옛글도 도움이 되었다. '모든 것이 그렇다. 되면 다행이지만 안 돼도 그만이라고 생각하고 있어야지, 매사 건건 꼭 되어야만 한다고 이를 바득바득 갈고 조바심하다가는 대한민국에서는 말라죽기 꼭 알맞다'라고 김수영 시인이 한 산문에 썼는데, 이게 1961년 4월 3일의 글이다.

그래서 우리나라 정치판의 소식으로 마음이 어지러워지면 부러 미국 뉴스를 더 오래 챙겨본다. 우리 정치판이 그네들의 도당정치를 아래로 따라잡기에는 한참 못 미치는 구석이 남아 있다는 마음의 위안을 얻을 수 있을까 해서이다. 이게 무슨 소용인가 싶다가도 내 마음 하나 편하자고 번번이 그러한다. 1961년의 구문을 신문처럼 읽는 독법도 마찬가지다. 그러니 빨간 종이와 파란 종이 가운데 선택을 강요받는 것 같아 심신이 지치거나 뉴스를 가장한 주장의 과잉의 시대에 태어난 것이 억울하다고 느낄 때면 서울발 오늘 뉴스와의 거리 두기를 실천해 보길 모두에게 권하고 싶다. 더불어 다른 나라의 소식을 자주 번갈아 보고 듣는 것도 가끔은 도움이 되더라는 CNN 시청자 소감도 함께 나눈다.

가장 큰 문제는 금주법을 집행하고 단속할 법 집행기관원들의 광범위한 부패였다. 뉴욕시의 할렘 지역구 의원이었던 피오렐로 라 가르디아Fiorello La Guardia는 뉴욕시에 250,000명의 단속 공무원이 필요하다고 주장했다. 인구 스무 명에 한 사람꼴이다. 이에 더해 단속 공무원의 부패를 단속할 250,000명의 공무원도 필요할 거라고 말한다. 맨투맨에 올코트 프레싱이다. 법이 바로 서지 않는 한 부패는 절대 사라지지 않을 거라는 조롱이다. 그즈음 지엄한 국법을 어기고 술을 몰래 마시는 사람을 뜻하는 신조어도 자연스럽게 나타났는데 scofflaw가 그것이다. scoff는 '비웃는다' 는 뜻의 동사이고 law는 모두 알다시피 '법률' 이라는 명사다.

# 6장

# 버닝썬과 키리바시

# 법집행반
# 외교반

이른 아침 인터넷으로 훑어본 그날 서울발 기사의 제목 가운데 '버닝썬'이라는 낯선 단어가 눈에 들어왔다. 흔한 유명 연예인의 추문이거나 클럽에서의 다툼이 크게 번진 것으로 보였다. 수고롭게 제목을 클릭해 기사의 본문까지 읽지는 않기로 했다. 한 국회의원이 유흥업소와 경찰 간의 유착이 있었다고 본 듯이 이야기했다는 관련 기사도 빠지지 않았다. 정치인의 숙명이겠거니, 제목만 보고는 실소하고 말았다. 키리바시로 출장을 떠나기 위한 짐을 꾸리는 게 더 급한 일이었다.

남태평양에 있는 작은 섬나라인 키리바시Kiribati는 2018년 11월 인터폴의 194번째 회원국이 되었다. 내가 맡은 지역이 아시아와 남태평양이니 키리바시까지 더해져 관할하는 회원국도 하나가 늘어난 마흔 개를 채운 해의 일이었다.

인터폴의 회원국이 되면 우선 갖추어야 할 두 가지가 있다. 첫 번째로 회원국의 정부 내에 인터폴 국가중앙사무국National Central Bureau을 설치해야 한다. 인터폴 헌장에 따라 모든 회원국은 국가중앙사무국을 두어야 하고 이 사무국을 통해서만 다른 회원국과 정보를 공유하거나 법 집행과 관련된 공조를 할 수 있다. 사무국을 거치지 않고 이루어지는 정보의 교환이나 공조 요청은 한 나라의 법 체계에 비유하자면 위헌이다. 그 이름이 길다 보니 다들 NCB라고 줄여 부른다. 대부분의 국가중앙사무국은 회원국의 국가 경찰 조직 안에 있다. 공식 명칭은 그 나라 수도의 이름으로 짓는 것이 상례여서 우리 경찰청에는 NCB Seoul이 설치되어 있다. 이제 막 회원국이 된 키리바시도 인터폴 헌장에 따라 그 수도인 사우스 타라와에 NCB 타라와Tarawa를 개소하기 위한 작업을 서두르고 있었다. 망망대해 속 섬 위에 첫 삽을 뜨는 일이었다. 인터폴 사무총국의 도움이 필요한 것은 물론이었다. 지역 책임자인 내가 우선 팀을 꾸려 현지에서 기초 작업을 시작해야 했다. 그날 내가 키리바시로 향하는 짐을 꾸리던 이유였다.

두 번째로 인터폴 회원국에 필요한 것은 앞서 말한 국가중앙사무국에 설치되는 인터폴 네트워크 서버이다. 국가중앙사무국 사이에 주고받는 모든 통신과 연락은 I-24/7이라고 불리는 전용 네트워크만을 이용하도록 되어 있다. 그러니 이를 위한 서버 없이는 무늬만 인터폴 회원국인 셈이 된다. 회원국끼리 주고받는 범죄와 관련된 정보를 받아볼 수 없기 때문이다. 그날 함께 출장길에 오른 기술진은 이 서버를 설치하는 일을 도맡아 고군분투하게 된다.

하늘길부터 녹록지 않았다. 방콕에서 출발한 나는 오스트레일리아 멜버른에서 비행기를 갈아타고 피지 공항의 환승 터미널에서 인터폴의 기술진을 만났다. 싱가포르에서 출발해서 시드니를 거쳐 온 팀이었다. 피지 국제공항에서 출발한 비행기는 우리를 키리바시의 본리키 공항에 내려 주었다. 길고 고단한 비행이었다. 그런데 도착하자마자 첫 난관이 우리를 마중해 여독을 더했다. 본리키 공항의 출입국 심사대가 그것이었다.

인터폴에서는 회원국의 국가중앙사무국에 설치하는 인터폴 네트워크를 그 나라의 출입국, 세관 등의 다른 법 집행기관까지 연결하는 것을 기술적인 목표로 삼고 있다. 국제성 범죄와 관련된 다른 회원국의 정보를 가장 많은 법 집행기관에 가장 빠르게 제공하려면 꼭 필요한 일이기 때문이다. 그래서 키리바시에서도 처음 인터폴 네트워크를 연결하는 김에 내처 공항이나 항만의 출입국관리기관에까지 네트워크 장치를 연결할 계획이었다. 그런데 아뿔싸, 그 나라에 하나뿐인 국제공항에서는 컴퓨터 한 대 없이 종이와 손글씨로만 출입국 심사를 하는 게 아닌가? 뒤늦은 깨달음은 부질없었다.

돌아오기 전 키리바시 외교부에서 주최한 환영 만찬에서 출입국 국장을 만난 김에 이렇게 무산된 원래의 계획을 설명할 기회가 있었다. 본리키 공항의 형편 탓에 출입국기관에까지 인터폴 네트워크를 설치하지 못하고 돌아가게 되어 안타깝다고 말해 주었다. 가만히 전후 사정을 듣고 있던 그이는 제 나라의 곤궁한 처지를 무척 겸연쩍어했다. 문득 미안한 마음이 들어 '더 열악한 곳에도 출장을 다녀온 적이 있다'고 말해 주었다. 그 나라의 직업 외교관인 그는 무슨 뜻인지 알겠다, 사실이 아닐망정 그리 말해주어 고맙다는 듯 사람 좋은 웃음을 보였다.

인터폴헌장에서는 정치적 고려 없는 법 집행을 인터폴의 운영 원칙으로 강조하고 국가중앙사무국의 설치와 같은 의무를 회원국에 부과한다. 그러나 나라마다 그 형편이 다르기 마련이고 법대로만 되는 게 세상 이치는 아니어서 가는 데마다 인터폴헌장만 들먹일 수는 없는 일이다. 회원국의 정책 결정자를 만나 찬찬히 대화하고 가능한 동의를 구해 주어진 문제를 함께 풀어가는 끈기가 필요하다. 그래서 인터폴에서 일하는 사람들끼리 흔히 주고받는 말 가운데 하나가 '우리 하는 일이란 게 법 집행이 반이면 나머지 반은 외교half law enforcement, half diplomacy'라는 것이다. 법 집행을 위해 필요한 인터폴 네트워크를 뚝딱 만들어 내지 못해 마음이 좋지 않더라도 뒷날을 기약할 수 있는 좋은 인연 하나는 만들어두는 것으로 가끔 위안을 삼는 이유다.

# 망망대해 위 키리바시를 걷다

경찰이 한 사회의 지표가 된다는 것은 오랜 공감대이자 내게도 경험칙이다. 그 예외를 찾기는 남태평양 한가운데에서도 쉽지 않은 일이었다. 여건이 열악하기는 키리바시의 경찰도 마찬가지였다. 우려한 대로 경찰청 본부 건물에서 사용하는 인터넷이 인터폴 네트워크 서버를 운영하는 데 필요한 최소한의 사양에 못 미치는 것으로 보인다는 기술진의 보고가 들어왔다.

망망대해 한가운데 놓인 섬나라를 하루아침에 인터넷 강국으로 만들자고 계획했던 출장은 아니었으니 사뭇 난감했다. 현지의 인터넷 공급 회사와 급히 회의를 잡아 보라고 했다. 이미 그럴 작정이었다는 답을 듣고 고맙다는 말을 하면서도 큰 기대를 해서는 안 된다고 스스로를 타일렀다. 그때쯤 비행기 안에서의 쪽잠과 시차의 여파가 밀려왔는데 여기에 궂은비까지 요란하게 내리기 시작해 심란함을 더했다. 편한 잠자리가 되지 않으리라는 각오는 출발 전부터 했었지만, 섬에서 찾은 숙소의 형편도 안락함과는 거리가 있었다. 일과를 마친 뒤에도 방으로 돌아갈 마음이 좀처럼 나지 않았다. 바다 위에 걸린 해의 길이가 꽤 남아 있는 걸로 보이기에 휘적휘적 밖으로 나섰다. 바닷가로 가볼 셈이었다.

바닷가라는 말이 사전적으로는 '바닷물과 땅이 닿은 곳'이라고는 하나 땅에 사는 우리가 땅을 '바다의 가장자리'라는 어감으로 부르는 것을 의아해 했던 적이 있었다. 지구가 태양을 중심으로 움직인다고 믿는 지식인의 죄를 죽음으로 치르게 했던 인류가 아닌가? 그런데 과연 키리바시라는 땅은 우리가 사는 곳이 바다의 가장자리임을 실감하게 해 주었다. 땅은 덧없이 금방 끝나고 끝없이 펼쳐진 바다가 시작되고 있었다.

다만 그날 오전 공항에서 오던 길에 보았던 바다와는 딴판이었다. 간만의 차가 이리 심하다면 키리바시의 영토는 하루 중 언제를 기준으로 측정하는 걸까, 순박한 호기심을 일으키려는 듯 썰물 때가 된 바다는 아주 멀찌감치 달아나 있었다. 물러난 자리에 무릎에 못 미치게 바닷물이 가두어져 바다와 땅의 경계로 삼고 있었으나 그조차 끝난 데를 알기 어려웠다. 바닷가를 걸으려던 참이었고 바다가 물러나 있었으니, 가기로 마음먹은 곳이라면 다녀와야 하겠다고 생각했다. 여행자의 마음으로 느리게 바다를 향해 걷기 시작했다. 돌아보기 전에는 땅이 없는, 시야를 가득 채운 바다로 걸어가는 체험은 예상했던 것보다 훨씬 더 생경했다. 온몸의 신경이 곤두섰다.

느리게 오래 걷는 것이 우리나라에서 최근 유행이 되었다고 했다. 걷기에 관한 책을 쓴 누군가가 '잊을 수 있으므로 걷는다'고 적은 것을 본 기억이 떠올랐다. 베토벤이 생전 즐겼던 산책이 그의 교향곡 6번의 모티브가 되었다고 했던 자기계발서의 지은이들은 흔히 그의 손에 연필과 종이가 함께 들려 있었다고 적었다. 그래야 걷는 것이 당신의 창의성을 깨우고 생산성을 높이며 건강을 증진시켜 수명을 연장한다는 실용적 결론이 가능하기 때문일 것이다. 자기계발서는 자기를 쓸모 있게 하는 내용에 충실해야 한다. 출판사의 수익에 관한 현안이다. 일견 실용적이지 않은, 잊기 위해 걷는다고 한 '좀 걸어본' 사람의 증언을 이들의 실사구시가 어떻게 받아들일지 호기심이 문득 일었다.

내친김에 남태평양 한가운데 키리바시의 땅 가장자리로부터 한 시간 남짓 걸었다. 다만 바다는 여전히 내 무릎 아래에 머물렀다. 바다가 깊어서가 아니라 넓어서 경외심을 주는 것이었구나, 아가미가 없는 나는 숨을 몰아쉬며 생각했다. 딛는 곳이 갑자기 깊어지면 어쩌나, 떨림과 긴장은 쉬 가시지 않았다. 유영하는 성게와 발에 채면 보라색 피를 뿜는 조개나 날카로운 바닥을 번번이 피해야 했는데 발을 베여 선명한 피가 바다에 번지는 상상에 소름이 돋았다. 모르는 사이 굵어진 비는 시야를 열었다 가렸다 불편함을 더했다. 먼 파도의 높낮이와 검은 비를 기둥으로 뿌리는 비구름도 어지러웠다. 바다와 하늘이 한데 소용돌이치는 느낌이 들기도 했는데, 돌아갈 때를 대비하려 염두에 두었던, 걸어온 만큼의 여정에 대한 시공간적 계량이 헨젤의 빵가루처럼 부질없이 느껴졌다.

그러다 문득 마음과 생각의 산란distraction이 다른 국면을 맞는 지점에 가닿았다. 다만 돌이킬 수 없을 만큼 걸어왔으니 내 명운이 바다의 처분에 온전히 매여 있다는 자각이었다. 자연과 시간 앞에 그조차 무슨 의미가 있을까? 그러기도 했으니 체념이라고 하는 편이 맞겠다. 머릿속이 하얗게 밝아지는 바다의 깊이가, 땅으로부터의 거리가 있었다. 그 순간 주의注意가 흐트러진다는 의미의 'distraction'이 '열락悅樂'으로 새겨봄 직한 'amusement'나 창의라는 'recreation'의 숨은 뜻을 함께 가지는 연유를 들여다본 것 같았다. 잊기 위해 걷는다고 했던 선각자들의 생각의 결을 훔쳐본 건 아닌가 하는 짐작도 들었다. 결국 잊는다는 것과 창의한다는 것은 씨줄 날줄로 엮인 것인지도 모를 일이다. 멀리 걸어야 낯선 곳에 이를 수 있고 낯설어져야 감각이 깨어난다. 거리에 비례해 느낌은 풍성해지고 안락한 영역에서는 꿈꾸지 못할 다른 생각과 감상이 일어난다.

그때쯤 돌아서 바라본 섬은 실눈을 뜨고 보아야 할 만큼 아련했는데 터벅터벅 걸어 들어오는 길에 조금씩 제 모습을 찾아갔다. 명상의 끝에 숨을 고르는 때처럼 형언하기 힘든 무언가로 마음이 부푼 것 같았는데 사실은 마음이 비워진 것이 아니었을까, 나중에 생각한 적이 있었다.

걷기에 관한 담론이라면 빠지는 법이 없는 독일의 철학자 괴테는 '어디든 걸어보지 않고는 그곳에 가 보았다고 하지 말 것'을 주문했다고 한다. 나는 감히 키리바시를 가 보았다고 말하겠다.

## '그렇다'라는 매일의 다짐

비행기가 땅에 닿기도 전에 내 휴대전화를 붙든 와이파이가 뉴스를 어지러이 쏟아냈다. 키리바시에 머무는 동안 끊김이 잦은 인터넷 연결 탓에 업무용 이메일만 근근이 확인한 게 닷새째였다. 그럴 법하지, 여겼다. 그간의 구문舊聞이 신문의 낯을 하고 있겠거니, 세상은 나 하나 없어도 별 탈 없었으려니, 생각했다.

안이한 생각의 꼬리를 날쌔게 채가듯 '버닝썬'이 다시 눈에 들어왔다. 클럽에서 치고받는 건 다반사라고 생각했었다. 섬으로 들어가기 전 버닝썬을 대수롭지 않게 여겼던 첫 번째 이유였다. 내 방심의 까닭을 하나 더 들라면 경찰과 유착되었다고 말한 정치인을 믿지 않았던 때문이다. 달리 말하자면 내가 우리 경찰을 깊게 신뢰했던 탓이다. 마지막 덧붙일 만한 이유라면 물론 내가 한국을 떠난

2년 남짓이 짧지만은 않았다는 것일 거다. 내가 인터폴에서 일하기 위해 출국한 때는 우리나라에서 청탁금지법이 막 시행된 즈음이었다. 나는 우리 사회와 공직이 그 길로 부패와 유착을 의심할 여지가 없는 환경과 조직으로 거듭나리라고 굳게 믿었다. 너무 순진했던 거 아니냐고 해도 부끄러움은 없다. 떠나기 전 경찰서장 노릇을 하던 나는 호의와 관행을 거절하다 '유난을 떤다'는 소리를 더 이상 듣지 않아도 되는 거구나, 칼로 자르듯 정해진 새 법률의 기준이 무척 기꺼웠고 든든했다. 그때 함께 일하던 경찰서의 동료들에게 보낸 한 편지에도 그때의 기억이 남아 있다.

얼마 전 승진한 동료 한 분을 축하하는 자리가 있었습니다. 비교적 늦은 나이에 경찰에 들어온 것 같아 여쭈어보았더니 더 젊을 때 들어왔다가 사표를 한 번 낸 적이 있다는 사연을 들려주셨습니다. 깊은 내막은 한사코 드러내지 않으셨으나 견디기가 힘든 곳이었다는 소회는 내비치시더군요. 기쁜 일을 축하하는 자리였던 만큼 저도 더 캐묻지는 않았습니다.

80년대 말 경찰대학을 끈으로 처음 경찰과 인연을 맺은 제게는 쉽게 잊히지 않는 명절의 추억이 하나 있습니다. 외가와 유독 가까웠던 우리 가족이 언제나처럼 차례를 마치고 큰외삼촌댁을 찾은 추석 풍경으로 기억합니다. 술이 거나해지신 친척 어른 한 분께서 경찰대학 1학년생이었던 저를 불러 앉히시더군요. 교통단속에 걸렸다가 경찰관에게 얼마인가를 건넸던 이야기를 들려주셨습니다.

운전하던 중이었으니 그 자리에서 당장 그만한 큰돈을 구할 길은 없다고 했다는 겁니다. 그 경찰관이 얼마간 말미를 줄 테니 언제 어디 어디로 돈을 구해 오라고 하더랍니다. 그가 시키는 대로 그렇게 했다는 넋두리였습니다. 어머니가 그분의 '술주정'을 나무라시던 모습이 어린 시절 기억의 마지막입니다.

승진 축하 자리의 직원분께서는 그 시절 '공직의 사표를 내는 용단이 어떻게 가능했을까?' 하는 궁금한 마음 가운데 이 기억이 스쳐 지나갔습니다. 경찰관이라면 누구나 명절 아니더라도 이런 일 한 번쯤 있을 법합니다. 경찰관이 돈을 내놓으라고 했다거나, 쥐여 줬더니 주위를 둘러보다 넙죽 받았다거나, 대놓고 반말지거리를 했다거나, 다른 놈 다 놔두고 나만 잡았다거나 하는 자신의 경험은 물론 전해 들은 체험담까지 들어주는 경우 말입니다. 네가 내 친구니까 얘기하지, 친척 아니면 하겠냐며 불쑥불쑥 끄집어내는 그러한 사연들에 낯이 뜨거운 것은 물론이고 여간 속이 상하지 않았던 기억 한 번씩은 있을 법합니다.

경찰이라는 단어는 영어에서도 이른바 집합명사라고 해서 같은 종류의 것이 여럿 모여 있는 전체를 나타내는 명사로 취급한다고 하더군요. 경찰을 밥벌이로 한다면 딱히 내 잘못 아니더라도 이런 이야기에 마음이 편치 않은 데는 동서양 없이 그만한 이유가 있나 봅니다. 그나마 이제는 누가 뭐라고 하더라도 '12만 명 가운데 몇 안 되는 놈일 뿐'이라고 핀잔을 줄 배포는 생겼으니 저로서는 매우 다행이라 여깁니다. '몇 안 되는 놈'마저 아주 없으면 오죽 좋겠습니까만 한 사람 한 사람의 각성과 노력으로 같은 종류의 것이 여럿 모여 누구에게나 이만큼은 당당한 집합이 될 수 있다는 믿음은 다가오는 한가위만큼이나 마음에 든든함을 더해주는 것 같습니다.

축하 자리 파할 때쯤 '요즘은 다시 경찰에 들어오길 잘했다 싶으시겠어요?'라고 그분께 여쭤보았습니다. 머뭇거리셨으나 끝내 '그렇습니다' 하고 답해주신 데 대해 이 글을 빌려 진심 어린 감사를 드립니다. 하루하루 '그렇다'는 다짐으로라야 견뎌지는 것이 우리네 나랏일이라고 믿는 제게는 잊지 못할 큰 응원으로 남으리라 생각하기 때문입니다.

한가위 특별 방범 근무가 더해져 몸과 마음이 모두 지치기 쉬울 때입니다. 일기도 불순하니 모두 건강 상하시지 않도록 유념하시기 바랍니다. 더불어 가족 친지들과 정을 나누는 따뜻한 한가위 보내시길 기원하는 것으로 글을 맺습니다.

2016년 8월 12일에 쓴 편지글이다. 그날 '그렇다', 대답해 준 그 경찰관의 오늘 하루는 안녕한지, '버닝썬'과 '유착'으로 여론이 들끓는 요즘 '대도시 경찰' 때문에 마음이 많이 상하지는 않았을지 문득 궁금해진다. 이미 오래전 땅을 뒤로 한 채 바다로 걸어 나가듯 공직을 등져보았으니 낯선 길의 생경함과 긴장이 주는 산만함의 미학을 겪어 알리라, 그러니 오늘도 오래 걷는 데 흔들림이 없으리라, 믿는다. 다만 하나 당부하자면 '그렇다'라는 다짐은 오늘도 잊지 마시라.

# 내 안의 좀도둑에게 묻다

지난 2015년 영국의 '카트리지피플사'가 자사의 고객 2천 명에게 했다는 설문조사의 결과가 눈길을 끈다. 응답자의 61%가 다니는 직장에서 무언가를 '집어온' 적이 있다고 응답한 까닭이다. 사실 '집어온' 적이라고 옮기긴 하였으나 영어가 모국어인 영국에서 이루어진 조사였으니 '사무실에서 훔친' 경험 있냐는 질문에 나온 답이다. 훔친 경험이 있다고 답한 사람 중에서 가장 많은 80%가 필기구를 1순위로 들었다. 형광펜이 26%, 두루마리 화장지가 10%, 티백이 6%로 그 뒤를 이었다. 순위에서 많이 밀리기는 했지만 사무실에 있는 전구를 집어온 적이 있다는 사람도 3%, 머그잔을 훔쳤다는 이들도 2%를 차지했다. 필기구라면 훔쳐 나오기 어렵지 않을 테니 훔치는 물건의 크기가 범행을 결심하는 데 영향을 미칠 수도 있겠구나, 짐작하게 된다. 이런 행동이 눈에 띄어서는 직장 생활이 어려워지는 건 동서고금을 가리지 않고 분명한 일이다.

자, 이제 가슴에 손을 얹고 생각해보자, 당신은 '훔쳤느냐?'는 질문에 '예'라고 고백한 61%에 속하는지. 만에 하나 무죄를 주장한 39%에 들지 못해 양심의 가책을 느낀다면 이왕 이렇게 된 거 다른 통계를 하나 더 보기로 한다. 2012년 역시 외국 기업인 페이퍼메이트사는 설문 대상 직장인의 100%, 그러니까 한 명도 빠짐없이 적어도 한 번은 필기구류를 사무실에서 훔친 적이 있다고 응답했다는 설문 결과를 발표한 적이 있다. 익명이 보장되는 조사였다. 앞선 질문에 죄책감을 느꼈다면 이 결과가 조금은 위안이 되었기를 빈다.

2018년 영국의 BBC 방송에서는 이런 좀도둑질로 인해 기업 등의 사무실 비품의 연간 소모량이 약 35% 늘어난다고 보도했다. 전체 수익의 1.4%, 금액으로는 수천억 달러가 매년 축나는 셈이라는 분석도 함께 내놓았다. BBC는 여기서 그치지 않고 직장인들이 좀도둑질을 하게 되는 이유까지 파고들었다. 그 가운데 직장을 처음 선택할 때의 기대심리가 충족되지 못하는 것이 만연한 좀도둑 행태의 원인일 수 있다는 분석이 눈길을 끈다. 처음 취업을 할 때 직장이나 고용인이 제시했던 장밋빛 꿈이 현실이 아니라는 것을 깨닫게 되면 무언가를 더 보상받아야 한다는 생각을 하게 된다는 직장인의 심리 상태, 이른바 보상심리가 그 저변에 깔려 있다는 것이다.

취업 준비생이 직장을 선택할 때는 근로계약서 외의 조건들을 마음에 두기 마련이다. 취업 설명회에서 인사 담당자가 목에 핏대를 세우며 이야기했던 기업의 장밋빛 미래, 가족 같은 직장 분위기, 보다 나은 직원들의 미래를 위한 투자와 지원이 여기에 빠질 수 없다. 물론 계약서에는 적지 않는 이런 약속을 심리적 계약psychological contract이라고 부른다. 첫 출근을 하고 머지않아 많은 직장인이 자신이 선택한 직장이 이 계약을 위반하고 있다고 생각하게 되는 데서 문제가 시작된다. 약속을 깬 직장에서 비품 한두 개쯤 가방에 넣어 가는 건 어쩌면 공평한 것이라고 스스로 합리화하는 경향이 나타난다는 것이다. 그러니 자신의 행동을 범죄라고 인식하지 못하게 되고, 그리 믿으면 같은 행동을 반복한다고 한들 죄책감이 비례해서 늘어날 이유도 없어진다. 세 살 버릇 여든까지 간다거나 바늘 도둑이 소도둑 된다는 속담도 결국 반복되는 스스로의 행동에 정당성을 부여하는 심리적 기제를 간파한 우리 선조의 지혜이다.

BBC 보도에서 덧붙여 인용한 캘거리 대학 연구진의 연구 결과에 따르면 취업 2년 이내에 '깨진 약속broken promise'을 경험하는 직장인의 비율이 55%로 설문 대상의 절반을 넘어선다. 이들이 모두 퇴근길에 무언가를 훔쳤다는 증거는 없으나 범행의 동기에 관한 설명으로서는 분명 눈여겨볼 만하다. 직장이 그대를 속일지라도 슬퍼하거나 노여워하지는 않는 대신 우리는 아마 퇴근길 볼펜이나 형광펜을 슬쩍 집어넣으면서 본전은 하는 거라고 스스로를 달래는 것인지도 모를 일이다.

수익이나 실적을 추구하는 조직과는 달리 나는 기억하건대 첫 출근을 '투신投身'이라고 부르는 직장을 택한 사람이다. 이때 나를 고용한 정부는 경찰의 경위 계급이 부여하는 사회적 평가나 권한과 같은 심리적 계약의 조건을 내게 들이밀었다. 월급의 많고 적음을 따지는 것이 공복의 도리가 아니라는 국가적 부조리가 일상화된 시절이었다. 아무도 근무시간이나 한 달치 봉급에 대해 이야기하지 않았던 것이 지금으로서는 그저 신기할 따름이다. 대신 국가관이나 사명감과 같은 국가적 가치를 매일매일 상기하며 희생을 각오하도록 하는, 특별권력관계 아래에 놓인 심리적 계약이 엄연했다. 국가가 나를 위해 무엇을 해줄 수 있을지를 생각하기 전에 내가 국가를 위해 무엇을 할 것인지를 끊임없이 궁리하는, 가슴 벅참이 장려됐다.

세대론이 몇 세대를 거쳐 90년생이 몰려온다고들 하니 이젠 어림없지, 싶다. '공직자에게 요구되는 높은 도덕적 기준'을 가슴으로 믿는 현존한 세대의 경계는 어디일지도 못내 궁금하다. 그러므로 공직자들에게 '본전' 생각이 나게 만드는 '깨진 약속'은 그대로 두고 좀도둑을 가끔 잡으면 그만인 것인지, 나로서는 확신이 서지 않는다.

유독 '강남 경찰'에서 같은 문제가 반복된다면 '경찰'과 더불어 '강남'에서도 그 원인을 찾아야 하지 않을까 여기기 때문이다. 기울어진 운동장의 한반도 해발 최고점에 있는 '강남'이라는 환경과 현장의 경찰관을 대하는 '강남 스타일'이 '더 이상은 박봉이 아닌' 공무원들에게 정부가 '약속을 깼다'는 착시를 불러일으키고 있지는 않은지 오래 들여다보는 끈기가 장려되어야 할 테다.

앞서 언급한 BBC 기획 보도는 그 결론에서 약속을 깬 기업을 비난하고 좀도둑질을 정당화하기 위한 것이 기획 취재의 의도가 아님을 분명히 밝히고 있다. 구구절절 기획 의도를 밝혀놓은 것을 곱씹어 보면 가담률 100%인 사실상의 범죄행위가 모든 조직에서 횡행 만연한 데 대해 오래 보아야 원인과 대책을 찾을 수 있으리라는 남다른 발상이 엿보인다. 남의 떡이 커 보인다. 부럽다.

우리 사회를 다시 들여다본다. 적폐를 청산하자는 구호가 높고 당당한 만큼 지체를 두고 보지 못하는 고유한 사회적 분위기와의 상승 효과는 고양된다. 적폐, 그 퇴적의 층리를 오래 들여다보고 하나하나 걷어낼 여유를 갖자고 주장하기란 싶지 않음은 물론이다. 본때를 보이는 형사소송절차의 성과에 대한 여론의 열망은 높고 무죄 추정과 불구속 수사라는 헌법적 형사소송의 정신과 원칙은 숙고 없이 그 가성비를 의심받는다. 누구든 하나 구치소로 향하면 정의는 구현되었다, 당장의 자위에 천착하므로 별건 수사이건 먼지떨이 수사건 감히 누구도 눈여겨보는 수고를 자신의 몫으로 여기려 들지 않는다. 모두 취한 채 잔치는 끝날 줄을 모른다.

1920년대 미국이 법률로 술 마시는 것을 금지했던 나라였다는 사실을 기억하는 사람들은 많지 않다. 미국은 지금은 폐지된 수정헌법 18조의 개헌을 통해 '사람을 취하게 하는 음료intoxicating beverage'를 제조하거나 판매하는 행위를 깡그리 금지하고 금주령Prohibition이라는 이름으로 흔히 알려진 볼테드 법Voltead Act을 전국적으로 시행했다. 오래전 일이라고는 하지만 이 법이 제대로 지켜졌을 것으로 믿는 사람이 얼마나 있을까 싶다. 특히 술에 관해서라면 이미 공고한 국제적 명성을 얻은 한국에서 나고 자란 우리 신념체계 안에서라면 어림 반 푼어치나 있을까? 딱 보아도 일반 국민의 법 감정에 맞지 않은 법률이었으므로 불복종이 일상화되고 법을 집행하는 정부도 이래저래 어려움에 처했다. 가장 큰 문제는 금주법을 집행하고 단속할 법 집행기관원들의 광범위한 부패였다. 뉴욕시의 할렘 지역구 의원이었던 '피오렐로 라 가르디아Fiorello La Guardia'는 뉴욕시에 250,000명의 단속 공무원이 필요하다고 주장했다. 인구 스무 명에 한 사람꼴이다. 이에 더해 단속 공무원의 부패를 단속할 250,000명의 공무원도 필요할 거라고 비꼰다. 맨투맨에 올코트 프레싱이다. 법이 바로 서지 않는 한 부패는 결코 사라지지 않을 거라는 조롱이다. 그즈음 지엄한 국법을 어기고 술을 몰래 마시는 사람을 뜻하는 신조어도 자연스럽게 나타났는데 scofflaw가 그것이다. scoff는 '비웃는다'는 뜻의 동사이고 law는 모두 알다시피 '법률'이라는 명사다.

강남의 유흥주점이 법률을 비웃는 지경인 것은 분명해 보인다. 다만 그것이 어림없는 법률의 문제인지, 법 집행기관의 적정한 규모의 문제인지, 부패의 근인이 무엇인지에 대한 심사숙고는 찾기 어렵다. 누구도 강남경찰서를 하나 더 만들자고 하거나 거기 더해

강남경찰의 부패를 감시할 기관을 같은 크기로 새로 설치하자고 말하지 않는다. 국민교육헌장에 더해 '교육대'라는 이름으로 사람 가두기를 밥 먹듯 하던 군사정권이 끝장나면 '시범 케이스'는 병영 밖에서 볕을 못 쬘 줄 알았으나 '한 놈만 패는' 싸움의 기술에 대한 사회적 합의는 질기게 명줄을 이어가고 있다. 부패한 몇몇 공무원을 형사 처벌하는 것이 공직 사회 전반에 유구한 위화 효과를 줄 것으로 맹신하는 데 부끄러움은 없다. 내가 한국을 떠나오던 때는 제법 공들여 벼린 날 같았던 '김영란법'의 위세가 예전 같지 않다는 소문도 확인할 길 없으나 멀리까지 귀에 와 닿는다. 돌아가면 다시 매일의 다짐에 기대야 하는 건지, 먼 길을 되돌아온 듯 괜히 아득한 기분이다.

# 우리와 미국, 틀린 그림 찾기

미국에서는 일과 중에 방송에 속보로 나오는 기상예보가 심상치 않으면 다들 서둘러 퇴근하는 모습이 가장 인상에 깊게 남았다. 재난 방송 경보를 확인한 후 누가 먼저랄 것도 없이 하나둘 빠져나가고 나면 사무실은 금방 텅 비기 일쑤였다. 지난 2000년 미국 수도 워싱턴에 있는 폴리스 파운데이션에서 일할 때의 낯선, 그래서 쉽게 잊히지 않는 풍경이다. 그곳에서 하던 일을 마치고 서울에 돌아오니 모든 차량에 의무적으로 어린이용 카시트를 장착하도록 하겠다며 입법 예고를 한 대한민국 경찰이 '현실과 동떨어진 탁상행정의 전형'을 보였다며 흠씬 언론에 두들겨 맞고 있었다.

"카시트가 얼마인 줄이나 알고 이런 발상을 하는 것인지!"

마치 기자에게 따지듯 언성을 높이는 '시민 한 분을 모심'으로

써 언론의 논조는 정서적으로 보강되고 있었다. 짧은 외국 살이였다고는 하나 우리말 뉴스 채널을 여전히 낯설게 들여다보던 나로서는 카시트보다 우리 아이들의 목숨의 값이 되레 궁금해졌었다. 이때도 문득 폴리스 파운데이션의 늦은 오후 텅 빈 사무실이 떠올라 두 사회의 생각의 결이 제법 다르다고 느꼈다. 이렇듯 사뭇 다른 두 사회를 앞에 두고 틀린 그림 찾기를 하자면 안전이나 재난 말고도 하나 더 금방 찾을 자신이 있는데 그건 내가 몸담았던 폴리스 파운데이션이 주로 다루던 이슈인 법 집행기관의 공권력 남용이나 부패를 다루는 방식이다.

미국에서 경찰권은 주州에 속하는 것으로 이 나라 헌법이 정하고 있다. 주로부터 이를 위임받은 자치단체가 경찰 기관을 운영하는 것이 미국의 자치 경찰제이다. 2019년 한 통계에 따르면 미국의 법 집행기관law enforcement agency의 수는 17,985개에 이른다. 물론 연방정부에 속한 법 집행기관까지 포함한 숫자이니 우리가 머릿속에 그리는 '경찰'과는 다른 기준에 따른 것이다. 굳이 우리나라와 비교하자면 국세청이나 외국인 본부처럼 특별 사법경찰을 운영하는 중앙정부와 자치단체 부서의 수를 모두 합한 셈이다. 그걸 감안하더라도 이 나라에 법을 집행하는 조직의 수가 많고 그 분포가 다양하다는 점은 부인하기 어렵다.

미국 정부가 북한이나 중국에 인권문제를 제기하면 두 나라는 '겨 묻은 개 나무란다'며 미국을 '똥 묻은 개'로 비꼬곤 한다. 미국의 '똥'은 그 나라의 자치 경찰기관에서 싸놓는 경우가 많다. 물리력을 과도하게 사용하거나 인권을 침해했다는 시비가 끊이지 않는 탓이다. 물리력의 남용과 인권의 침해는 미국에서 광의의 경찰 부패corruption 개념에 포함된다. 정해진 원칙을 지키지 않는 것을 모두 부패로 보는 시각이다. 이러한 미국 경찰의 흑역사는 유구한 것은 물론이거니와 현재진행형이다. 2019년 9월 말 워싱턴 포스트지의 집계에 따르면 같은 해 미국 내에서 경찰의 총격으로 사망한 사람이 660명이다. 연말이 되어 봐야 결과가 나오는 것이고 앞선 2018년의 992명이나 2017년의 986명에 비하면 그 수가 줄어든 추세를 보이지만, 이것을 다행이라고 말하기는 어렵다.무엇과도 바꿀 수 없는 사람의 목숨이 걸린 일이기 때문이다.

경찰에 문제가 있다고 판단되면 개선책을 마련하는 것도 자치단체의 몫이다. '내가 싼 똥은 내가 치운다'는 자치 정신의 발로다. 그렇다고 연방정부가 손을 놓고 있는 것은 아니어서 통일성 있는 경찰 활동의 정책 방향을 설정하는 것은 물론 예산, 장비, 교육 훈련 기회 등을 지렛대로 자치 경찰의 운영 방식에 가이드라인을 설정한다. 이와 관련된 각종 연구나 사업을 지원하는 비정부 분야의 활동도 활발하다. 1970년 포드 재단이 출연하여 설립한 폴리스 파운데이션도 앞선 1965년 린던 존슨 미 대통령이 행정 명령으로 설치한 법 집행과 사법행정에 관한 대통령 위원회의 권고로 탄생한 비영리기구이다.

내가 폴리스 파운데이션에서 일하던 2000년 한 해도 미국 경찰에 관한 한 조용한 해가 아니었다. 앞선 해인 1999년 뉴욕시 경찰국의 경찰관들이 한 이주민 청년을 총으로 쏴 죽인 사건 때문이었다. 당시 경찰관들은 희생자의 손에 들린 지갑이 총기처럼 보였다는 이유로 현장에서 41발의 사격을 가해 23살 청년의 생명을 앗았다. 같은 비극이 되풀이되어서는 안 된다는 여론이 전국적으로 들끓었다. 경찰을 관할하는 자치 단체마다 대책을 마련하기 위한 태스크포스가 우후죽순 생겨났음은 물론이다. 2000년 메릴랜드주에 있는 한 자치 단체도 예외 없이 태스크포스를 만들고 내가 있던 폴리스 파운데이션에 자문을 요청했다.

경찰의 책임성에 관한 지역공동체 태스크포스Community Task Force on Police Accountability라는 긴 이름에 걸맞게 25명의 주민 대표가 참여해 57개 항목에 이르는 권고안을 도출하는 작업이었다. 그 해를 넘기지 않고 권고안을 완성했으니, 그 기간만 따지면 매우 짧은 축에 들었다. 그러나 이런저런 소위원회 모임까지 합치면 짧은 기간 35번이나 주민 대표들이 만나고 헤어지고를 열심히 한 셈이니 일회성으로 보여주기 위한 행사와는 결을 달리한다. 그 과정에서 우리 팀은 태스크포스의 논의 전반에 걸쳐 사실관계와 관계자를 조사하거나 면담하고 권고안에 포함될 내용을 정리하는 등 전문가로서의 자문을 하는 역할을 맡아 참여했다. 자치단체에서 전적으로 운영하는 태스크포스라고는 하지만 연방정부에서 모든 예산을 지원하는 것은 당연시되었고 그 결과물도 지금까지 연방정부 법무부에서 관리하면서 인터넷상에 공유하고 있다. 다른 자치 단체에서 같은 문제를 해결하는 데 참고하도록 하는 것이다.

한 사회에서 공권력에 의한 또 다른 무고한 죽음을 막겠다는 정부와 자치 단체, 경찰과 시민, 전문가 집단의 공동 노력이 이처럼 가능한 데는 경찰이 자치의 영역이라는 역사와 이념, 사회적 합의가 그 배경으로 작용한다. 중앙정부가 이러한 공동체적 논의의 장을 장려하고 예산을 배정해서 지원하며 기록을 보존해 미래의 시금석으로 삼는 배려를 하는 것도 눈여겨볼 만하다. 풀뿌리 정치라면, 하의상달이라면 이래야 하는 게 아닌가 싶다. 그러고 보면 만에 하나 교통사고로부터 아이들의 목숨을 구하겠다는 경찰의 제안을 단번에 뿌리치는 다른 한 사회의 민의나, 부패한 경찰관이라면 '우선 구속해서 본때를 보여야 한다'는 그 사회의 정의감의 저변에는 정부나 경찰 조직의 상의하달과 일방적 법 집행의 원죄에 대한 시민사회의 집단적 추억과 뿌리 깊은 불신이 자리하는 것인지도 모를 일이구나, 제 발등을 찍어 본다.

# 귀를 물에 씻는 마음가짐에 대하여

영국의 작가 제인 오스틴의 삶을 그린 영화 〈비커밍 제인 Becoming Jane〉에서 오스틴 목사는 그의 딸 제인에게 '가난만큼 영혼을 파괴하는 것은 없다'라고 말한다. 부녀 간의 대화이니 혼담이 오가는 중이라는 짐작은 가능할 테다. 제인은 결국 부모님의 권유를 뿌리치고 자신만의 길을 가게 된다는 것이 실화이자 영화의 줄거리이다. 누군가의 딸이 아니라 자신, 그러니까 제목에서처럼 제인이라는 독립된 개체로 성장하는 해피엔딩에 이르기 전, 영화를 보던 나는 어쩌면 오스틴 목사의 말이 맞는 거라고 잠시 동조했던 기억이 있다. 돌이켜 그 연유를 따져보면 가난이 주관적이라는 것을 미처 생각지 못했던 탓으로 여긴다.

우리는 정부와 민간 분야의 임금 격차가 이미 상당히 줄어들었으며 특히 경찰공무원이라면 예전에 비해 더 다양해진 여러 종류의 수당으로 보전되는 소득도 적지 않은 것으로 알고 있다. 그런 사정을 감안하면 여전히 액수가 크지 않은 뇌물을 받은 경찰관이 수사나 감찰을 받는다는 보도를 드물지 않게 접하게 되는 사정을 이해하기 힘들다고 말하기도 한다. 그러나 어쩌면 이 또한 가난이 개인의 마음에 달린 문제라는 것을 간과한 결론이 아닐까? 부유한 집안에 시집을 가는 편이 나을 거라는 충고는 가난한 배우자를 만날 경우와 비교하면 가계에 도움이 된다는 것이다. 마찬가지로 월급과 수당이 적정하게 인상되었으므로 공무원의 부패가 없어지리라는 기대는 그렇지 않았던 과거에 비해 부패의 유혹으로부터 자유로울 것이라는 결론이다. 그러나 행복한 결혼 생활을 가꾸는 데 금전의 많고 적음이 차지하는 비중이 생각보다 크지 않다는 것은 상식이자 많은 기혼자의 경험이다. 이와 마찬가지로 청렴하게 공직생활을 마무리하지 못하고 잘못된 선택을 한 경우에는 유혹의 액수에서 미래 수익을 포함한 보수를 뺀 값이 반드시 양의 값이어야 한다고 믿는 것은 상식일 수 있으나 실제 경험의 영역은 아니다.

결혼을 앞두었다면 경제적으로 풍족한 배우자를 선택하고, 나랏일을 하고 있다면 퇴직까지 받을 월급과 수당 등의 총액보다 더 큰 뇌물만을 받아야 한다는 것은 주류 경제학의 전제에 따른 기대다. 전통적인 경제학은 이익을 극대화하는 최적의 의사 결정을 하는 이기적, 합리적 개인을 상정하기 때문이다. 그러나 우리는 이러한 셈법으로는 어림도 없는 적은 액수의 뇌물을 받고 공직에서 쫓

겨나거나 물러나는 사람들을 드물지 않게 보곤 한다. 부패의 문제는 주류경제학에서 말하는 합리적인 개인으로는 설명이 어렵다는 주장이 나오는 까닭이다. 사회심리학이나 행동경제학에서 한 개인이 부패 행위를 선택하는 데 합리적 의사 결정보다 잘못된 직관faulty intuition이나 심리적 지름길mental shortcuts 등에 더 의존하는 즉흥적 의사 결정heuristics의 경향이 강하다고 보는 것이 한 예이다. 바꾸어 말하면 우리는 뇌물을 받은 공무원에게 '사람 그렇게 안 봤는데'라고 쉽게 말하곤 하지만 '그런 말하는 당신이 사람을 잘못 본 것'이라는 게 새로운 학설인 셈이다.

이처럼 즉흥적인 의사 결정에 동원되는 잘못된 직관과 심리적 지름길의 유형도 다양하다. '뇌물을 받는다 한들 적발될 리 없다'는 확신이나 '배은망덕하면 사람이 아니다'라고 믿는 대가심리, '지금 아니면 기회 없다'는 조바심이나 '안 받는 사람 없다'라고 믿는 사회적 검증 등이 대표적이다. 과거에 했던 약속이나 행동 관성에 초지일관하려는 경향은 물론 이처럼 직관적이고 즉흥적인 의사 결정이 크게 잘못되지 않았다는 이야기에만 귀를 기울이는 확증편향도 부패 행위를 거듭하는 동기가 된다. 결국 공무원의 부패에는 생각보다 훨씬 복잡한 심리적 기제가 작용한다. 그만큼 각각의 경우에 개개인에게 특유한 잘못된 직관과 심리적 지름길로 이어지는 길을 막아서기란 쉽지 않은 일이다.

우리나라의 공무원 가운데 150여 명에 관해서라면 그 지름길을 직접 막아야 할 책임을 졌던 경찰서장 시절에도 묘수는 떠오르지 않았다. 한 사람 한 사람 다른 천성과 경험을 지닌 독립된 인격체였고 그들을 바라보는 해상도를 높이려 할수록 한 곳에 초점을 잡기란 더욱 어려워지기 마련이었다. 다만 나랏일 가운데 궂어지기 쉬운 경찰을 맡아 현장에서 직원들이 느끼기 쉬운 열패감을 줄이고 자존감을 높이는 것이 그나마 직관과 즉흥을 다스리는 길이 될 줄 믿었다. 에둘러 말해야 했으므로 스스로에게 '안간힘을 쓰는 거구나'라고 가끔 위로하며 그때 직원들과 나누려 썼던 편지글을 하나 여기 옮긴다.

지난주 서장은 휴가를 다녀왔습니다. 먼저 쉬는 이들 몫까지 땀 흘려주신 동료 여러분께 여름휴가 이미 다녀오신 분들을 대표해서 감사의 마음을 전합니다. 오늘은 휴가지에서 겪은 일을 하나 들려드릴까 합니다. 급하게 이루어진 약속 시간에 맞추느라 불러 세운 택시 안에서 겪은 이야기입니다. 약속 장소로 향하던 길에 평소 막히지 않던 도로가 도무지 뚫릴 기미를 보이지 않아 시간에 맞추어 가지는 못하겠다며 양해를 구하는 휴대전화 통화를 마쳤을 때쯤에야 내내 길이 막혔던 이유를 알게 되었습니다. 두 명의 경찰관이 한여름 땡볕 아래에서 네 개의 차로 가운데 두 개를 완전히 막아선 채 차량의 흐름을 통제하고 있었던 것입니다. 택시기사가 육두문자를 늘어놓기 시작한 것은 그때였습니다.

"미친 ××들이 더위를 먹었나? 할 일 없는 ××××들 왜 멀쩡한 길을 막고 ××이야!"

기사는 길이 막혀 약속에 늦은 데다 요금까지 더 내게 생긴 저더러 들으라는 듯 짐짓 목청과 욕지거리의 수위를 높여 갔습니다. 물론 저는 이러한 소리를 들으며 늦어버린 약속이나 더 내게 생긴 요금 따윈 신경 쓸 겨를 없는 난감한 형편에 처하고 말았습니다.

"높은 분들 행차라도 지나가나 보죠."

괜히 그렇게 한마디 거들었다가 기사가 대꾸도 하지 않는 통에 머쓱해져서 '오늘 프로야구 경기가 있다더니 그래서 차가 더 막히나 봅니다'라는 둥 혼자서 아무 말 대잔치를 벌였습니다. '나도 경찰관이다. 어지간히 해라. 무슨 사정이든 있는 거겠지, 시키는 대로 일하는 경찰관들에게 무슨 그런 험한 소리를 하느냐?'며 벼슬을 세우는 마음 한구석의 싸움닭을 붙들어 맨 채 이런저런 어쭙잖은 이유를 들어 생면부지의 동료 경찰관들을 엄호하는 것으로 사태를 수습하려 했던 것이지요. 하필 그곳이 한마디 던지고 택시에서 내린다고 해도 걸어서는 빠져나갈 방법이 없는 자동차 전용 도로인 탓도 없지는 않았습니다만.

그러는 제가 수상쩍었는지 택시기사는 자꾸 백미러로 뒷자리에 앉은 저를 훔쳐보더군요. 그 바람에 차창 밖 먼 강이랑 산봉우리만 목을 빼고 내다보다 문득 제가 일하는 곳에서 오늘도 누군가로부터 욕을 먹고 있을지 모를 동료 여러분이 떠올랐습니다. 우리의 밥벌이가 따지고 보면 이리도 고단한 것이지요.

그런데 혼자 겪고 말 일을 왜 굳이 들먹이는지 궁금하실 법합니다. 우선 저 혼자 겪고 말 일 아니다, 생각해서입니다. 교통 단속을 밥벌이의 하나로 삼는 경찰과는 악연이게 마련인 운전을 업으로 하는 분들이 아니더라도 나랏일을 낮추어 보고 험한 입부터 대는 이가 무척 흔한 세태이기 때문입니다. 그래서 더러운 말을 듣고는 반드시 귀를 씻었다는 옛 현인들로부터 배울 점을 같이 나누고 싶었습니다. 중국의 고사에 요堯 임금이 왕위를 물려주려 하자 귀가 더러워졌다며 영천潁川 물에 귀를 씻고 기산箕山으로 들어가 살았다는 허유許由라는 선비가 있었다고 합니다. 한술 더 떠 허유가 귀를 씻는 까닭을 듣고는 그 더러워진 물을 소에게 먹일 수 없다며 상류로 올라갔다는 소부巢父라는 선비의 기개도 압권입니다. 고사전高士傳이 원전이라고 하더군요. 우리가 감당하는 나랏일에 크나큰 권세의 유혹이 따르는 것은 아닙니다만, 귀를 물에 씻는 의식儀式은 귀가 더러워지기 다반사인 우리네 일상에서 마음을 다잡는 데 어쩌면 도움이 되지 않을까요? 오래전 이야기인 데다 중국 사람들이 어지간히 보태어 한 이야기일까 짐작하면서도 여러분과 여기 나누어 봅니다.

택시를 내린 도시의 골목길에서 개천을 찾을 길 없었던 저는 그저 경찰법 제3조 제1항을 한 번 떠올리는 것으로 귀 씻기를 대신하였습니다. 우리네 나랏일에 비난이 높고 저열할수록 '국민의 생명 신체, 그리고 재산을 보호' 하는 일의 무거움과 숭고함을 믿는 것이 무척 중요한 일이라 여기는 까닭입니다. 요즘 저는 미국의 대통령 선거전 소식을 챙겨 보는 편입니다. 며칠 전에는 'When they go low, we go high'라는 명연설이 화제가 되었습니다. '상대가 저급하게 굴더라도 우리는 높은 수준을 지키자'는 뜻이라고 합니다. 한 신문에서는 '냉소와 비관 대신 자긍심과 희망'을 내세운 연설로 촌평하기도 하였습니다.

우선 한 주의 시작에 쓰는 글이니 이번 주 내내 동료 여러분 가운데 한 분도 봉변당하는 분이 없기를 빌겠습니다. 다만 만에 하나 그런 일이 있더라도 밥벌이가 된 나랏일에 대한 냉소와 비관 대신 귀를 한번 씻고 마는 것으로 품격과 자긍심을 지키신다면 더할 나위 없을 듯합니다.

모든 분께 항상 감사드리며 2016년 8월 16일, 여러분의 서장이 드립니다.

많은 일이 그때는 맞고 지금은 틀리거나 그 반대이기도 하다. 종래 경찰대학을 졸업하고 여태껏 경찰을 밥벌이로 이어온 까닭은 그 후회와 열락의 계기가 짬짜면 용기의 격벽처럼 한쪽으로 넘치지 않은 때문이라고 안도할 뿐이다. 요컨대 나는 운이 좋은 편이다.

7장

# 응답하라
# 경찰대 87학번

# 그렇게
경위가 되다

'떨쳐 일어서 삶을 살아내지 못했다면 주저앉아 글을 쓰는 일이란 얼마나 부질없는가?' 미국의 자연주의자 데이빗 쏘로우가 남긴 글이다. '사람이 혼자 말하고 글을 쓰는 것은 대개 그 마음속 짐이 감당하기 무거워 누군가와 그걸 나누거나 덜고 싶을 때'라고 한 김청준 작가의 글도 질기게 기억에 남아 있다. 그러나 '나이만큼 쌓이는 삶의 무게를 글로 풀어내면 조금은 괜찮을 거야'라며 글쓰기를 다짐할 때면 분연히 살아내지 못한 과거가 매번 의지를 꺾었다. 무엇을 쓰든 부질없는 글이 될 거라는 시대에 대한 부채 의식은 오래 가시지 않았다.

1987년 경찰대학에 입학해 함께 생활실을 쓴 한 동기는 광주가 나고 자란 곳이라고 했다. 나는 동기의 두 해 전 삶에 대해 정확하게 알지 못했다. 어쩌면 조금 주눅이 들어 보였던 기억조차 나중에 알게 된 1985년 봄 그의 고향에서 일어난 일들에 관한 서사와 겹친 잔상 때문일 것이라는 의심을 거둘 수 없다. 경찰대학에서는 수업이 끝나고 해가 저물면 '열외 의식'이 얼마나 나쁜 것인지 '원산폭격'을 한 채 자주 훈계를 들어야 했다. 수업을 받는 강의실 안에서도 '열외'의 대가를 잊지 않도록 잘 짜인 '경찰 정훈' 교과목이 버티고 있었다. 5월이면 광주를 아파해야 한다는 당시 286의 사회화에서 나는 무지한 채 계몽의 줄 밖에 서 있었다. 나는 법학을 전공으로 택했는데 모르는 게 약이라던 어른들의 가르침과 달리 형법총론은 무지無知가 고의를 조각하지 않는다고 모두에게 가르치고 있었다. 다만 시대의 아픔을 나누지 않다가는 종래 방조의 죄책에 이르지 않더라도 내내 마음의 감옥에 갇히는 자기부죄自己負罪의 선고와 행형行刑이 가능하다는 예언은 없던 강의실에서였다.

음험했던 시절 사람 사는 세상을 만들겠다는 열정과 행동을 큰길 건너편에서 법의 잣대로만 지켜보았다. 그 직업을 처음 선택했던 이유는 사실 그 기억이 뚜렷하지 않다. 중학교 시절 참고서 살 돈으로 '펀컬파마'를 했던 불량기는 스스로 가소롭게 여겨져 기억하기 부끄럽고, 야간 자율 학습을 빼먹지 않기로 결심한 후의 삶은 질풍노도의 부침이 적어서 기억할 거리가 많지 않아서인지도 모르겠다. 다만 당시 집안에 드문 대학생이었던 사촌 형이 '콜라에 중독되어서 방에 가두었는데 창을 넘었다'는 어른들의 근심을 어깨너머 들으며 '콜라가 무서운 거네'라고 혼자 생각했던 흐릿한 기억은 남아 있다. 물론 대학생들이 '데모'에 가담하기 위해 부모의 집 울타리를 넘던 시절인 줄은 까맣게 몰랐다.

탄산음료를 마시지 않고 방과 집을 자유로이 드나든다고 해서 내 무지가 계몽될 여지가 허락되는 것은 아니었다. 돌이켜보면 우리 사회는 이미 꽤 견고하게 설계되어 있었다. 머리가 길거나 교복이 단정하지 못하면 학교에서 멍이 가시지 않게 때때로 맞았다. 교련 선생은 월남전에 참전했었다고 했는데 눈을 마주치는 법이 없었다. 자주는 아니어도 '선線'을 넘은 반 친구의 어깨를 짚고 교련 시간에 쓰는 고무총이 보관되는 간이무기고로 들어가는 것을 보았다. 무기고라는 게 학교마다 있었던 시절이다. 길지 않은 시간에 아이들의 어지간한 불량기는 쉽게 가시는 걸 신기하게 여기고 말았다. 두발과 교복이 자유화된다는 소식이 농구대잔치 생중계를 하다 말고 장충체육관 장내 아나운서의 발표로 전해졌다. 웃고 뛰는 단발머리 서울 여고생들의 모습을 '컬러 TV'로 보며 자유와 중산층을, 우리 사회가 이미 성숙했음을 의심할 증거를 찾지 못했다.

상업계 고등학교를 나와 번듯한 은행원이 된 앞집 사는 누나를 보고 자랐다. 그러나 나는 이유도 모른 채 대학을 가는 인문계에 진학했다. 파마한 머리가 풀릴 때쯤 삭발을 했다. 그때쯤 내가 대학을 가게 되면 연년생인 여동생 둘이 대학 갈 형편이 아니라는 걸 알게 되었다. 대학을 다니는 데는 생각보다 많은 돈이 들고 언젠가 밤을 틈타 급히 세간을 챙겨 사는 동네를 옮겼던 우리 가족이 더 이상 유복 중산층에 끼지 못한다는 자각도 그때 생겼다. 그날 밤 받을 빚이 있는 이들은 그러지 못했으나 가난은 그 길로 우리 가족을 따라나서 오래도록 그리고 질기게 머물렀다. 물론 빚을 받을 사람들이 뒤를 쫓아오기까지 많은 시간이 걸린 것도 아니었지만. 그게 나만의 고단함은 아니었다. 국민학교를 마치고 '공돌이'가 되었던, 6학년 같은 반 친구들에 비하면 호사를 누렸던 셈이라는 안도에 이르는 데는 다시 한참이 더 걸렸다.

각하께서 설립하도록 지시한 경찰대학은 1차 시험 합격생이 행여 다른 대학에 진학하는 것을 불경하게 여겼던 건지 모를 일이다. 합격 발표가 나고 얼마 지나지 않아 살던 동네를 관할하는 경찰서장이 부끄러운 집으로 '합격 축하 및 격려 방문'을 왔다. 색색의 기장이 보란 듯 달린 잘 다려진 정복을 입은 채였다. 다만 형편을 눈치챈 것인지 방문턱도 넘지 않은 채 볕이 드는 좁은 마당 한편에서 서두르는 기색으로 기념사진을 찍었다. '경무계장'이라고 자기를 소개한 아버지뻘의 경찰관이 검은 가방에서 하얀 봉투를 공손한 몸짓으로 꺼냈다. 그는 경찰서장의 것으로 보이는 금테가 둘린 정모를 대신 들고 내내 곁에 서 있었지만 눈에 띄지 않았다. 정모가 땅에 떨어지거나 그래서는 안 되는 것이라고 눈치를 주듯 그 손놀림이 신중하고 조심스러웠다. 한 손으로 봉투를 받아든 경찰서장은 '금일봉'이라는 글씨가 내게 거꾸로 보이지 않게 방향을 신경을 쓰는 낯빛을 한 채 건네주었다.

시력이 미심쩍었던 나는 2차 시험인 체력 검정을 위해 시력검사표를 외우면 어떻겠냐는 권유를 받았다. 〈스카이캐슬〉에 비하겠냐마는 우리나라의 입시 오지랖은 유서와 전통이 뿌리 깊다. 그 말을 한 이가 어디서든 '내 덕에 경찰대학을 간 아이가 있다'고 했을지도 모른다고 나중에 생각한 적이 있었다. 그것 말고도 외운 대로 하는 편이 좋은 게 또 있다는 것은 시력검사를 별 탈 없이 치른 뒤 알게 되었다. '요즘 데모나 하는 일반 대학생'에 대한 예상 면접 질문에 대한 '정답'이 그것이었다. '학생의 본분'이 아니라거나 '대학생이라면 모름지기 공부를 해야 할 때'라는 답이 합리적인 편이라고 했다. 그들에 대한 노골적 혐오나 적의를 드러내는 '모범답안'은 합격을 보장할 수 있다고들 아는 체를 하는 이들도 있었다.

면접이 있던 날에는 지루한 기다림을 견디던 중에 사촌 형의 방에 난 창문에 난데없이 덧대어져 있던 쇠로 된 창살이 문득 떠올랐다. '그게 정말 탄산음료 때문이었을까?'라는 의심이 지나간 것도 그때가 처음이었던 것 같다. 집에 두고 온 어리고 곤궁한 동생들이 눈에 밟혔던 것 같기도 하다. 막상 면접장에 들어서자 권태와 피로가 완연한 묻는 이나 무지로 대꾸하는 이나 각자의 일을 마치고 집으로 돌아가기를 서두르는 듯했다. 묻는 쪽이나 답하는 쪽이나 형식적으로 묻고 답할 뿐이었다. 종래에 면접장에서의 내 말로 인한 마음의 짐이 버겁지 않았던 것도 이 때문일 테다. 그나마 다행이다, 생각했던 때가 있었다.

4년 후 나는 경위가 되었다.

# 여전히 끝나지 않은 빚잔치

2018년 여름에 영화 〈1987〉을 보았다. 인터폴에서 일을 시작한 후 흔해진 하늘길 출장 탓에 새로 나오는 영화라면 대부분 기내에서 섭렵하던 때였다. 그날도 인천을 경유지로 해서 가는 출장길로, 우리나라 항공사의 비행기 안이었다. 기내는 이미 조도를 낮추어두어 주변을 분간 못할 만큼 어두웠다. 영화를 보는 내내 눈물이 흘러 여전히 옆 사람의 눈치가 보였다. 정치 영화라는 장르가 소재와 인물의 관습을 드러내며 자칫 진부해지기 쉽다고 여겼다. 다만 그 영화의 소재가 된 해인 1987년에 경찰대학을 선택했던 나로서는 가슴이 먹먹해지는 지점이 잦았다. 그때마다 지난날의 그 선택 때문이려니, 되새기기를 반복할 뿐 다른 도리는 없었다. 비극의 용도를 카타르시스로 정의한 아리스토텔레스가 문득 떠올랐다. 그러나 영화를 보면서 눈물을 보인 것이 시대의 비극으로부터 진공 상태였던 내 용인의 캠퍼스를 안도한 때문은 아니었다. 흐르는 눈물을 들킬세라 몰래 옷깃으로 찍어낼 때면 '마음의 빚이 여전한 게지'라고 생각했다.

강동원 배우가 영화의 시사회에서 눈시울을 붉혔다는 글과 사진을 보았다. 영화를 접하고 한참이 지난 뒤의 일이었다. 울먹임을 달래며 '빚을 많이 지고 있구나'라고 말했다는 기사였다. 1981년에 태어났다고 하니 어쩔 도리가 없었다고 여기면 그만인데 자신이 누리는 자유와 권리를 죽음으로 지켜낸 이들에 마음의 빚을 느꼈다니 '잘생기다 못해 속마저 깊네'라고 생각했다. 나로서도 고故 이한열 열사가 꽃처럼 졌던 해에 외박이 금지된 경기도 용인의 캠퍼스 내에 기숙했다는 재학 증명서를 내밀며 빚잔치를 할 수는 없는 일이다. 공동 채무자들이 세대를 거슬러 서로의 책임을 일깨우는 품앗이를 해야 불행한 역사를 되풀이하지 않을 수 있을 것이다.

이 영화를 보고 눈물을 흘린 일을 이 글을 쓰기 전에 한차례 남들에게 이야기한 적 있다. IMF 위기를 다룬 영화 〈국가부도의 날〉이 우리나라에서 막 개봉되었을 때였다. 서울로 출장을 갔는데 그 영화를 보고 눈물을 참을 수 없었다는 지인과 만난 자리에서였다. '나는 우파는 아니지만'이라는 말버릇을 가진 그 지인의 친구도 함께한 만남이었다. 우파가 아닌 그는 대뜸 말했다.

"영화가 뭐라고 질질 짜고 그래. 좌파들이 꼭 그러지. 그렇다고 내가 우파는 아니지만."

우리 사회에 만연한 남성성의 퇴조를 개탄하는 한편 성급한 일반화의 오류에 기초한 프로파간다의 혐의를 영화에 덧씌운 것이다. 예의 싱겁게 웃다 말 반세기 가까운 둘 사이 우정을 알면서도 내가 오지랖을 펼쳤다.

"저는 영화 〈태극기 휘날리며〉 보고는 어이구…."

처음 마음먹기로는 '대놓고 펑펑 울었다'라고 마저 말할 셈이었으나 거기까지 말하고 말꼬리를 잘랐다. 한 번은 모르되 두 번 눈물 보인 고백이 썩 내키지 않았던 때문이다. 다행히 태극기라는 한마디에 '우파는 아닌' 지인이 싱겁게 '그런가?' 하고 말았다. 반세기 우정의 장에 더 이상의 소모적 진영 논쟁은 없었으니 다행이었다. 따지고 보면 〈태극기 휘날리며〉는 분단과 상전의 이면에 동족이 있다는 줄거리니 안보 영화가 아닌 게 분명하다. 그러니 좌우를 가리지 않는 태극기 상징 효과에 감사할 따름이었다. 문득 전쟁을 겪은 세대인 그분들에게 깃발은 여전히 좀 슬프고도 애달픈 마음처럼 공중에 매달린 채일 수도 있겠구나 하는 생각이 스쳤는데. 인정하기 싫으나 또 눈가가 잠시 촉촉해졌음은 물론이다.

# 밥벌이의 이유, 그 절반의 후회

영화도 한 편 마음 편히 보지 못할 일을 하필이면 그 시대에 밥벌이로 삼은 나는 뭐라 구직의 변을 대야 할까? 반값 등록금이 없던 때라 학비 면제, 숙식 제공의 막다른 길로 내몰렸었다는 상황 논리는 궁색하다. 월수 보장, 정년 담보의 안정된 직업이 필요했으므로 시종 호구지책이었다는 시장 논리는 모양이 빠진다. '청년 경찰이 되리라, 가슴이 뜨거웠다'는 파토스는 나답지 않음을 그 누구보다 내가 가장 잘 알고, '정의를 믿고 법대로 살며 만민평등법 집행의 도구로 살리라 다짐했었다'는 에토스는 끝끝내 아무 말 대잔치임을 시인할 수밖에 없다.

고민과 성찰이 부족한 탓으로 여겨져 자랑스러울 것은 없지만 살다 보면 내가 살아온 이유가 엄한 사람의 입이나 글에서 흘러나

오는 것을 목격하고 소름이 돋는 때가 있다. 2016년 마이크 밀스 감독의 영화 〈우리의 20세기20th Century Women〉를 보다가 옳다 싶었던 장면이 있다. 극 중 쥴리는 권태로움을 이기기 위해 자유분방한 성생활을 하는 여성이다. 관찰자 시점의 제이미는 줄리에 대한 연정을 드러내며 아무나와 자는 그녀에게 그 까닭을 다그친다.

쥴리 : 절반 정도는 괜히 했다 싶긴 하지.

제이미 : 그런데 그 짓을 왜 하는 거니?

쥴리 : 후회하지 않는 경우가 나머지 반은 되는 셈이니까.

경찰이라는 밥벌이의 이유를 한 20세기 여성의 성생활의 이유나 오르가즘의 빈도에 비교하기란 여러모로 불편함이 있음을 부정하지 않는다. 다만 나로서는 아직껏 이 영화 속 대사만큼 절묘한 답을 찾지 못했으므로 어쩔 도리가 없다. 경찰대학은 경찰과 대학이 혼재했고 경찰이라는 직업의 사명과 생계, 정의와 부조리의 경계도 항상 분명하지는 않았다. 적어도 지금까지 내게는 그랬다.

경찰대학에 입학한 지 석 달 만이었나, 첫 주말 외출이라는 것을 나갔다. 서울로 가서 중학교 때 친구를 만나고 친구의 형이 사는 자취방을 잠시 들렀다. 우리나라에서 제일로 꼽는 대학의 경제학과에 다니던 형인데 '데모를 하다가' 제적된 상태라고 했다. 집에 돌아가지 않고 서울 시내에 자취방을 얻어 '별다른 하는 일 없이' 머물고 있다고도 했다. 고졸에 그친 내 친구는 '복에 겨워서'라고 형의 제적 사유를 항상 툴툴거렸다. 사단은 내가 학교로 돌아온 뒤에 벌어졌던 모양이었다. 집에 돌아온 형이 동생을 나무라다 형제의 난이 일어났다고 했다. '경찰을 집에 들였다'는 게 이유였다. 동생 몰래 동생의 친구가 자신의 세간을 뒤진 흔적은 없는지, 그 바람에 없어진 물건이 있지는 않은지, 파랗게 질렸으나 우선 꼼꼼히 살핀 후 자신의 점잖지 못한 대경실색에 원인을 제공한 동생을 '갈구려 들었다'는 것이었다. 동네에서 침 좀 뱉으며 노느라 대학을 못 간 내 친구는 '공부만 하던 게' 가소롭다며, '한 번만 더 그러면' 의절이라도 할 기세로 연신 전화에 대고 씩씩거렸다.

공중전화라는 걸 붙들고 자주 벽에 기대어 통화를 하던 때였다. 그 수화기라는 것이 제법 무게가 나갔던 때문인지 순간 기운이 빠져서 '네가 나한테 미안해서 그러는 거구나' 속으로만 그랬다. 기댄 벽에 내 몸무게가 더 실리는 것 같기도 했는데 별다른 대꾸 없이 철컥 소리 나게 전화를 끊었다. 경찰학개론의 첫 장도 미처 배우지 못했던 그 주말의 나는 그렇게 처음으로 경찰 대접을 받았다.

이때 일을 생각하면 '응 그러면 당신은 빨치산이구려'라며 권총을 꺼내 드는 이에게 '기계적으로 번쩍 손을 들 수밖에 없었다'던 김수영 시인의 수필 한 구절이 함께 떠올랐다. 시인은 한국전쟁 직후 얼마간 전쟁포로로 살았다.

역사의 가피加被가 개인적 경험으로 수렴되면 그 구분이 어려워지는 경우가 있다. '내 피해 경험과 의식이 남을 향한 작은 가해라도 정당화하는 근거가 되어서는 안 되겠다'라고 그날이 떠오르면 담담히 생각했던 것 같다. 경찰학개론부터 깊이 배워 생각이 기울어 굳기 전에 좋은 경험했었네, 지금 생각하면 그렇다. '처음의 안타까움만 빼고 나면 생채기는 머지않아 세월의 또 다른 무늬로 자리 잡을 것'이라는 글귀를 나중에 〈원미동 사람들〉에서 읽고 줄을 쳐두었는데 줄 친 데를 다시 들여다볼 때면 이날을 회상하기도 했다.

다만 '생채기'가 덧나지 않아 다행이다. 민주화 시위의 명분이었던 정치적 억압에 대한 정당방위의 폭력을 직장이 내게 근무지로 명한 큰길 건너편에서 몸으로 받아낼 때면 정치적 고려와는 무관하게 훈련된 대로의 응징을 벼르는 내 안의 '준법의식'에 목줄을 매기 위해 무단히 젊은 피를 달래야 했다. 자취방에서도 항상 쫓기는 길 건너의 그들을 조금이나마 이해해야 한다고 생각하려 했다. 형사가 되어 아무렇게나 짓이겨진 시신을 내려다보며 죽은 자의 원혼을 달래기 위해 뭐든 해야겠다는 신열 같은 것에 시달릴 때면 심증으로 물증을 외면하거나 자백을 증거의 여왕으로 옹립하려는 '형사다움'을 멀미를 참듯 가라앉히려 애썼다. 자고 일어나면 내가 벌레가 될지도 모른다, 다행히 제때 두려움이 앞섰으므로 '변신'을 경계했다.

많은 일이 그때는 맞고 지금은 틀리거나 그 반대이기도 하다. 종래 경찰대학을 졸업하고 여태껏 경찰을 밥벌이로 이어온 까닭은 그 후회와 열락의 계기가 짬짜면 용기의 격벽처럼 한쪽으로 넘치지 않은 때문이라고 안도할 뿐이다. 요컨대 나는 운이 좋은 편이다.

# 어느 경찰서장의 동안비결

2016년 여름의 일이다. 셈을 하자면 경찰대학을 졸업할 때 주어지는 경위 계급을 단 지 25년 만이었다. 그동안 나는 경위부터 차곡차곡 세 차례의 승진을 거쳐 총경이 되어 있었다. 그리고 경찰서장으로 발령을 받았다. 150여 명의 직업경찰관이 '나만 바라보는 거 아냐?'라고 자문하고는 '설마?' 하고 자답할 수 없는 무거운 권한이 따랐다. 물론 그 책임의 크기야 말할 것도 없었다. 설마가 사람 잡는 것을 본 사람은 없어도 책임이 사람을 잡더라는 건 시중에 흔한 목격담이었다.

발령을 받은 경찰서는 내가 나고 자란 곳이 아니었음은 물론 그 전에 함께 근무한 이들이라고는 한 사람도 없는 낯선 곳이었다. 사람이 온다는 것은 그 사람의 평생이 함께 오는 것이어서 어마어마한 것이라고들 말하곤 했다. 서로를 알지 못한 채 그 어마어마한 일을 마주한 셈이었다. 내가 맡은 경찰서에 관한 한 내게 모든 종국의 책임이 따라야 했으므로 우선 함께 일을 해나갈 사람들과 내가 왜 경찰을 밥벌이로 삼고 있는지, 속마음을 먼저 나눠야겠다, 마음먹었다. 그러고서야 어떻게 경찰을 함께 할지를 이야기하고 그 책임을 감당하겠다고 말하고 실천할 수 있는 것으로 생각했다. 그때 처음 만난 생면부지의 동료들에게 쓴 첫 편지글의 연유인데 뜨거웠던 그해 여름에 쓴 것을 여기에 다시 옮긴다.

새로 온 경찰서장에게 궁금하거나 바라는 것을 일러주십사 청했었습니다. 몇몇 보내 주신 쪽지에 우선 서장이 드리는 첫 번째 답장입니다.

최근 우리 사회가 여성을 제대로 보호하고 있는지 돌아보게 한 강남역 화장실 살인 사건이 있었습니다. 노동 약자의 안전에 무심하지는 않았는지 반성하게 한 구의역 지하철 스크린도어 사고도 있었습니다. 이러한 비극이 있은 후 피해자들을 기리는 마음과 더불어 하고 싶은 이야기들을 포스트잇에 적어 현장에 붙이는 것이 우리 사회의 추모의 방식이자 문화 현상의 하나가 된 것 같습니다. 억울한 사연이 많았었던 탓이고 소통이 더 필요했던 때문이라고들 이야기합니다. 공감할 수밖에요. 낯선 이가 여러분이 근무하는 경찰서의 서장으로 왔습니다. 여러분이 그간 속에 담아둔 이야기를 포스트잇에 적어주기를 청하고 하나하나 읽어볼 작정을 한 것도 같은 이유입니다.

포스트잇을 붙여 준 열일곱 분께 우선 감사드립니다. '경찰서 건물 여기저기 포스트잇이 덕지덕지 붙으면 어찌 감당할까?'라는 걱정이 많았던 게 사실입니다. 열일곱 분이 글을 주셨다면 그동안 그다지 억울할 일은 없었던 셈이겠네, 소통이 꽉 막혀 있던 것도 아닌 거구나, 조금은 마음을 놓게 되었습니다. 그러더라도 '신臣에게는 아직 열일곱 장의 포스트잇이 남아 있사옵니다'라는 비장한 각오를 잊지 않고 여러분을 향한 마음과 귀를 항상 열어두겠다고 거듭 다짐을 합니다.

그럼 귀하지 않은 것이 없는 의견과 질문들 가운데 '서장의 동안童顔 비결'을 물은 쪽지에 먼저 답장을 할까 합니다. 나이 쉰을 목전目前에 둔 사람이 지천명知天命도 아니고 얼굴이 어려 보인다는 칭찬에 그만 마음이 심하게 흔들리는 바람에 가장 먼저 선택했습니다. 첫 질문의 내용과 그에 답하는 이의 의도가 다소 불편하더라도 모두 너그러이 생각해 주시기를 먼저 바랍니다.

아버지가 들으시면 섭섭할 법합니다만, 저의 첫 번째 동안 비결은 어머니의 유전자입니다. 그러고 보니 어머니를 여읜 지 벌써 십 년이 넘었습니다. 어머니께 유전자를 물려받아 더디 늙어간다 생각하면서도 이런 쪽지 보여드리며 감사하다는 말씀드릴 처지는 못 되는군요. 부모님 살아계신 분들은 모두 효도하시기 바랍니다.

두 번째 비결로는 타자공헌他者供獻의 마음가짐을 들겠습니다. 최근 베스트셀러가 되었던 〈미움받을 용기〉라는 제목의 책에서 따온 말이어서 어려운 한자를 쓰게 되었습니다. 다만 저는 평소에 '나는 누군가에게 도움이 된다'라고 느끼기 위해 노력하는 편입니다. 〈미움받을 용기〉라는 책에서는 이러한 타자 공헌을 인간의 행복의 비결로 봅니다. 남을 위하는 마음을 가지면 행복할 수 있다는 거지요. 마음이 행복하면 얼굴에 그 마음이 드러나게 되는 것이랍니다. 저는 용케 이 책을 읽기 전부터도 도움이 필요한 사람들을 돕는 일을 밥벌이로 삼아온 사람이니 무척 다행이라고 여깁니다.

가난한데도 행복 지수가 매우 높은 방글라데시라는 나라가 화제가 되었던 적이 있었습니다. 그 나라를 다녀온 한 여행자가 길거리의 가난한 행상들에게 '왜 이 일을 하나요?'라고 물어보았답니다. 가장 먼저 '내 물건을 사는 이들이 그 쓸씀이에 만족하고 행복해 하기를 바라서'라고 했다는군요. 다음은 '가족을 부양하기 위해서'였고 끝에 가서야 '내가 쓸 돈을 벌기 위해서'라고 했습니다.

같은 질문이 여러분에게 주어진다면 어떻게, 아니 어떠한 순서로 답하실 수 있을까요? 저는 행복지수가 높은 나라의 가지지 못한 사람들의 생각 순서를 따라 지키려고 애쓰는 편입니다. 나보다는 남을 먼저 생각하는 마음이야말로 젊음을 지키는 비결이라 믿기 때문입니다. 저와 같은 직업을 가지고도 노안老顔 세력에 속하시는 분들은 일부러라도 하루에 세 번, 아니 한 번만이라도 맡은 일을 하면서 누군가에게 '고맙다'는 말을 들을 수 있도록 노력해 보시죠. 그리고 그 '고맙다'는 음성을 한동안 음미해 보시기 바랍니다. 행복해야 노화가 더디 오는 것 같습니다. 늙는다고 해도 곱게 늙을 수 있습니다. 그게 어딘가요.

끝으로 동안을 유지하려면 어느 화장품 광고 문구처럼 피부에 양보하셔야 합니다. 술과 담배, 스트레스와 같은 피부의 적敵들과는 거리를 두시면서 적당한 운동과 깊은 명상을 거르지 않아야합니다. 무엇에 관해서든 '절대로'라는 생각의 틀을 멀리하시고 나의 피부를 위해서라도 상대의 처지를 먼저 생각해 보시는 이기적인 이타적 셈법도 도움이 됩니다. 딱히 동안이나 팽팽한 피부를 위해서가 아니더라도 꼭 권해드리고 싶은 몸과 마음의 습관입니다.

쓰다 보니 젊음을 유지하는 데 챙겨야 할 일들이 많다는 걸 새삼 느끼게 됩니다. 스크롤의 압박이 심해 기나긴 글을 읽은 보람도 없이 '동안 따위' 포기하시는 분이 많을 듯해 걱정이 앞섭니다. 저마다의 형편이란 게 다르기 마련이어서 제게는 '비결'이라지만 누구에게는 '언감생심'일 수도 있을 겁니다. 다만 앞서 말씀드린 두 번째 '타자 공헌'의 비결만은 여러분 모두 공감하고 한 번쯤 습관을 들여 보시길 권합니다. 따지고 보면 우리네 밥벌이가 모두 이미 그러하기 때문입니다. 동안까지는 아니더라도 나이가 들어가면서 웃는 낯은 가꾸어갈 수 있으리라 자신합니다.

오늘도 서장은 함께 일하는 동료 여러분에게 무엇이든 도움이 되어야 하겠다는 마음을 다지며 여러분 모두의 행복을 위해 새로운 한 주를 시작했습니다. 물론 그렇게 함으로써 동안을 지키려는 속셈도 굳이 숨기지 않겠습니다.

볕이 따갑습니다. 더위를 피하느라 그늘을 찾게 되시면 잠시 멈추어 '내 밥벌이'는 얼마나 행복한지 스스로 안부를 물어보시는 한 주가 되기를 권하는 것으로 긴 글 맺습니다.

모두 항상 감사합니다.

2016년 7월 25일에 여러분의 서장이 씁니다.

# 노예의 시간
# 주인의 시간

경찰서장으로 일하기에 앞서 다른 지방의 지방경찰청에서 반년가량 근무한 적이 있었다. 서울에서 총경으로 승진을 앞두고 승진을 하게 되면 지방으로 가서 한동안 일해야 한다는 것을 알고 있었으므로 각오했던 일이었다. 각오에는 대비가 따라야 했으므로 김칫국부터 들이키는 셈치고 발령이 나면 가족들과 함께 이사할 지방 도시를 미리 염두에 두었다. 그러나 나는 계획에 없던 엄한 곳으로 가라는 인사 통지문을 받아들고 세상이 그렇게 호락호락하지 않다는 값진 교훈을 얻은 것에 깊이 감사해야 했다. 반면 아내는 그다지 감사할 이유는 없는 일이라고 생각했고 원래의 계획이 헝클어진 것이었으므로 아이와 함께 서울에 남아 있기로 서둘러 마음을 바꿨다. 주변에서는 주말부부가 된 내 처지를 부러워하며 전생에 3대에 걸쳐 나라를 구한 복덕福德이라고 상찬賞讚했지만 뭔가 속는 기분을 한동안 지울 길이 없었다.

그 다음 인사는 물론 경찰서장 차례였다. 범죄피해자학에서는 개인이나 지역에서 같은 유형의 범죄 피해가 반복되는 현상을 '물린 데 또 물린다'고 표현하기도 한다. 피해자에게 특유한 의사 결정이나 그에 따른 행태가 거듭된 범죄 피해에 일정 부분 책임이 있을 수 있다는 주장을 대변하는 표현의 하나다. 앞선 지방경찰청 발령 때와 다름없이 경찰서장 인사에서도 내가 발령을 받기를 희망했던 지역은 내 기대를 비껴갔다. 물린 데 물린다는 말이 그때 생각났다. 연거푸 물리는 사람에게는 다 각자의 이유가 있는 것이라는 자책과 어디로 간들 자위를 섞어가면서 서둘러 이삿짐을 꾸렸다. 그날 밤 진도 5.0의 지진이 일어나서 싸던 짐을 밀어두고 한참 벽에 기대어 진동이 가라앉기를 기다렸는데 진원으로부터 좀 더 떨어진 도시로 옮기는 것을 또 하나의 위안으로 삼았다.

다만 발령이 제 뜻대로 안 된 데 대해 내 탓이나 남 탓을 하는 마음은 행선지에서 여장을 풀기도 전에 사라졌다. 첫 번째는 정해진 근무지에 고故 김수환 추기경의 생가生家가 있다는 것을 알게 된 때문이었다. 물론 추기경에 대한 공부가 깊다거나 각별한 개인적인 인연이 있는 것은 아니었다. 다만 오래전 민주화 운동가인 김정남 전前 수석이 추기경을 회고한 말이 가슴에 내내 울림으로 남아 있었다. '사랑하되 함부로 대하지 않았고 위엄이 있되 가파르지 않으셨다'는 구절이다. 이 글귀를 접했던 때의 나는 마흔 줄에 접어들었으니 위엄과 까칠함의 경계를 주의해야 할 것이라고 믿었고 가끔은 쉰은, 예순은 어떻게 맞아야 할지를 고민하던 참이었다. 구겨진 신문에서 본 인터뷰 기사였다. 접힌 곳을 읽어 내려가다 운 좋게 귀한 답을 찾은 것이라고 첫눈에 느꼈다. 귀하게 옮겨 적어두고 가슴에 새겨둔 채 따르려 애쓰던 몸가짐이었다. 경찰서 하나를 책임지는 경찰서장이 되었으니 그날 이후 어느 때보다 그 실천이 필요한 자리와 기회가 온 셈이었다. 마침 그 일을 할 곳이 추기경이 나신 고장이라고 하니 그 우연만으로도 마음에 신기하고 흡족했다.

다음은 과거 인도印度로 향할 때의 마음가짐과 다르지 않으니 주어진 일을 할 뿐, 그곳이 어디인가는 중요한 것이 아니라는 생각이 차츰 돌아와 제정신을 차린 덕분이었다. 현실에서 이런 마음가짐이 쉽게 외출을 하는 데는 주변의 오지랖이 큰 몫을 한다. 명절 집안사람들의 '시집은 왜 안 가고?'가 여성 주체성과 비혼非婚 행복의 천적이라면 인사 발령 직후 주변 동료들의 '어쩌다가?' 같은 말은 공직 사기와 근무 의욕을 꺾는 강적이다.

주변의 입에 오르내리기 쉬울 때일수록 더 중요한 것이 내가 내 운명의 주인이라는 믿음이다. 결혼중개업은 있으나 결혼대행업은 없다. 결혼이든 비혼이든 내가 주인이 되어야 한다. 경찰서장으로 취임해 관내를 돌아보다 부러 추기경의 생가를 들르면 남루한 고가의 툇마루에 걸터앉아 멍 때리기를 즐겼다. 그리고 나는 행복한지 자문하고 가끔 자답했다. '추기경님, 감사합니다.' 그때 경찰서에 함께 근무하던 동료들에게 쓴 편지가 있어 여기 옮긴다.

마침내 더위가 물러가려는지 지난 주말에는 반가운 비 소식이 있었습니다. 모두가 기다려온 비였습니다만, 막상 비를 만난 서장에게는 한 가지 근심이 생겼습니다. 관사 뒷마당에 널어놓은 고추를 말릴 걱정 말입니다. 서장 관사에는 한 평 남짓한 텃밭이 있습니다. 고추며 가지며 부추며 심어 놓고 아침저녁 물 주는 것이 제 농사의 전부입니다만, 이놈들에게 한번 눈길이 간 후로는 마음을 떼기가 좀처럼 쉽지 않습니다. 그렇게 수확한 소쿠리 하나만큼의 붉은 고추를 땡볕에 말려두고 가끔 들여다보다가 한 번씩 뒤집어 주기도 하는 농사의 재미가 들 때쯤 비란 놈이 내린 것이지요. '하늘도 무심하게' 말입니다.

가소로운 농사꾼 코스프레인 줄 압니다만 새벽녘에 일어나 고랑에 고일 만큼 물을 뿌리고 한낮 땡볕에 타들어 가는 녀석들을 마음으로나마 응원하는 일상은 도시에서 나고 자란 제게는 눈이 환하게 뜨이는 경험입니다. 한낮 더위에 힘겨워하는 녀석들을 위하는 마음에 성급히 밭에 물을 댔다가는 달궈진 지열로 작물이 그대로 익어버릴 수도 있다는 사실도 처음 배웠습니다. 농사의 법칙뿐 아니라 자연이 부여하는 대로 견뎌내야 하는 법이니 견뎌내도록 두고 보아야 할 뿐이라는 깨달음도 덤으로 얻었습니다. 자식 농사가 조바심 날 때 잊지 않아야겠구나, 생각합니다.

그러다 문득 만약 이런 내 모습을 저 먼 외계의 누군가가 바라본다면 누가 누구의 주인이라고 여길까, 한편 우스꽝스러운 생각을 해본 적도 있습니다. 저는 텃밭의 주인 행세를 한다지만 따지고 보면 고추며 가지며 부추며 그저 자리 보전만 하면서 더우면 덥다고 가물면 가물다라고 내색할 거 다 하는 바람에 제가 물 떠다 바치며 수발들고 행여 잘못될까 노심초사하는 셈이니 말입니다. 사실 이 뚱딴지같은 생각은 어린 시절 〈사인펠드Seinfeld〉라는 제목으로 우리나라에서도 방영된 적이 있는 미국의 코미디 TV 드라마를 보았던 기억 속에서 떠오른 것입니다. 친구가 시간 맞춰 애완견을 산책시키고 싸놓은 똥까지 달려가 치우는 모습을 짓궂게 놀리며 그런 인간의 모습을 외계인이 본다면 지구의 주인은 개이고 인간은 그 시종쯤 되는 족속이라 여길 것이라고 말하는 주인공의 이름이 사인펠드입니다.

그런데 최근 베스트셀러가 된 유발 하라리의 〈사피엔스Sapiens〉라는 책에서도 농업혁명으로 인간이 '쌀과 밀의 노예'가 된 셈이라는 주장이 있었습니다. 계절 따라 여문 곡식이며 과일을 따 먹고 사냥하며 살던 인류가 쌀과 밀을 재배하면서부터 논과 밭을 지키느라 옴짝달싹 못 한 채 나와 가족이 먹을 것 이상을 경작하려 평생 노예 같은 삶을 선택했다는 추론이 그것입니다. 일리가 있지 않습니까?

하나 역사학자의 일리一理만으로 세상을 볼 수는 없습니다. 더구나 이왕지사 쌀농사, 밀농사를 지어야 한다면 말입니다. 돌이켜보면 경찰대학생 생활을 포함해 이래저래 지난 삼십여 년 경찰에 몸담은 서장에게도 노예의 시간과 주인의 시간이 따로 있지 않았던 것 같습니다. 주인이 되려고 하면 노예의 마음가짐, 몸가짐을 가지도록 위하는 척 설득하려 들거나 은근히 강권하는 이들이 일터의 안팎을 가릴 것 없이 꼭 있기 마련이었습니다. 계급이나 직위가 노예 됨과 주인 됨을 결정한다고 믿은 때도 있었습니다. 다만 그 계급과 직위를 가졌던 이들의 끝장을 눈여겨보는 경험이 쌓이면서 저절로 그런 믿음이 어림없는 착각이라는 가르침이 때맞춰 따라와 줬습니다. 그분들께는 미안한 마음이 있지만 저로서는 매우 큰 다행으로 여깁니다.

서장이라면 우리 경찰서를 가꾸는 밭일이 적지 않더라도 항상 마음을 떼지 않으며 물을 주고 볕을 가리는 일의 자발성自發性을 유지해야 합니다. 그때에야 비로소 경찰서장 짓의 주인으로 자리매김할 수 있습니다. 더위가 남았다고 하나 올려보기 탐스러운 늦여름의 하늘입니다. 동료 여러분도 먼 하늘에서 외계인이 내려다볼 나의 모습을 떠올리시며 '나는 내 일의 주인인가?'라는 자문자답 한 번씩 해보시길 권합니다. 더불어 삶의 주인이 되고자 하는 여러분 한 분 한 분의 노력에 발목을 잡는 세력이나 조건들을 땡볕 가리듯 막아서는 것이 서장의 중한 밭일 가운데 하나임을 다짐해 둡니다.

모두 항상 감사드립니다.

2016년 8월 29일 아침에 여러분의 서장이 씁니다.

소설 속에서는 평사리에서 '죄를 짓는 데 어둠이 꼭 필요했다' 라고 썼다. 그러나 죄를 다스리는 정의감만으로 스스로 밝은 진영에 서 있다고 믿는 동안 그 눈을 가리는 자신 안의 어둠이야말로 밤낮없이 경계할 일이라 믿는다. 죄 짓지 않은 국민들이 무딤이들을 나는 새 떼처럼 국가의 수사 작용에 대해 그나마 마음을 놓으려면 말이다.

# 8장

# 형사
외전

# 앞으로 나아갈 수도 뒤로 물러날 수도

술이 좀 들어갔다 싶으면 자주 그랬다. 유도 유단자라는 자격으로 특별 채용되었다고 하는 덩치가 제법 있는 형사였다. 형사가 되어 처음으로 맞닥뜨린 살인 사건의 현장에 제일 먼저 도착하고도 피해자의 마지막 한 마디를 놓쳤던 일을 자책했다. 좀 더 차분하게 피해자를 다독이고 귀를 기울였다면 숨이 넘어가기 전에 살인자가 누구인지 한마디라도 더 들어 단서를 찾아냈을 법한데, 술기운에 더해 자책과 한숨이 제법 깊었다. 그래 봐야 술자리를 같이 한 형사들 사이에서는 제일 어린 축에 들었다. 상석에 앉은 그의 형사 선배들은 '또 맨날 그 얘기, 술 취했네'라고 시큰둥해 하며 듣기 싫다는 내색과 함께 핀잔을 주었다. 술기운이 오른 다른 형사들은 가끔 그의 등을 떠밀어 집으로 돌려보낼 험한 기세를 보이기도 했다. 그러나 내게는 그 모습이 매번 예사롭게 보이지는 않았다.

경찰대학을 졸업하고 경위라는 계급을 달고 경찰서에서 일을 시작하면 순환 보직이라는 걸 거치게 되어 있었다. 말 그대로 맡은 일을 여기저기 순환해서 돌아가면서 하는 것이었다. 다양한 경험을 쌓고 적성에 맞는 부서도 일찌감치 찾아보라는 깊은 뜻이 숨겨져 있었다. 그렇게 각자의 적성을 찾는 대로 장래에 보직을 주겠다는 약속은 물론 어디에도 없었는데 그게 인사의 법칙이라는 것도 함께 배웠다. 나는 지방의 한 경찰서에서 형사 주임으로 순환 보직을 시작했다. 90년대 초까지만 해도 아무나 할 수 있는 일이 아닌 것으로 여겨 선망의 대상이던 형사였다. 나로서는 운이 좋은 거라고, 좋은 경험을 하게 되었다고 여겨 매우 반겼다. 그러나 여러모로 쉽지 않은 일이었다.

우선 앞선 시대를 살아온 초로의 형사들이 자리를 잡고 있었다. 두꺼운 테의 돋보기를 콧잔등에 걸치고 모나미 153 검은색 볼펜을 돌리는 손글씨로 수사 서류를 꾸미는 모습은 레트로한 데가 있었다. 그러다 길지 않은 시간의 서류 작업 중간중간 눈이 침침하다 싶으면 한국전쟁 때 피난 다니고 간첩 잡던 '왕년' 이야기를 꺼냈다. 이미 겪을 만큼 겪은 이들이었으므로 생각의 완고함이 마블 영화 속 타노스에 버금가서 죄를 저지른 인구는 지구상에서 사라져야 한다고 믿었다. 죄는 미워하되 사람은 미워하지 말라는 설교가 잦았던 시절, 죄가 무슨 죄냐, 사람이 미운 거지, 뭘 모르는 소리를 한다고 비꼬았다. 물론 퇴직이 얼마 남지 않았으니 그 나이에 타자기를 다루는 법을 배울 필요는 어디에도 없다는 소신도 끝내 굽히지 않았다. 일은 더뎠고 새로운 일은 못 본 척을 했으니 한 사람 몫을 다하지 못했다. 그 시절 공무원의 정년은 지금보다 2년 빠른 58세였지만 그때 쉰 중반을 갓 넘긴 사람들은 그랬다. 환갑잔치가 꽤 융숭했던 때였다.

형사라는 용어는 경험이라는 단어와 연관 검색어에 가까웠다. '젊은'이라는 형용사로 '형사'라는 명사를 수식하면 이루어지는 젊은 형사라는 말이 아주 낯선 시절이었다. 그러다 살인범 한 번 놓친 것을 매번 술안주로 삼는 '엑스 세대' 형사들이 섞여들기 시작했으니 그 세대 간 갈등을 봉합하는 것도 형사 주임인 내 몫으로 더해졌다. 따지고 보면 나이 먹은 형사들이 '엑스 세대'라는 당시의 신조어를 갖다 붙이며 아는 체를 했지만, 그 술자리에 나 하나 '엑스 세대'였지 막내 형사들도 60년대 초에 난 베이비부머들이었다. 40년생이 간다거나 60년생이 온다는 경고는 없었다. 세대의 간극을 다루는 데 요긴한 지침서는 어디에도 없었으므로 하루하루 부딪히며 느끼고 배우는 수밖에 다른 도리가 없었다.

직장에 만연한 부패를 미풍양속이나 예의범절과 얼추 같은 뜻으로 여기는 것으로 보였다. 이를 모른다고 하면 경찰대학에서는 무얼 가르친 거냐며 부족한 현실 감각을 혀끝에 얹어놓고 쯧쯧, 연신 혀를 찼다. 좀 아는 척을 하며 좋은 게 좋은 거라는 식으로 섞이려 들면 다시 도대체 경찰대학에서는 무얼 가르친 거냐며 경찰대학 무용론을 수군거렸다. 앞으로 나아갈 수도 물러날 수도 없었으니 진퇴양난이었다. 형사는 교도소 담벼락 위를 걷는 일이라는 고해성사는 흔한 훅송의 구절처럼 귀에 익었다. 교도소 안으로 떨어질지 밖으로 걸어 나갈 수 있을지 아무도 모르는 위태로움을 흔히들 자조했다. 다만 각자도생의 공범의식 속에 개과천선의 여지는 어디에도 보이지 않았다. 하루하루 무던히 속을 끓이면서도 다른 별에서 온 젊은 형사 주임에 대한 기대와 질시를 균형감 있게 다루어야 했다. 순환 보직이라고 했으니 그게 선순환이 될지 악순환이 될지는 종국에 내게 달린 일이었다.

# 쉬운 것도
# 보기에 좋은 것도

시간에 비례해 일에 익숙해지고 여유가 찾아온 때쯤 형사들을 관찰하는 습관을 들이기로 마음먹었다. 일을 배우고 경험을 쌓는 한편 그 일이 내게 맞는 것인지를 찬찬히 살펴둬야 한다는 순환 보직의 본뜻을 새삼 떠올렸기 때문이다. 하루하루 맡은 일을 해나가기 위해 우리의 틀에서 작동하던 내 의식을 전지적 관찰자 시점으로 봐야 했다. 더 늦기 전에, 라는 생각을 조바심내며 했던 것 같다. 우리를 그네들로 두는 사유와 성찰이 지체되면 내가 언젠가 내가 모르는 내가 될 수도 있다는 위기감이 가끔 모골을 송연하게 했다. 시간이 오래 흐른 뒤 이때의 나의 때맞춘 결심을 스스로 대견해한 기회가 있었는데 평소 좋아하는 김훈 작가의 글을 읽고서였다. '기자를 보면 기자 같고, 형사를 보면 형사 같고, 검사를 보면 검사 같은 자들은 노동 때문에 망가진 것'이며 '뭘 해먹고 사는지 감이 안 와야 그 인간이 온전한 인간'이라는 복음이었다. 형사 같지 않아지기 위해 갖은 애를 썼던 나로서는 내 생각이 크게 그르지 않았음을 깊이가 있는 글을 쓰는 이의 생각으로 확인하는 감회가 컸다.

관찰이란 매일의 의식과 노력이 뒤따르는 일이었으므로 가장 먼저 '형사란 무엇인가?', '그네들은 왜 천생天生 형사인가?'라는 화두를 스스로에게 던지고 직장에서의 일상과 나의 내면의 의식 사이의 거리를 한 발짝 넘게 지키려 했다. 내 모습과 함께 그네들을 조감鳥瞰하는 상상을 하는 것도 도움이 되었다.

근로 조건은 열악했다. 범죄 발생 시간대는 건국 이래 경찰공무원 법정 근무 시간을 결정하는 정책적, 입법적 고려의 대상이 아니었으므로 형사의 일은 밤낮을 가리지 않았다. 다만 일한 만큼 보상을 해달라고 하는 것은 형사답지 않은 것으로 치부되었다. 지금은 물론 틀리지만 그때는 그게 맞았다. 입이 무거워야 했고 나라에 손을 벌리지 않을 만큼의 요령이 있어야 했다. 그게 형사다운 거였다. 근로 조건을 따지려 들면 '방망이 차는 파출소로 내보내겠다'라는 묵시록이 있었으므로 형사다움은 비교적 잘 다스려졌다.

사람의 죽음이 범죄와 관련되었다는 의심이 남으면 변사變死라고 하는데 변사 현장에 출동하면 목을 맨 끈을 풀어 망자를 가슴팍으로 안아 내렸다. 사연은 꺾임이 잦은 골목처럼 구구했으나 목을 매 고단한 삶을 끊어내는 일이 골목이 만나는 자리의 수만큼이나 잦았던 시절이다. 이어 액사縊死의 검시 소견인 정액 누출을 확인하기 위해 시신의 아랫도리를 들추었다. 이때 '관세음보살'이라고 하거나 '아멘'이라고 나지막하게 읊조리는 형사도 있었다. 겉모습만으로 죽음의 원인이 분명히 판가름 나지 않을 때면 부검 지휘라는 것이 서류로만 형사에게 도달했다. 검사의 서명이 있는 서류를 받아든 형사는 시신의 배를 가르는 부검 의사의 가까이에 서서 장기나 혈액의 상태를 직접 눈으로 확인해야 했다. 죽은 자의 피는 검붉어지게 마련인데 선홍색을 띠면 일산화탄소에 중독된 때문이라고 사인을 확정할 수 있었다. 틈이 생긴 구들을 손볼 여유가 없는 이들이었는데 날품팔이로 구해온 덜 마른 그날의 연탄이 화근이 될 줄은 몰랐다는 이웃의 진술은 사인을 확정하는 데 도움이 되었다.

변사 처리나 부검이 있는 날의 뒤풀이로는 거의 고깃집을 갔는데 요즘보다 도수가 훨씬 높았던 소주로 충혈된 눈빛을 풀어내고 입안에 남은 쓴 기운을 씻었다. 핏기가 덜 가신 생고기를 곁들였는데 그게 무슨 의식儀式 같은 것일지 모른다고 넘겨짚었지만 둘러봐도 물어볼 만한 사람이 없었다. 그런 날은 모두 눈을 마주치지 않았고 입이 무겁기 마련이었다. 영화 〈하이웨이맨The Highwayman〉에서 퇴직한 형사를 연기한 케빈 코스트너가 '쉬운 일 아니야. 보기 좋은 일도 아니고'라고 그랬는데, 듣는 순간 문득 그 지난날 형사이던 때가 떠올랐다.

쉬운 것도 보기 좋은 것도 아닌 오래전 추억의 끝에 놓인 내 관찰의 습관이 내게 남긴 하나의 답이 있었다고 하기는 어렵다. 길지 않은 시간이었고 관찰의 거리는 관찰에 적지 않은 방해가 될 수 있었으므로 확신하기 쉽지 않은 탓이다. 그럼에도 불구하고 '나는 형사다'라고 할 수 있는 무언가가 그네들의 고단한 밥벌이를 지탱하고 있다고 어설픈 결론을 지었던 기억이다. 그때의 관찰 습관이 내게 남긴 결론은 그때나 지금이나 그들이 모르는 사이 가슴에 품은 정의감이라는 쪽에 기울어 있다.

우리 사회는 정의로운가? 선뜻 답을 할 사람이 있을지 모르겠다. 우리는 권리와 의무가 평등한 상태를 정의라고 책에서 배웠다. 그러나 교실 밖의 세상은 달랐는데 금수저를 물고 나오거나 개천을 떠나 용이 된 뒤 흙수저를 꽤 위하는 척하는 한편으로 계층의 사다리를 걷어차는 자들을 흔히 보았다. 진도가 좀 더 나가면 쾌락과 행복을 추구하는 개인의 이기심을 전제로 하는 것이 경제적 자본주의 사회라고 다시 배웠고 부르주아 혁명을 꿈꿀 배포가 없었던 탓에 뾰족한 수가 없다는 것으로 여기고 말곤 했다.

그래서 자본주의처럼 이기심 가득한 인간관에 바탕을 두었다는 공리주의가 둘째는 간다고 여겼다. 최대 다수의 최대 행복, 이것도 책에 있었다. 기억날 법하다. 특히 쾌락의 총량을 측정할 수 있다며 양적 공리주의를 주장했던 19세기 영국의 철학자 벤덤은 최대 다수의 최대 행복을 도덕과 입법의 원리로 내세웠다고 했다. 가장 많은 사람이 행복한 상태가 정의라는 건데 이 생각은 다시 귀에 익은 다수결의 원리로 귀결된다. 벤덤이 2016년 6월 자신의 모국인 영국에서 간신히 절반을 넘겨 51.6%가 찬성한 브렉시트 국민

투표가 가결되면서 지금까지 국민들이 행복과는 거리가 먼 정치적 불확정 상태를 인내하고 있는 모습을 지켜본다면 무슨 변명을 할 수 있을까? 문득 궁금해진다. 다만 브렉시트나 트럼프의 미국 대통령 당선과 같은 소소한 남의 나라의 부작용을 제외하면 벤덤의 원리가 현재까지 그럭저럭 작동하고 있는 것은 분명해 보인다. 그러니 벤덤의 사상을 따라 도덕과 입법의 원리를 전제한다. 최대 다수의 행복을 다시 도덕과 입법의 기준으로 삼아 이에 따라 금지되어야 하는 행위를 범죄로 정하고 각각의 형벌을 정하는 입법을 하게 된다. 이리 되면 누군가는 손에 피를 묻혀야 한다. 금지를 강제하고 형벌을 집행할 수 있도록 기소하기 위한 국가 작용을 담당하는 수고 말이다. 형사는 후자에 속한다.

형사는 경찰공무원으로서 형사사건을 수사할 권한과 직무를 가진 이들을 일컫는 말이다. 원칙적으로 살인, 강도, 강간, 폭력 등의 폭력성 범죄를 관할한다. 그러므로 그 직무인 범죄 용의자의 감시, 추적, 체포 등을 감당하는 데 지구력, 주력 및 근력을 포함한 다양한 신체 능력이 우선 요구된다. 또한 이런 종류의 범죄에 관한 정보 수집도 하게 되어 있는데 선악과 피아를 가리지 않아야 하므로 자칫 제 무덤을 파는 인적 교류의 장으로 나아가는 것도 그런 연유다. 동업자의 등에 칼을 꽂고 휘파람을 불고 다니는 정보원들을 만나고 입에 걸레와 거짓말을 물고 있는 범죄 용의자들과도 담배에 불을 붙여 주어 가며 말을 섞어야 하는 감정 노동자들이다. 길지 않은 시간 형사들과 생활했지만, 다소곳이 행동하고 착한 천성을 지키는 몇 안 되는 형사들을 가려내는 데는 긴 시간이 필요치 않았다. 근묵자흑近墨者黑이라 했는데 옛말이 틀리기도 하는 거네, 신기해서 금방 눈에 띄었다.

독일의 심리학자 쾰러Wolfgang Kohler가 어려서부터 고립된 채 자란 침팬지를 관찰했더니 거울 속 자신의 모습을 인식하지 못하는 인지장애를 보였다고 한다. 물론 여럿 어울려 자란 녀석들에게서는 찾아볼 수 없는 현저한 수준의 장애였다는 것이다. 내가 나라고 믿는 것, 즉 자아라는 것이 실은 사회적 상호 작용이 내면화된 결과라는 심리학자들 주장의 임상적 근거가 된다. 돌이켜 보면 형사에게 정의감은 자신의 모습을 들여다보는 거울 같은 것일지도 모를 일이다. 도덕과 입법의 원리인 공리가 정의라면 공리에 반하는 범죄를 처벌하는 형사 입법과 그 입법이 기초로 삼는 도덕은 사회정의를 위해 반드시 수호되어야 했다. '형사사건을 수사할 권한과 직무'를 맡는 국가 공무원인 형사는 연역적으로 정의의 수호자다. 다만 이 정의감이 감정의 철학자 스피노자Spinoza가 간파한 적의ira나 분노indignato로 귀결되는 경우가 잦았다. 적의가 죄는 미워하되 사람은 미워하지 말라는 설교를 귓등으로 흘려들은 이유라면 분노는 범죄 피해자의 억울함을 반드시 풀어주고 말겠다는 감정의 연대로 인한 것이다. 결국 범죄자를 미워하고 해를 가하게끔 형사를 자극하는 감정의 기제라고 할 텐데 근묵자흑의 근로 조건 아래에서 이를 단속하기란 쉬운 일이 아니었다. 매일매일 밥벌이로 감당해야 하는 현실 속에서는 정의감과 적의, 정의감과 분노를 혼동하기 쉬웠기에 이를 염두에 둔 이들은 '아멘'이라거나 '관세음보살'이라거나, 그때그때 마음을 다잡으려 했던 모양이다. 그나마 그 믿음을 지켰던 '옛날' 형사들은 교도소 담벼락 안으로 떨어지지 않았다.

# 독이 든 나무이든<br>독이 든 열매이든

"이거 특수절도 사건인데요."

현장에 먼저 도착해 있던 형사가 나를 맞이하며 말했다. 금고가 설치된 벽을 뚫은 뒤 잠금 장치까지 부수고 안에 든 현금을 꺼내 달아난 뒤였다. CCTV라는 게 없었고 지문을 채취하는 감식반도 그만한 사건에 나타나던 시절이 아니었으므로 물어물어 단서를 찾는 탐문 수사가 할 수 있는 전부였다. 보관된 현금이 많지 않아 피해액이 크지 않았고 금고의 잠금 장치를 풀지 못하고 부순 걸 보아 그 수법도 다소 조악했으므로 전문 금고털이일 가능성보다는 내부 사정을 잘 아는 주변 인물에 혐의가 두어졌다. 사실 그 편이 일을 괜히 크게 만들어서 윗사람의 심기를 건드리지 않기 위한 정치적 선택지였다고 해도 아니라고 우길 자신은 없다. 하나의 사건이라고는 하지만 현장에 있던 모두에게 저마다의 이해관계와 당장 취해야 할 행동을 선택할 동기가 따로 있기 마련이었다. 경리 직원이 금고를 지키지 못한 자신의 책임을 모면하려는 듯 최근 퇴직한 직원들의 이름을 쭈뼛거리며 건넨 것도 그녀만의 선택이었으리라. 건네받은 명단을 펴들고 퇴직한 날짜 순서로 빼곡히 적힌 이름들을 하나하나 살폈다.

사람이 다친 사건이 아니었으므로 기억에서 희미해지기 쉬웠다. 특수 절도라면 쉽게 넘길 만한 사건이 아닌 것이 분명했지만 이미 맡고 있던 관내에서 강도 상해가 연이었던 즈음이었으므로 수사의 우선순위에서 밀려났다. 그러던 하루 형사 당직을 인수받기 위해 그 전날 경찰서의 유치장에서 밤을 새운 이들의 명단을 살펴보는데 유독 한 이름에서 눈길이 떠나지 않았다. 사람의 이름과 생김새를 기억해 두는 형사의 습관이 몸에 배었던 때였으므로 당장 책상 서랍 속의 수첩을 뒤졌다. 갈겨쓴 채로 같은 이름이 거기 있었다. 금고털이를 당한 회사의 퇴직자 가운데 한 사람이었다. 담당 형사를 불렀다. 귀 기울여 내 이야기를 끝까지 들은 담당 형사의 눈빛이 번들거렸다. 내처 바지춤을 연신 끌어올리며 유치장을 향해 성큼성큼 걸어갔다. 그날 당직 근무를 다 마치기 전 담당 지역에서 발생한 특수 절도 미제 사건이 하나 줄어들었다.

시간이 좀 더 흘러 형사의 습관이 몸에 배는 것을 경계하면서 지난 사건들을 곰곰이 반추해 보는 여유를 찾았다. 같은 실수를 반복하지 않기 위한 자율 학습이었다. 하루는 지난 금고털이 사건이 무단히 다시 떠올랐다. 따지고 보면 스스로 경찰대학을 다닌 비범한 기억력과 형사의 눈썰미를 자랑스러워하며 들이밀었던 '같은 이름'에는 범죄를 입증할 어떠한 증명력도 없었다. 다른 범죄의 혐의를 받아 유치장에 입감되어 있던 이를 특수 절도 사건의 용의자로 보아 신문하는 것이 별건의 수사로 금지되어야 한다거나 유치장에서 밤을 새운 그이의 신체적, 심리적 자포자기 상태가 자백의 동기가 될 수 있다는 것을 심려하지 못했던 것도 분명했다. 과학수사라는 개념이 생겨나기 전이었으므로 자백은 그야말로 증거의 여왕이었다. 그날 내 귀띔을 받고 유치장으로 향한 뒤 한 시간이 채 지나지 않아 상기된 낯빛을 띤 채 돌아와 내 앞에 섰던 형사의 웃는 낯이 자꾸 눈에 밟혔다. 자백을 받아냈노라고, 특수 절도의 범인을 검거했노라고, 거두절미한 채 자랑삼아 보고하는 그에게 나는 그 증거에 대해 묻지 않았다.

형사의 정의감이 위태로워지는 지점이 있다. 토마스 아퀴나스 Thomas Aquinas가 주창한 이중 효과의 원칙 principle of double effect이 모호해지는 때이다. 도덕적으로 좋은 의도를 가진 행위가 나쁜 부산물, 즉 결과를 낳을 수도 있다는 윤리적 기준과 좋은 목적을 위해 나쁜 수단을 써서는 안 된다는 다른 하나의 기준을 분명히 하는 것이 항상 쉽지는 않기 때문이다. 그래서 형사에게는 범죄자가 법의 심판을 받게 한다는 좋은 의도와 목적이 나쁜 수단은 물론 나쁜 부산물도 용납해서는 안 된다는 보다 엄격한 잣대가 필요하다. 독이 든 나무의 열매에도 독이 있으므로 위법한 방법으로 수집된 증거를 탐하지 않아야 한다는 '독수毒樹 독과毒果'의 증거법 이론을 신봉해야 한다. 매일 거울을 들여다보며 스스로 정의롭다고 자꾸 믿어서는 안 되는 것은 물론이다.

도덕과 입법의 기준이 되는 벤덤의 공리주의의 도구로 쓰이는 것이 사법 경찰관이지만 옳음을 정하는 법칙에 따라 '하늘이 무너져도 정의를 지키라'라고 한 칸트의 의무론적 윤리deontological ethics를 신봉해야 한다. 토마스 캐스카트의 저서 〈누구를 구할 것인가?Trolley Problem〉에서 언급된 '신장 경찰kidney police'의 유비는 '국가를 등에 업고 최대 다수의 최대 행복을 강제로 집행하는 가상의 집단'을 상정한다. 여섯 명의 교통사고 환자 가운데 성한 한 명의 목숨을 빼앗아 나머지 위독한 다섯 명에 신장을 포함한 각각의 장기를 이식해서 살려낸 한 의사의 결정이 다섯 명 대신 한 명만 희생하였으므로 윤리적이라는 주장의 근거는 극단적 공리주의이다. 다만 경찰로 상징되는 국가에는 한 사람 한 사람의 인권의 무겁고 가벼움을 계량해 차별하거나 머릿수의 많고 적음을 기준으로 생사의 공리를 정할 권한이 없다. 따라서 경찰은 누구의 신장에도 손을 대서는 안 된다. 1760년대 영국의 법률가 블랙스톤의 법언Blackstone's ratio에서처럼 '한 명의 무고한 사람이 고통받는 것보다 열 명의 유죄인 사람이 법망을 빠져나가는 것이 낫다'는 것을 굳게 믿어야 한다. 형사의 정의감이 형사를 '신장 경찰'로 변신하도록 하지 않기 위해서는 '하늘이 무너져도' 깨어 있어야 한다.

그날 유치장에서 그 잣대가 제대로 지켜졌는지 내 눈으로 확인했어야 한다는 후회는 한참의 시간이 흐른 뒤 찾아온 것이다. 나쁜 수단이 사용되었다거나 한 건 미제 사건의 해결이 나쁜 부산물이었는지는 그때나 그 뒤로도 알 길이 없었으나 부끄러운 기억이다. 그러므로 뒤늦은 후회를 다시 후회할 일은 없어야 하겠다는 그날의 다짐은 하늘이 무너져도 잊지 않을 작정이다.

# 형사이거나 형사주임이거나

형사의 습관이 몸에 배는 것을 경계하기로 마음먹은 다음 날부터 가장 먼저 피의자 신문조서를 받지 않기로 했다. 한 팀에서 일하던 여섯 명의 형사가 일에 치이는 모습이 안쓰러웠던 데다 형사를 배우려면 직접 피의자와 맞닥뜨려야 한다고 생각해 한동안 자청한 일이었다. 그때만 해도 경위 계급의 형사주임이 조서를 직접 받는 것은 계급의 품격에 맞지 않는다고 믿는 이들이 대부분이었다. 사건을 직접 맡아서 남이 하지 않는 수고를 감당하는 데는 사건에 개입하거나 부당한 이익을 누리려는 것과 같은 다른 꿍꿍이가 있을지도 모른다는 주변의 합리적 의심도 경계해야 했다. 이래저래 경우에 없는 일이니 유난스럽다는 주위의 눈총을 받았지만 눈칫밥을 먹어도 배울 건 배워야 하겠다고 믿어 개의치 않았다. 그 반대의 경우여서인지 하루아침에 더 이상 직접 조서를 받지 않기로 했으나 그 이유를 새삼 따져 묻는 이는 없었다. 형사 주임이라면 원래 하지 않는 일이니 오랜 관행으로 돌아가는 거였고 어려운 사건을 쳐내다가 중간에 내팽개치겠다는 것도 아니었으니 누구에게든 피해가 돌아가는 것도 아니었다. 다만 혼자서는 긴 고민 끝에 선택한 변화였다.

무엇보다 형사주임의 위치에 있는 내가 할 일이 엄연히 달리 있다고 깨달았기 때문이었다. 피의자를 앞에 앉히고 미리 머릿속에 둔 적용 법조라는 고지를 향해 고의와 행위를 추궁하는 신문이라는 작업은 형사의 몫이어야 했다. 이때 '모든 피의자는 법원의 재판에서 유죄임이 밝혀진 사람이 아니므로 무죄'라는 헌법에 엄연한 전제가 성가시게 느껴지기 쉽다는 것을 형사 몫의 조서를 직접 받으며 체감했었다. 일상적으로 피의자 신문조서를 받는 일을 하면서 스스로 그 기준을 지켜나간다는 것이 얼마나 어려운지도 이미 느껴 알게 된 때였다. 누구든 형사의 일상 속에서는 무죄 추정의 기준을 지키는 일을 온전하게 제 몫으로 감당해야만 했다. 달리 방법이 없었으므로 그 일은 내 몫이어야 했고 여섯 명의 형사라면 그들이 이러한 선을 넘지 않도록 지키는 일만으로도 제대로 감당하기 버거운 일이라고 믿었다.

시간이 지나 미국에서 로스쿨을 다니던 때 그 나라의 형사재판을 참관한 일이 있었다. 우리 법제에는 없는 배심원단이 꾸려져 있어 영화 속으로 걸어 들어간 기분이었다. 재판이 시작되고 피고인의 신상을 확인하는 인정신문까지는 우리와 다르지 않아 낯익었다. 그다음 체포 과정은 물론 피의자 신문 과정의 적법성을 확인하는 법관의 신문이 수사관과 피고에게 번갈아가며 이어졌는데 미란다 고지가 이루어졌는지를 확인하는 것까지는 책에서 배운 내용이므로 역시 낯설지 않았다. 이어서 재판장이 피의자 신문이 진술의 임의성을 해치지 않을 환경에서 이뤄졌는지를 공을 들여 조목조목 따져 묻고 피고인이 그에 답했다. 조사실의 넓기와 조명의 밝기를 물었다. 조사가 이루어진 책상의 규격을 확인하고 조사를 담당한 경찰관과 피의자가 그 책상을 사이에 두고 각자 어떤 위치에서 문답했는지, 둘 사이의 거리는 얼마나 떨어져 있었는지를 이어 묻고 답했다.

법원의 눈높이에 맞지 않으면 피의자 신문의 내용이 증거로 받아들여지지 않았다. 경찰의 체포 단계에서의 미란다 고지는 물론 피의자 신문 단계에서도 '독수毒樹 독과毒果의 원칙'은 엄격하게 적용되고 있었다. 물론 순도 높은 공판 중심주의를 채택하는 나라이니 경찰 단계이든 검찰 단계이든 피의자 신문이 법정에서 증거 능력을 인정받기 쉽지 않을 텐데 저럴 필요까지 있을까, 생각이 스쳐 지나갔지만 그들은 여전히 그랬다. 그 모습을 방청석에서 내려다보면서 옛 형사 시절의 '기준'들이 떠올라 모골이 송연해졌다. 문득 형사주임의 일을 소홀히 한 방조의 혐의에 대해 유죄를 선고받는 법정에 선 기분이 들기도 했다.

막내 동생이 군대 생활을 할 때는 휴가 때마다 군대 이야기와 축구 이야기를 번갈아 들어주며 안쓰럽다가 대견스럽다가 그랬던 기억이다. 그러다 한번은 조폭 출신의 신병 이야기에 귀가 솔깃해졌다. 울산을 거점으로 한 폭력 조직으로 당시 제법 이름을 날리던 목공파의 조직원임을 자처하는 신병이 새로 들어왔다는 것이 이야기의 시작이었다. 대한민국 군대가 만만한 곳이 아니므로 바깥세상의 주먹은 멀고 계급과 선임의 지엄함은 가까워서 자칭 조폭은 쉽게 놀림감이 되고 말았다는 해피엔딩이었다. 그런데 이러한 결론에 이르기 전 반드시 재미있어야 하는 군대 이야기의 펀치 라인은 실패한 조폭 증명에서 찾아왔다. 첫날 내무반에서 자칭 조폭 출신의 막내를 다루는 첫 단계는 선임들의 '내 눈으로 보지 않고는 못 믿겠다'는 놀림이었다고 했다. 그러자 조폭 신병은 자신이 속한 목공파의 조직 이름이 나무 목木자로 시작한다며 그 조직원이라면 누구나 팔뚝에 새기는 목자 문신을 '보여드려도 되겠습니까?'라고 군기와 불량기를 섞어 복창했다는 것이다. '그래 보던지'라는 무관심을 가장한 선임의 명령에 그가 드러낸 한쪽 팔뚝 위에는 아연실색, 물 수水자가 선명하게 새겨져 있었으므로 내무반은 급기야 포복절도, 뒤집어졌다고 했다. 경계 근무 중 간첩이라도 잡은 듯 호재를 만난 선임들이 목공파인 줄 믿었더니 수공파인 것 아니냐고 놀리자 적잖이 당황한 조폭 신병이 자신은 무학이며 그때까지 나무 목자로만 알고 살아온 목공파의 충성스러운 조직원이라고 거듭 강변했지만 그 일로 기가 푹 죽어버려 내무반 생활에 적응하는 데는 오히려 두고두고 도움이 되었다는, 끝에 가서는 국방부 미담이었다.

사실 목공파는 동생이 군대에 가기도 전인 1990년에 법원에서 그 '수괴'로 기소된 이가 범죄단체 조직 혐의에 대해 무죄를 선고받은 소위 '페이퍼 조폭'이다. 그러니 그 신병이 물 수 자를 나무 목 자로 알고 몸에 새기고 말고는 이미 본안 판단의 대상이 아닌 형편이었다. 당시 재판부는 법률에서 요구하는 '수괴, 간부, 가입자를 구분하는 지휘, 통솔 체계를 갖추었다고 보기 어렵다'고 무죄 선고의 이유를 밝혔다. 결국 '갖추었다'고 기소한 검찰이나 '갖추었다'고 수사하여 송치한 경찰이나 모두 실재하지 않는 조폭을 엮어내 수사 서류로만 범죄 단체 하나를 뚝딱 만들어낸 것이라는 것이 법원 판단의 요지였다.

조직을 만들지 않았다고 해서 그들이 저지른 범죄의 죄과가 달라지는 것은 아니다. 그러나 사실 범죄 조직으로 엮어 수사하면 특진이나 표창이 흔하게 주어지니 개인의 영광이었고 범죄가 갈수록 흉포화한다는 여론을 조성하는 데도 도움이 돼 인력과 조직, 예산이 덩달아 늘어나니 수사기관도 이득이라는 것이 당시의 '업계'의 공감대였음을 부인하기 어렵다. 그러니 이미 개인이나 기관이 챙길 걸 다 챙긴 뒤의 재판 결과에 얼마나 많은 이들이 적잖이 당황하거나 책임을 통감했는지는 판결문에 드러날 리 만무한 것이다.

물론 이런 수사기관의 삐뚤어진 관행이 울산만의 것은 아니어서 동생의 군대 이야기는 내게도 지난 형사 시절 손등에 꽃 문신을 함께 새긴 동네 건달 몇몇을 그 꽃 이름을 딴 '파'로 엮어내던 이웃 강력반의 '공적'을 떠올리게 했었다. 형사 주임의 일을 하던 그때 내게도 같은 경우가 닥쳤다면 나는 어떻게 형사들의 공명심을 다스릴 수 있었을까? 그 답에 대한 확신 없는 자문을 하고 말았던 기억은 그 다음이다.

그러니 기본권을 촘촘히 보장하는 것을 진정 사명으로 믿는다면 직접 피의자를 맞닥뜨리는 수사를 주업으로 해서는 안 되며 수사의 절차, 내용과 그 결과를 의심하는 것만을 오롯이 밥벌이로 삼아야 한다는 것이 길지 않았던 형사 주임 시절을 반추하며 이른 내 나름의 결론이다. 형사이거나 형사주임이거나, 수사의 주체이거나 인권 옹호의 주체이거나, 이 두 갈래 길을 이을 만한 생태 통로는 없는 법이어서 이리저리 오락가락하려 하다가는 로드킬을 당하기 쉽다. 그러니 한 길을 택하고 그 길을 따라 반듯하게 나아가는 의지를 유지하는 것이 종래 바람직하다.

# 공판부를 부탁해

아버지뻘까지는 아니어도 명절이면 빠지지 않고 오가던 시골의 당숙 정도는 될 성싶은 이들이었다. 서무반이 별도로 하나 있었고 지역을 나눠 맡은 당직 형사반이 여섯, 거기에 강력 사건과 인지 사건을 전담하는 강력반이 하나 더해져서 모두 여덟 개의 반으로 꾸려진 형사과에 반마다 한 명씩이던 형사 주임들 이야기이다. 초임의 형사주임인 나와 나머지 다섯의 형사주임들과의 나이 차이가 얼추 그랬다. 연배가 낮은 나로서는 실익도 없었겠지만 서로 '민증을 깔' 형편은 아니었으나 그 가운데 한 형사주임이 내게 자신의 '다 자란 딸자식을 주겠다'고 농반 진반 입버릇처럼 얘기한 기억이 있으니 오랜 세월이 지난 일이나 어림짐작이 크게 틀리지는 않을 것으로 생각된다.

경찰대학을 졸업하고 3년이 채 안 된 처지였으니 길게 따질 것도 없이 직장에서는 미생이었으나 다행히 일터가 전쟁터 같지는 않았다. 경위거나 형사주임이라면 나이 반백을 넘기는 게 예사이던 시절이었다. 경찰대학을 졸업했답시고 스물을 갓 넘긴 서울말 쓰는 사람이 내려와 '같은 주임장' 행세를 하는 게 기꺼웠을 리 만무했지만 싫은 내색하는 법 없이 모두 점잖게 대해준 덕분인 듯해 지금 생각해도 감사한 마음이 든다. 그때만 해도 경찰대학 출신에 대한 막연한 경외와 가보지 않은 길에 대한 희미한 낙관이 경찰 조직 내에서 그 생기를 잃지 않았던 것 아닐까? 경찰대학 출신의 경위라면 너무 낯설지도 너무 흔하지도 않았으니 내 나이가 알맞다, 여겨졌다. 요컨대 나는 운이 좋은 편이었다.

하루는 여느 날처럼 수사 서류에 코를 박고 있는 내게 한 형사주임이 대뜸 저녁을 함께하자고 청했다. 행여 다루는 사건에 관한 이야기가 다른 형사반으로 건너가는 걸 조심스러워해 같은 반 직원끼리 아니면 겸상을 잘하지 않는다는 걸 이미 눈치로 배워 알고 있었으므로 당장 경계하는 마음이 앞섰다. 하필 초청을 한 형사주임이 자신의 딸을 내게 맡기려 들던 이이기도 해서 나로서는 조심스러워할 이유가 하나 더 늘어 있었다. 보쌈이라도 당할까 움츠린 듯 선뜻 확답을 못 주고 주저하고 있는 내 귀에 대고 그 형사주임이 속삭였다.

"검사들 저녁 대접하는 자리니까 같이 가도 돼."

우선 호기심이 일었다. 검사라고는 본 적이 없었기 때문이다.

함께 근무하던 형사들이 '검사실에 불려갔다 왔습니다'라며 볼멘 소리를 하면 그저 자초지종을 물은 적은 있었지만 거기서 그만이었다. 그 시절 적어도 내가 근무한 지방에서는 사건과 관련해 형사주임까지 불러들이는 검사는 없었고 내가 거꾸로 검사를 부를 일은 더더구나 없었으니 서류에 적힌 직함과 이름으로만 접하는 사람들이었다.

"혼담은 주고받지 않는다는 확답을 주면 합석하지요."

나는 제법 정색을 한 채 농을 섞어 말했다.

"그 얘기는 둘이서 따로 해야지."

그는 노련하게 받아넘긴 다음 만날 시간과 장소를 쪽지에 적어 쥐여 주는가 싶더니 누가 본 사람은 없는지 살피는 몸짓을 누가 보란 듯이 요란스럽게 하며 휘적휘적 사무실을 빠져나갔다.

그렇게 만난 두 명의 검사와 저녁을 먹고 술잔을 기울였다. 상석에 자리를 내주고 내 곁에 앉은 형사주임이 '공판부 영감님들'이라고 소개했지만, 통성명과 함께 명함을 주고받을 법한 자리가 아니라는 것은 처음부터 자명했다. 그 사람들은 '나는 분위기를 맞추는 그런 지위의 사람'이 아니라는 심드렁한 태도를 시종일관 흐트러뜨리지 않았기 때문이다. 나로서는 호기심 때문에 나왔던 시간이 다소 아깝기는 했으나 생각했던 것보다 자리가 길지는 않았으므로 그나마 안도했다. 재미도 감동도 없는 만남이었으므로 왜 귀한 시간을 쪼개 밥을 먹자고 했을까 궁금하기는 했지만, 그날 당장 묻고 따질 이유는 딱히 없었다. 얼마 지나지 않아 그날 나를 초대한 형사주임이 귀띔해 주어 알게 된 사연은 이랬다. 한 검찰 지청에서 여러 경찰서를 관할하고 있는데 '공판 검사들은 누가 챙겨 주는 사람이 없는 처지'여서 소속된 경찰서의 형사과에서 돌아가며 접대를 하는 오랜 지역의 관행이 있다는 것이었다. 직접 관할하는 사건이 없이 수사 검사들이 얼추 결론을 지은 사건을 재판부를 상대하며 공소를 유지하는 일만 맡는 공판부라면 그럴 수도 있겠구나, 여길 만큼의 형사 눈칫밥은 내게도 있던 때의 일이었다.

지금의 형편은 알지 못하지만 사실 당시 내가 근무한 경찰서의 형사과에는 송치반이라는 게 따로 있었다. 검찰에 송치하는 모든 수사 서류의 잘잘못과 적용 법조까지 최종적으로 검토해서 잘못을 바로잡는 것은 물론 송치 의견서까지 만드는 곳이었다. 형사들이 수사한 내용을 다시 검토하는 일이니 형사 법률과 수사 규칙에 가장 정통해야 했다. 검찰에서 잘못된 경찰의 수사 사례를 '지휘'한 사례를 책으로 만들어 보내면 이를 눈여겨보는 이들도 송치반의 내근 형사들뿐이었다. '형사'라고 불렸으나 범인을 쫓는 일 없이 책상물림으로 하는 일이었으니 형사들에게 인기가 있는 일은 아니어서 '형사과에서 나갈래, 송치반 갈래?'라고 선택지를 내밀어 근근이 발령을 내는 한직이라고들 했다. 형사들의 뒤치다꺼리를 하는 셈이므로 형사들이 알게 모르게 송치반 직원들을 챙겨 준다는 소문을 듣고는 그럴 만하겠네, 의리 있다, 여겼다.

수사는 경찰이, 기소는 검찰이 나누어 맡는 것이 좋겠다는 주장에 대해 외국에서도 검찰에서 기소뿐 아니라 수사도 한다는 반론이 번번이 거론된다. 이 얘기를 뒤집어 보면 공소의 제기와 유지가 검찰의 본업이라는 데에는 어쩔 수 없는 공감대가 있는 것으로 여겨진다. 수사하는 검사가 늘어나는 것은 간단없이 발호하는 우리 사회의 거악 탓을 하더라도 검사의 본업인 공판을 담당하는 검사가 25년 전 그 지방 도시에서는 어쩌다 내게 형사의 뒤치다꺼리를 하는 것으로 여겨지던 송치반의 기시감을 갖게 했던 걸까? 아마도 그날의 밥자리는 무언가 본말이 전도된 경우를 본 것 같아 쉽게 잊히지 않는 모양이다. 다만 '25년 전 일이었어요' 그러니 지금쯤 넘실넘실 멀어져간 누명의 추억이 되었으려니, 짐작할 뿐이다.

# 하동이 고향인 친구의 알리바이

'고개가 무거운 벼 이삭이 황금빛 물결을 이루는 들판에서는 마음 놓은 새 떼들이 모여들어 풍성한 향연을 벌인다.'

-소설 〈토지〉 중에서

소설 〈토지〉의 배경인 하동을 한번은 다녀오리라는 다짐을 했던 때가 있었다. 줄곧 기회를 보았으나 구실을 찾지 못해 결국 마음먹은 대로 되지는 않았다. 지난 몇 년간은 제 나라를 떠나와 일하는 형편이 되었으니 그때는 그저 지방 여행이었으나 지금은 해외여행 길이 되었다. 하동에서 나고 자란 이를 안다고 해봐야 한 손으로 꼽을 만큼도 되지 않는다. 섣부른 일반화의 오류임을 부인하지 않겠으나 그네들이 한결같이 온화하고 무구하다고 느꼈던 경험이 그

곳을 들르겠다고 마음먹은 이유 가운데 하나였다. 만석지기 부자를 서넛은 낼 만하다고 했던 소설 속 하동군 악양면 평사리 '무딤이들'의 떼루와terroir가 못내 궁금했다.

대학생이던 때 인연이 닿은 하동을 고향으로 부른 그이가 그랬다. 몸가짐이 조신하고 사람을 대하는 태도가 겸손해서 됨됨이가 '선하다'라는 형용을 떠올리게 하는 친구였다. 하동 출신이라고는 하지만 사실 '대처인 하동'까지 가려면 큰마음을 먹어야 하는 외진 마을에서 나고 자랐을 뿐이며 그 마을에는 어린 시절 전기가 들어오지 않았다고 해 나를 놀라게 한 기억이 있다. 1968년 '대한민국 제2의 도시'에서 나고 자란 나로서는 동갑내기의 추억이 무척 낯설어 퀀텀 영역을 건너온 시간 여행자를 마주한 듯 아련한 기분이었다. '해가 지고 어둠이 찾아오면 어떡하니'라는 우문에 '호롱불을 켜지'라는 현답이 건너왔던 것 같은데 촉촉이 기름을 적신 심지에 조용히 가끔 팔랑거렸을 법한 호롱불이 그 친구의 온화함을 닮지 않았을까 혼자서 짐작했던 것 같다.

대학을 졸업하고 그 친구와 다시 마주 앉아 이야기를 나눌 기회를 얻기까지 꽤 오랜 시간이 걸렸다. 여전히 조곤조곤 높낮이가 분명하지 않게 말하고 몸가짐이 크지 않았으며 따뜻하고 친절해서 '무딤이들'의 '마음 놓은 새 떼들'처럼 낡지 않은 채 나이를 먹어가고 있는 거라고 여겨져 반가움이 컸다. '아주 낡아버린 사람'을 흔히 보던 때였으니 더욱 그러했다. '여전히'라고 굳이 문장을 시작한 것은 그날 이런저런 살아온 사연을 풀어내다 그 친구로부터 지금부터 써 내려갈 이야기를 들은 탓이 크다고 하겠는데 이런 일을 겪은 이라면 그 앞과 뒤가 같기 쉽지 않다고 생각했기 때문이다.

나랏일을 하는 사람이 되어 서울에 남아 계속 근무해 온 그 친구가 한 지방 관서의 관리자로 일하던 때의 일이 길고 고단한 사연의 시작이었다. 밤과 낮을 가리지 않는 일이었으므로 저녁은 으레 직원들과 함께 먹었는데, 요즘 표현을 빌리면 지인 찬스를 돌아가면서 쓰는 경우가 종종 있었다고 했다. 그날 한 직원이 소개한 '사업가'도 통성명을 하고 밥을 한 번 같이 먹은 게 전부인 것은 물론 누가 봐도 거리낄 것 없는 직장인의 저녁 풍경에서 벗어나지 않는 밥자리였으므로 스쳐지나 까맣게 잊힌 인연이었다는 것이다. 물론 김영란법이 제정되기 전의 일이었다. 다른 근무지로 옮겨간 후 하루는 한 수도권 검찰 지청의 검사실에서 그 '사업가의 일로 물어볼 게 있다'는 전갈이 왔는데 그때야 그날 저녁을 어렴풋이 떠올렸을 뿐 일부러 그곳 지청까지 다녀와야 하니 주변에 미리 알릴 때까지 '물어볼 게' 있겠거니 생각했다고 그랬다. 되레 신경이 곤두선 것은 '검찰에서 부른다'라는 그 친구의 말을 곱씹어본 그때의 직장 동료들이었고 그 가운데 누가 이래저래 내막을 알아본 뒤 그 검사가 뇌물 수수를 약속한 혐의로 자신을 구속해서 수사할 작정이라고 귀띔한 때에야 정신이 번쩍 들었다고 흔치 않은 놀란 표정까지 지어 보이며 말했다.

내 눈으로 본 것은 아니나 전혀 다른 사건으로 구속된 사업가가 '관리자급 이상의 중앙 정부 공무원'과 밥 한 끼 같이 먹은 사연을 부풀리는 것으로 검사에게 선처를 바란 것이 발단이 되었을 성싶었다. 다만 '한 차례'가 '여러 차례'가 되고 '통성명과 밥 한 끼'가 '뇌물의 공여와 수수의 약속'이 된 상세한 연유는 그 검사와 사업가 둘만 알 수 있는 일이었다.

그나마 다행인 것은 '그럴 사람 아니다'라는 주위의 도움으로 불구속 상태에서 남은 수사가 진행되었다는 것이었다. 구속을 벗어나고야 붕괴된 멘탈이 회복되어 대학 때 전공 수업 시간에 배운 방어권이라는 헌법적 기본권이 떠올랐다고 했다. 다음은 자신의 일상이 집과 사무실을 오가는 단조로운 것이었으므로 사무실에 있던 시간 동안의 일의 기록과 집으로 향하던 길의 대중교통 요금의 결제 내역으로 알리바이를 입증할 수 있으리라는 데 생각이 미쳤다는 것이었다. 그리고 그 생각이 틀리지 않았고 1996년 7월 이후 서울 시내 모든 버스 노선에 도입된 교통카드는 이용자의 승하차 시간과 장소를 틀림없이 기록하고 정해진 기간 저장하므로 범죄의 혐의를 받는 시간과 장소에 대한 부재를 증명하는 데 획기적인 기술적 쾌거임이 분명하다는 이야기로 이어졌다. 예의 그 높낮이가 적은 공손한 말투에는 변함이 없었다.

'지나친 겸손은 오만보다 나빠. 위선이며 비굴해진다.'

-소설 〈토지〉 중에서

너무 착한 사람을 보면 내가 손해를 본 것도 없는데 괜히 부아가 치밀 때가 있다. 억울한 마음이 컸을 법한데도 평정심을 잃지 않고 남의 이야기하듯 말하는 그 친구의 모습에 이게 그런 때지, 싶을 때쯤 그 친구의 이야기는 교통카드로 제기된 모든 혐의를 벗어난 뒤의 반전으로 향했다. 증거가 모두 날조된 것에 난처해졌을 법한 검사가 사업가에게 또 다른 기억을 되살릴 것을 정중하게 충고하였던 때문인지 사업가가 그제야 새삼 기억에서 소환된 여러 차례의 다른 시간과 장소를 새롭게 진술하는 바람에 '사업가에 대해 물어볼 게 있다'는 두 번째 기별을 받을 뻔했었다는 것이었다. 내부의 사정은 정확히 알 길 없으나 요컨대 어지간히 하라는 검찰 내부의 자정 노력이 작동한 후에야 그 검사의 정의감을 진정시킬 수 있었다는 것이 긴 사연의 결말이었다. 이때 말을 맺는 그 친구에게서 감정의 동요라 할 만한게 읽혔는데 마치 바람에 꺼질까 펄럭이는 호롱불의 요동을 본 것 같기도 했다.

마슬로우Maslow의 욕구 5단계 가운데 인정 욕구는 이론을 시각화하느라 이용되는 욕구 피라미드의 두 번째 상위에 놓여 있어 자칫 숭고한 것이라는 착시를 일으킨다. 수사하는 주체가 수사의 성과로 인정받으려는 욕구에 휘둘리면 수사의 대상인 피의자가 호혜적으로 제기하는 별건의 범죄의 증거에 현혹될 우려가 커진다. 인정의 욕구를 '죄가 있는데 수사를 하지 말라느냐?'는 요지의 최상위 자아실현 욕구, 달리 말해 정의감으로 착각하게 되면 독수 독과의 증거법이 물 건너가는 것은 물론이다. 여기에 부인하면 일단 구속하고 자백을 증거의 여왕으로 신봉하는 수사기관의 봉건적 집단

사고와 관행이 개입하면 헌법에 명시된 불구속 수사 원칙도 바다를 건너게 된다. '그럴 사람 아니다'는 외부 견제와 '어지간히 하지'라는 집진기식 수사에 대한 내부 견제가 제도화되어 제대로 작동되고 있는지가 또한 중요한데 내게는 범죄의 수사를 담당한 어디든 충분히 그러하리라는 굳은 확신이 없는 편이다. 〈토지〉 소설 속에서는 평사리에서 '죄를 짓는 데 어둠이 꼭 필요했다'고 썼다. 그러나 죄를 다스리는 정의감만으로 스스로 밝은 진영에 서 있다고 믿는 동안 그 눈을 가리는 자신 안의 어둠이야말로 밤낮없이 경계할 일이라 믿는다. 죄짓지 않은 국민들이 무덤이들을 나는 새 떼처럼 국가의 수사 작용에 대해 그나마 마음을 놓으려면 말이다.

# 영화 속 시말서의 신세계

영화 〈신세계〉의 한 장면이다. 조직폭력배들이 모두 검은 정장을 입고 그들만의 예의를 갖추면서 모여들고 있다. 큰형님의 장례식이었던 것 같은데, 난 자리가 생긴 셈이니 서열이나 구역이 다시 정해지기 마련이다. 의리로나 잇속으로나 문상에 빠지면 안 되는 게 업계 관행이니 상가는 조문객들로 문전성시다. 고인이 불자였던지 장례식장은 한적한 산속 큰 절이었는데 절간에서 멀찌감치 떨어진 차 안에 잠복하는 형사들이 눈에 띈다. 그 순간 돌연 연장에 맞은 차창이 박살이 나고 수적으로 우세를 보이는 조폭들이 해당 차량을 빙 둘러싸는 살벌한 장면이 극적인 긴장감을 끌어올린다.

조폭들은 본업에 충실한 태도로 초면에 대놓고 욕지거리로 통성명을 하는가 싶더니 '엄연히 초상권 침해'라고 형사 손에 들린

카메라까지 낚아채 내동댕이친다. 그동안 형사들은 그 속을 모를 겸연쩍은 인상을 하고 별다른 대꾸 없이 고개를 연신 숙이고 있다. 그 순간 '경찰청 수사기획과 강 과장'이 나타난다. 그는 '우린 그냥 너희 깡패들 감시하러 온 거'라고 호기롭게 큰소리를 친 뒤 기 싸움 끝에 조폭을 돌려세운다. 이후 권선징악의 줄거리가 완성되는가 싶은 순간, '강 과장'이 형사들을 째려보면서 이죽거린다.

"이런 병신 같은 새끼들! 들어가자마자 시말서 제출해!"

몰입했던 영화 속 세계에서 빠져나와 생각해 보면 '그냥 깡패들 감시'하러 온 형사들이 이때 '시말서'를 제출해야 하는 이유는 도대체 무엇일까? 비슷한 경우 흔히 현장에서 듣게 되는 말이 '에이, 좀 잘하지'인데 이게 해도 되는지 안 되는지 모호한 일을 하라고 지시했다가 말썽이 난 경우에 상사가 업무 감독의 대상인 직원에게 흔히 쓰는 클리셰다. 영화 속 캐릭터가 매우 강직한 '강 과장'은 이 상투적 표현을 쓰는 대신에 결국 책상 서랍에 던져둘 용도로 시말서를 제출하도록 지시한 것으로 추정되는데 들키지 않고 해야 할 일을 들킨, 없는 죄를 만들어 추궁하고 있는 것으로 볼 수 있다.

시말서 쓰고 기분 좋은 직장인 본 적 없으니 '강 과장 너무하네'라고 생각할 수 있다. 형사들이 무슨 잘못을 한 것이냐고, 경찰관이 깡패들 감시하는 거니까 치안 정보 활동 아니냐고, 당장 반문하기 쉽다. 아무리 우리 국회에서 국민이 직접 뽑은 '선량'의 손에 '노루발장도리'가 들려진 최근 국내 사례가 보고되어 있다고 하지만 같은 종류의 '연장'을 휴대하고 다수의 위력을 보이는 상황인데 그저 깡패들은 하나하나 얼굴 사진을 찍어서 조직도가 그려진 벽에 꼭짓점마다 붙여두고 그래야 범죄가 줄어들고 치안이 안정될 테니 경찰관 직무집행법에서 정하는 적법한 치안 정보라는 주장이다.

그런데 입장을 바꿔서 생각해 보면 당장 고인을 추모하기 위한 경건한 마음으로 사찰을 방문하고 있는 순간만 '선량한 시민'이라는 게 영화 속 조폭들의 항변일 테다. 그러니 무슨 법적 근거로, 게다가 굳이 승합차 안에 숨어서 망원렌즈로 찍는 걸 보면 들키지 않으려는 것이니 법적 근거나 영장 없는 게 분명한데, 경찰이 초상권을 침해하고 있냐는 항의에도 분명 일리가 있다.

초상집에서 초상권을 침해당하면 기분 나쁜, 깡패도 사람이다. 사람의 인권, 즉 기본권이 침해될 우려가 있는 국가 작용은 법률에 그 근거를 반드시 마련해야 한다는 것은 헌법 원칙이다. 이에 따르면 경찰관의 직무를 정하는 법률인 경찰관 직무집행법에서 치안 정보를 직무의 하나로 정하는 방식으로는 이러한 헌법 원칙을 충족할 수 없다고 보는 것이 다수의 의견이다. 이걸 법적으로는 직무 규정이라고 하는데 그 반대인 권한 규정과 달리 국민의 기본권을 제한하는 근거로 삼지는 못 한다고 보기 때문이다. 그러니 굳이 직접 찍은 사진이 필요하다면 형사소송법에 따라 미리 법원의 영장을 받아야 한다. 그런데 그게 너무 번거로워서 범죄 수사가 제대로 될 리 없다는 공감대가 있다면 법률을 마련하는 편이 맞다. 형사소송법을 개정하던지 그게 아니면 직무법이 아니라 경찰권 발동의 근거와 한계 등을 정하는 경찰작용법에 그 법률적 근거와 절차 등을 분명하게 규정하는 방법을 생각해 볼 수 있다. 결국에는 경찰 공무원의 시말서를 받을 것인지 여부도 그러한 법을 지킨 것인지 여부에 따라야 억울한 마음이 들지 않는다는 것이다.

이처럼 깡패와 형사가 함께 억울함을 덜 수 있는 입법의 좋은 예를 찾으려면 도버 해협을 건너야 한다. 지난 2000년 영국의 내무부Home Office가 수사권의 통제에 관한 법률Regulation of Investigatory Powers Act을 제정한 때문이다. 과거에 내무부 지침으로 정하던 것을 법률로 더욱 엄격하게 규정해서 비밀 수사 활동이 인권을 침해할 위험을 줄이기 위한 것이었다. 다만 모든 비밀수사에 법원의 영장을 요구하는 것이 현실적이지 않음을 감안한다. 법원의 사전 승인 없이 수사기관에서 내부적으로 이를 승인할 수 있는 권한이 있는지, 있다면 누가 최종적으로 승인해야 하는지를 범죄와 수사기법의 종류에 따라 꼼꼼하게 정한다. 통신 감청, 통신 기록의 사용, 각종 감시surveillance, 신분을 숨기는 정보원의 활용 등 내부 승인을 할 수 있는 수사기법을 일일이 열거하는 한편 국가안보, 범죄의 예방과 적발, 공공의 이익 등의 필요성이 인정되는 경우에만 승인할 수 있도록 삼엄한 조건을 두어 권한이 남용되지 않도록 하는 것은 물론이다.

다시 〈신세계〉의 장례식 장면을 영국의 법적 잣대로 보자면 우선 조폭들이 모인 장례식장은 법에서 정하는 '지향 감시directed surveillance'가 가능한 대상이다. 종교 시설이라면 일반에 공개된 장소이므로 사생활의 영역인 개인의 거주지나 차량 등에 비해 승인의 기준이 완화된다. 수사하는 범죄가 장기 6개월 이상의 법정형에 해당하면 지방 단위의 법 집행기관에서도 자체적으로 지향 감시 활동을 승인할 수 있다. '경찰청 강 과장'이 법에 명시된 경찰청의 상사로부터 승인을 받으면 비밀리에 조폭들을 감시하다가 사달이 나더라도 '법대로 하라'는 시시비비에 휘말릴 일은 적어도 없다. 그러니 시말서도 그때 가서 다시 생각해 볼 일이다.

이에 비해 영국과 같은 법률이 없는 나라의 '경찰청 강 과장'은 문상을 온 조직 폭력배들을 감시하도록 지시하기는 했으나, 검찰을 거쳐 법원에 영장을 청구하지 못할 사정이 있었던 경우로 짐작된다. 그러니 '강 과장'의 부하인 형사들은 감시를 하다 들통이 나면 고개를 최대한 깊이 숙이고 그 순간을 모면하기를 기다렸다가 사무실로 돌아가 바탕화면에 있는 시말서 파일을 출력해 서명할 수밖에 없다. 이처럼 웃을 수도 울 수도 없는 입법의 불비 상태를 해소하자면 결국 입법 권한을 가진 주체의 각성이 필요하지 않을까? 다만 '강 과장'의 나라의 형편에서 이를 둘러싼 뜨거운 감자 돌리기가 예상되는 이유는 입법과 집행의 주체가 동떨어져 있기 때문이다. 수사권과 수사권에 관한 입법의 권한을 오롯이 가진 주체가 실제 현장에서 비밀 수사를 해야 하는 이들의 어려움 알 수 없거나 알고도 모른 체하기 편리한 구조 말이다. 뱀 발 같음을 알지만 영국은 경찰에 수사권이 있고 경찰을 감독하는 내무부Home Office에 수사권에 관한 입법의 권한도 있으니 적재적소란 말이 새삼 든든하다.

세로니의 성실함과 자기애를 오늘을 사는 현재의 덕목으로 되새기는 한편 하빕의 범접 못할 기량과 무도가로서의 철학과 자부는 내일을 향한 미래의 다짐으로 삼을 만한 쓸모를 각각 찾게 된다. 지금 맡은 나랏일에 승패가 따로 있는 것이 아니니 연전연승은 난망하겠으나 누구도 쉽게 넘보지 못할 기량과 흔들림 없는 직업의식을 쉼 없이 가꾸어나가야 하겠다. '나랏일이 쉬웠으면 MMA라고 불렀겠지'라고 할 만한 나름의 자부가 끝내 찾아올 것을 믿으며.

9장

# 내 마음 사용 설명서

# 정분나도 밑질 것 없던 대필의 손익 계산서

"이거 잘못하다가는 정분나겠다."

곤란한 척을 하며 말은 그렇게 했지만 싫은 내색이 아니었던 것은 분명하다고 그랬다. 연애편지를 쓰는 건 아니었다. 한 국회의원이 자신의 저서를 한 권 선물로 보내왔으니 감사의 편지를 한 통 써오라고 했다. 하필 그 책의 저자는 여성 의원이었는데 고마운 마음이 통해야 했으므로 젠더 맞춤형으로 감수성을 담뿍 담아 쓴 편지글이었다. 돌아온 반응이 '정분'이라니 다소 성인지 감수성이 낮은 표현인 듯해 당황스럽기는 했으나 어차피 내 이름을 걸고 전해질 편지는 아니었다. 자신의 이름으로 보낼 이가 '좋아요'를 꾹 눌렀다면 그 다음 일은 내가 걱정할 것 없는 셈이었다. 홀가분하게 결재판을 끼고 상사의 사무실을 나서면 그만이었다.

그때 나는 경찰청의 정보국에서 일하고 있었다. 정보 사용자가 필요로 하는 사실관계의 정황을 보고하는 것이 이름 그대로의 주어진 일이었다. 경찰청의 정보 사용자가 누구인지는 여기서 밝히지 않으려 한다. 독자에 대한 깊은 신뢰가 있으니 굳이 그래야 하나 싶어서다. '그분'으로 해두자. 그런데 '사실관계의 정황을 보고' 하는 공식적인 정보 업무가 이래저래 곁가지로 뻗어 나가는 일이 적지 않았다. '그분'의 지시가 있으면 공식적인 연설문이나 편지를 대필하는 것도 그 하나였다. 편지라고 하면 심부름 같은데 서한문이라고 부르면 업무인 것으로 들려 마음이 한결 나았다. 이래에서 들 법원을 오가며 개명 신청을 하는 거다.

그날 국회의원이 '그분'에게 증정한 저서는 당장 내 손에 들려졌다. '그분'이 그 책을 끝까지 다 읽었는지는 알 길이 없었다. 다만 다 읽고서야 쓰는 감사의 서한문이어야 했으므로 편지를 구상하기에 앞서 짬짬이 책 읽기를 마쳤다. 그다지 공을 들여 써 내려간 책은 아닌 듯해 그나마 고마운 마음이 가끔 들었다. 그런 글이었다면 답례를 하는 데도 그만큼의 공을 들여야 했겠으니 말이다. 그림과 사진이 많고 짜깁기의 혐의가 두어지는 부분도 잊을 만하면 눈에 띄었다. 건성건성 속독하는 것이 그다지 죄스럽지 않았다. 저자라 한들 다 알고 쓴 글은 아님이 분명했다. 결국 독후감을 대필하는 내가 큰 공을 들일 일은 아니었다.

다만 '그분'이 곧 내가 몸담은 조직의 얼굴이라는 데 생각이 닿았다. 집안 망신시키는 일이 있어서는 안 되지, 두려운 마음과 책임감이 앞서 글발을 살리려고 용을 썼다. 감사하는 마음이 한 줄 한 줄 뚝뚝 묻어나도록 써야 했다. 국회의원에게 쓰는 편지는 '존경하는 의원님께'로 시작하는 것이 입법부를 대하는 쓰기와 말하기의 예법에 맞는 것이라는 것도 처음 배워 그리했다. 실제 존경하는지는 중요하지 않다고 부연 설명을 해 주었다. 정치인이 책을 한 권 '선사'하면 그 책을 '다량으로 구매해서 우리 직원들이 마음의 양식을 쌓도록 하겠다'고 감사의 글을 맺어야 한다는 것도 그때 알게 되었다. '다량'의 다과는 구체적이지 않았으나 의정 활동에 도움이 되는 정부 구매액의 묵계는 있는 것으로 여겨졌다. 남들 눈에 띄지 않게 고개를 절레절레 저었다. 이심전심, 염화미소, 처세의 달인들이 우리 사회의 높은 자리를 차지하고 있구나, 감탄했다.

본문에 들어가서는 예술 분야의 조예가 깊다고 알려진 저자의 자존감을 고양시키기 위해 '평생 범죄 수사를 해온 나로서는 칼에 찔리면 아리아가 흘러나오는 오페라의 정서를 알 길 없다'고 운을 뗐던 것 같다. 독후감의 감정이입이 지나쳤던 건지 '정분날라', 핀잔은 전해 들었으나 매일 쓰는 고만고만한 보고서에서는 드러내기 어려웠던 글발은 인정받았다. 내 나름의 소득은 얻은 것이다. 그때 이후 '그분'의 서한문은 내 몫이 되었다. 얼마 지나지 않아 그날 쓴 편지를 받은 의원이 이 방 저 방 들러 자랑삼아 입소문을 내는 바람에 우리 '그분'의 편지글 솜씨가 의원 회관에서 화제가 되었다는 후일담도 들려왔다. 정보를 하는 사람은 그래야 한다고 믿어 매사에 의심이 많았고 특히 여의도에서 들려온 이야기는 내 눈으로 보지 않고는 믿지 않게 되었던 때여서 귀 기울여 듣지 않았다. 참이든 거짓이든 필명에 숨어 대필을 한 나로서는 기분이 나쁠 이유는 없었다.

이 글을 쓰기 전 그날의 편지 대필 사건을 이야기해 준 이들은 손에 꼽을 정도였다. 공사의 경계를 넘나드는 대필의 경험이었으니 떠벌릴 만큼 자랑스럽게 여기지도 않았다. 사실관계의 정황을 보고하는 직무인지 분명하지 않은 일인데 갑을의 관계에서 을이길 작정했던 것은 아닌가, 선뜻 결론을 정하기 어려웠다. 다만 대필을 일로 믿던 그 순간에는 '정분'이 나길 바라는 마음으로 최선을 다하려 했다. 입법기관인 국회의원과 '사귀어서 든 정'을 쌓기란 쉬운 일이 아닌 데다 예산과 조직을 정하는 권한을 가진 이들이니 '그분'과 정분이 깊어진다 한들 내가 몸담은 조직 전체의 이익에 손해가 날 일은 없을 거라는 내 속셈을 트집 잡을 이들도 주변에 없어 보였다. '군자는 믿음을 얻은 후에 윗사람에게 간諫하는 법이므로 믿음 없이 간하면 비방하는 것으로 여긴다信而後諫 未信則以爲謗己也'는 논어 자장편의 글귀도 그때는 하루하루의 금과옥조였다. 국회의원이라면 '그분'이 조직을 위해 간할 일이 따로 있을 법하니 미래를 위해 거기에 밑천을 들이는 글쓰기로 미리 믿음을 얻어둘 수도 있다고 믿어 의심하지 않았다. 그때는 맞고 지금은 다르다고 하는 이도 있는데 그때도 맞고 지금도 맞는 일이 흔하지 않은 듯해 여전히 갈피를 잡기 어렵다.

# 정보 개혁론이 소환한 핏빛 추억 둘

내 기억은 분명하다. 당시 국민학교로 불리던 초등학교에 입학하고 얼마 지나지 않아 혈액형 검사를 했다. 양호 선생님이 주삿바늘 같은 무언가로 손가락 끝을 콕 찔렀다. 유리 스포이트로 빨간 피를 쭉 빨아올린 뒤 슬라이드 글라스 위 표면에 톡 떨어뜨리고 항혈청 용액과 반응하는 것을 살피다가 재빠르게 생활기록부의 혈액형 칸에 A라고 적었다. 그 모습을 아린 손가락을 빨며 지켜보았다. 다음 기억도 또렷하다. 중학교에 들어간 후 다시 같은 손가락을 찔러 받아낸 피가 RH+ O형이라고 했다. 다시 검사를 해달라고 해볼까? 잠시 주저했으나 그만두었다. 지금도 내 혈액형은 O형이 틀림없다. 투입과 산출이 일관되어야 하는 혈액형 검사 결과가 몇 년 사이

달라진 데 대해 이의 제기를 포기했던 것은 왜였을까?

남학생뿐인 내가 다녔던 중학교에서는 반마다 키 순서로 번호를 정했다. 같은 반에서 가장 키가 큰 친구가 70번이었다. 당시는 한국전쟁 직후 베이비붐 세대의 자녀들이 이미 학령에 이르렀을 때였다. 그저 예순아홉 명인가 됨직한 반 친구들의 순조로운 혈액형 검사의 진행에 차질이 생길 것을 염려하는 공리주의의 실천이었거나, 한 번은 모르지만 두 번이나 잘못될 리 없으리라는 복불복식의 사고방식에 따른 것이었을 수 있다. 아니면 그때까지 월간지 〈어깨동무〉의 혈액형에 따른 성격에 관한 연재 기사를 탐독하며 스스로를 A형으로 믿었던 부끄러움을 혼자 평생 안고 가겠다는 명예심의 발로였을지도 모를 일이지만.

다만 그날의 기억과 함께 지금에서야 짐작할 수 있는 것은 그날 이후 무엇이든 당연한 것으로 믿어 의심없이 산 편은 아니라는 것이다. 그러니 냉정하다거나 까칠하다거나 염세적이라는 나에 대한 주변의 질긴 선입견은 이러한 청소년기의 부작용이겠거니, 짐작한다. 그러나 불행 중 다행, 하필이면 밥벌이가 된 지금의 일을 하면서 실수를 줄이는 데는 믿기를 주저하는 습관이 도움이 된다고 느끼는 때가 적지 않다. 미국 오바마 행정부의 국가정보장을 지낸 제임스 클래퍼James Clapper가 한 언론 인터뷰에서 하는 말을 듣고 내 밥벌이가 알맞다고 여겼던 날도 그 가운데 하나다. 그는 '정보를 다루는, 정보 하는 사람들은 의심하라고 봉급 받는 것'이라고 그랬다. 요컨대 나는 운이 좋은 편이다.

내 혈액형은 지금도 O형이다. 앞선 A형의 검사 결과를 의심한다. 국민학교에 입학한 1970년대 우리나라의 살림살이에 비추어 학교 양호 선생님이 한 명씩 피검사를 할 때마다 새로운 스포이트와 슬라이드 글라스를 사용했을 리 만무하다. O형이 A형의 표본과 섞여 A형으로 둔갑한다 한들 그다지 놀랄 일이 아니다. '더러운 피'일 가능성이 크다. 혈흔이 난무한 범죄 현장에서도 마찬가지다. 현장은 슬라이드 글라스 위보다 광범위하고 무질서하다. 먼저 피라면 현장에서 발견된 것이 맞아야 한다. 혈액형을 밝히고 DNA를 분석하는 장소는 또 따로 있다. 옮기는 중에도 외부 환경에 오염되지 않아야 한다. 누군가 바꿔치기할 가능성이 없다고 단언해서도 안 된다. 고의이거나 과실이거나 다르지 않다. 사람도 외부 환경이다. 이것을 증거 보관의 연속성이나 증거물 연계성chain of custody이라고 한다. 이 연속성과 연계성이 인정되지 않으면 우리 법원은 증거능력을 인정하지 않는다. 애당초 증거로 쳐주지 않는다. 쳐다보지도 않겠다는 거다.

범죄의 증거 대신 정보를 다루는 게 밥벌이가 되면 제대로 정보하는 사람이다. 증거의 연속성이나 연계성 대신 정보의 전달 과정communication channel을 염두에 둔 정보 순환 체계 속에서 수집을 지시하고 수집된 정보가 분석을 거쳐 처음 지시했던 사람에게 돌아오는 환류의 과정은 혈흔 분석의 과정보다 길기 마련이다. 이 과정에서 증거는 오염되고 정보는 왜곡된다. 정보 분석에 대해 연구하는 학자들은 이것을 열역학의 제2 법칙, 즉 우주의 엔트로피는 항상 증가한다는 법칙에 비유한다. 엔트로피는 무질서의 척도이다. 우주는 보다 무질서한 상태를 향해 나아간다. 정보체계의 엔트로피도 마찬가지이다. 전달 과정이 길어질수록 무질서해진다. 그래도 일단 쳐다본다. 선험적으로 무질서한 것이므로 처음부터 버릴 수 없다. 정보 분석은 당사자주의 구조가 아니다. 법원의 몫이 아니다.

그래서 출처source를 함께 평가한다. 휴민트, 즉 사람이 출처인 경우만을 두고 보면 그 출처의 능력competency을 우선 확인한다. 인터폴이 주관하는 프로젝트 중 최근 지구온난화 수혜주로 큰 비중을 차지하는 환경 범죄에 관한 회의에 가면 내게 말을 거는 사람이 줄어든다. 환경부나 세관 등에서 환경 범죄를 주로 다루므로 내 이력에 비춰 보면 능력 밖인 때문이다. 출처가 능력자인지를 검증하는 것은 휴민트 분석의 첫 관문이다.

다음은 필요한 정보에 접근할 권한 있는 사람인지를 염두에 두어야 한다. 인터폴에서 일한다고 말하면 자신에 관한 적색 수배가 살아 있는지 궁금해 하는 사람들을 가끔 만난다. 인터폴 직원 모두가 개인의 범죄 정보가 포함되는 데이터베이스에 접근할 권한이 있는 것은 아니라는 사실을 모르고 품는 정보 탐심이다. 적어도 정보를 수집하는 일을 밥벌이로 하려면 출처가 정보에 접근할 자격이 있는지, 있다면 그 권한이 어디까지인지 미리 떠보아야 한다. 시간은 금이다.

끝으로 정보를 제공하는 출처가 특별한 이해관계나 편견이 있을 가능성이다. 이 가능성은 100%다. 이해관계나 편견 없이 정보를 제공하는 경우를 나는 알지 못한다. 자신에게 이익이 돌아올 것을 기대하거나 자신에게 직간접적인 손해를 끼칠 수 있는 요소를 제어하기 위해서 정보의 출처가 된다. 당신이 탈북을 했다면 신의주에서 나고 자랐을 망정 평양 '특각 속 최고 존엄'의 안부를 눈으로 본 듯이 말하고 볼 일이다. 희귀한 정보의 출처가 되는 이익이 매우 크기 때문이다. 이것이 휴민트의 필요악이다. 출처가 자신이 정보 수집의 대상이 되고 있다는 것을 알지 못하게 하는 것이 휴민트의 원칙이다. 이해관계나 편견이라는 오염원을 미세 먼지 수준으로 낮출 수 있다. 원칙은 지키기 어려우니 원칙이다. 정보관들은 은연중에 출처의 이해관계에 개입할 의향이나 능력이 있음을 암시하는 경향을 보인다. 정보기관이 정부 부처나 언론사 등에 출입처를 두고 활동하는 관행을 없애는 것이 '정보 개혁 방안'의 하나인 이유이다. '개입할 의향이나 능력'을 과시하는 정보 수집의 적폐를 청산하는 길이다.

어린 시절 떠오르는 풋빛 추억이라면 바뀐 혈액형의 다음으로 복어가 있다. 잘못 먹으면 죽을 수 있다는 어른들의 엄포에 선뜻 입을 대지 못했다. 복어의 피에 독이 들어 있음으로 한 방울도 남지 않게 물로 잘 씻어내야 한다고 겸상을 한 누군가 말했다. 젓가락질을 멈추고 얇게 썰어 반투명한 복어의 살을 조심스럽게 살폈다. 고풍스러운 접시의 파란 꽃문양이 생선 살 아래로 내비쳤다. 두려움 없이 복어를 즐기게 된 나이가 되어서야 테트로도톡신이라는 긴 이름의 목숨을 앗는 독이 있음을 알았다. 반드시 피라기보다는 난

소와 알, 간, 내장과 껍질 등에 배어 있다고 했다. 식당 벽에 걸린 복어 조리 자격증이 거리를 두고 내걸린 일반 음식점 영업 허가증과는 격이 다른 조리사의 자부라는 것도 알게 되었다. '복어 한 마리에 물 서 말'이라는 옛말이 있고 치명적인 독이 있으니 물을 아끼지 않고 씻고 또 거듭 씻으라는 경고라는 것도 그때쯤 들었다. 나중에 정보로 밥벌이로 하는 사람이 되어 골목이 깊은 복어 요릿집에서 한 사람과 마주 앉았던 낮에 그 말이 떠오른 적이 있었다. '물 서 말이 필요한 게 복어뿐은 아니구나' 건너보며 생각했다. 웃는 낯은 거두지 않은 채였다.

# 당신이 만약
# 퇴사를 꿈꾼다면

얼마간 다른 나라에 가서 살아 보고서야 집 안에서도 신발을 신고 사는 세상이 있다는 것을 알았다. 그러나 나는 맨발 아니고는 온전히 집에서 쉬는 것 같지 않았으므로 그 나라에서도 현관에 신발을 벗어두었다. 사실 우리나라에서는 집뿐만 아니라 직장에서도 신발은 처음부터 벗어 두었다. 그때는 내가 직장 생활을 시작했던 도시가 우리나라 신발 산업을 선도하던 곳이어서 그런 줄 알았다. 대량생산으로 흔했던 플라스틱 실내화 한 켤레쯤은 어디에 발령을 받아서 가도 무상으로 제공되었다. 시간이 지나 서울로 발령을 받고서야 그게 그 지방에서만 누리는 호사가 아닌 걸 알게 되었다. 모두 실내화 하나는 책상 밑에 두고 있었다. 시간이 더 흘러 외국에서 일하면서 이런 우리 직장 내 맨발의 문화가 다른 나라에서는 찾아

보기 힘들다는 것을 알았다. 그래서 출근하면 신발을 모셔두고 실내화로 갈아 신는 우리 직장 내 풍습의 기원이 궁금해졌던 것 같다.

먼저 나는 이런 풍습에 경제적인 배경이 있을 수 있다고 생각한다. 실내화가 출퇴근길에 신는 신발을 아끼기 위한 용도로 사용되기 시작했다는 가설이다. 가난했던 시절 한 해 한두 번 명절에나 '새 신을 신고 뛰어보자'라던 우리나라의 국가 경제 성장의 단계와 신발을 포함한 제조품의 후진적 내구성에 비춰 보면 어느 정도 설득력이 있지 않을까? 나중에 고속 성장의 그늘이 드리울 것을 몰랐던 때이므로 누구나 경제성장의 곁불을 쬐며 일자리는 흔했고 더 이상 고무신을 신지 않아도 될 만큼 살림살이는 피기 시작했던 때였다. 다만 몸서리쳐지던 가난을 잊기 어려웠기에 은행 적금을 꾸준히 붓기 위해 근검절약하기로 하고 직장에서는 새 신발을 책상 밑으로 감추어 그 수명을 보전하였다는 추측이다.

다음은 미신이라 조금 조심스럽지만 문화 인류학적이라는 미명 아래 추론하는 것이다. 직장인이 일터에서 제 신발을 잃어버리는 액을 막기 위해 미리 잘 간수했던 것이라는 주장이다. 귀신을 믿던 우리 선조들은 신발을 사람의 분신으로 여겼고 설 전날 밤이면 신발을 훔치는 '야광夜光'이라는 귀신에 방비해 신발을 방 안으로 들여놓고서야 잠을 청했다지 않는가? 그러니 기복적 문화 행태, 쉽게 말해 '직장에서 잘릴 일은 없어야 한다'라는 평생직장과 정년 연장의 소망이 담긴 행동이라는 막연한 추정이다.

마지막은 지금보다 길었던 과거의 근로 시간이 낳은 행태라는 짐작이다. 노동자의 권리는 북녘 들판에서나 입에 올릴 불경한 것으로 여기던 시대에 산업 역군의 근로시간은 집에서 보내는 시간에 결코 뒤지지 않았다. 그러니 집에서 벗는 신발을 직장에서라고 벗지 말란 법은 없지 않았겠느냐는 말이다.

그러나 이제 세상은 바뀌어 저녁이 있는 풍경이 정치권의 공약이 되고 주 52시간이 일하는 시간의 상한으로 법으로 정해진다니 지금도 서울의 직장인들이 출근해서 실내화로 갈아 신을 이유나 관행이 남아있는지 궁금하다. 퇴사자에 의한, 퇴사자를 위한, 퇴사자의 팟캐스트가 생겨났다는 소식을 접한 적이 있는데 밀레니얼 세대라는 꼬리표를 단 그들은 떠난 직장에 대해 신발을 벗어둘 곳으로 여기기나 했을까? 좀비라면 모를까 야광 귀신을 믿지 않게 된 세대이니 일자리를 바라보는 생각의 결도 달라졌음은 분명하리라. 멀티태스킹이 가능한 인류라고 하니 한눈파는 것을 죄악시하는 평생직장의 문화는 그들에게 고루할 것임에 분명하다. 게다가 단군 이래 최고의 수월성 교육을 받은 이들인 만큼 직장에서 누구든 '나의 미래'로 여겨 희망의 전거가 되어줄 수나 있을까? 배울 것이 없는 사람들에 둘러싸여 하마터면 평생의 절반을 보내게 될지도 모른다는 예언은 누구에게나 소름 돋기 충분하다. 세대는 비록 다르지만 토마스 에릭슨이 쓴 〈등신들에 둘러싸여Surrounded by idiots〉라는 책을 제목만 보고 집어 든 충동 구매했던 나로서는 이들의 불안감에 어느 정도 공감하는 지점이 있다.

그래서 직장 내 맨발의 시대를 지나온 나는 이러저러한 이유를 들어 퇴사를 꿈꾸는 이들에게 자신이 신발을 벗어 책상 밑에 두는 습관은 없는지 가장 먼저 확인할 것을 권한다. 행여 그런 부류에 속한다면 우선 출근해서 실내화로 갈아 신지 말아야 할 텐데 이는 자신만의 삶과 밥벌이의 경계를 유지하기 위해서다. 그리고 잘 닦고 나선 출근길의 구두를 단정하게 신은 채 행여 광택을 낸 자리에 생채기가 생기지 않았는지 들여다보듯 신중한 몸가짐으로 때때로 자신의 현재를 관찰하시라. 이런 일상 속에 '등신들에 둘러싸여' 있다는 확신이 들면 스스로 그때쯤 같은 사람이 되어도 감내할 만한지 묻고 또 물을 것, 그 답에 따라 용기를 내어 행동으로 옮길 것도 이어서 권한다. 물론 그다음에 좇아올 답과 행동, 그로 인해 짊어질 짐은 온전히 자신이 감당할 몫이라는 현실 감각을 앞선 질문들의 답과 반대되는 추에 올려 저울의 수평을 살피는 것이 마지막이다. 이때 함께 되새겨볼 게 있는데 11세기 이후 십자군 시대에 걸쳐 기사와 의사를 겸업한 수도회로 알려진 성요한병원기사단의 옛 성채, 지금의 시리아에 있는 크락 데 슈발리에의 벽에 새겨져 있다는 경구가 바로 그것이다.

'비록 네가 유복한 출신이거나 지혜롭거나 외모가 아름답다고 하더라도 네가 자부심을 드러낸다면 이 모든 것이 추해진다'

내 눈으로 본 것은 아니나 의료인인 데다 신앙인, 그리고 무인이기도 했던 역대급 스펙 강자인 그들이 스스로를 돌아보기 위해 오가는 벽의 눈길 닿는 데에 써 놓은 문장이라고 한다. 그들이 그만큼 경계할 필요를 느꼈던 마음가짐이라면 '등신들에 둘러싸여' 있다는 현실 인식에 이른 누구에게나 이 문장을 읽고 자답해볼 쓸모가 있지 않을까? 끝으로 하나 더 뱀 발을 달자면 끝내 무너지지 말고 아프게 고민하고 깊이 성찰하시라는 것. 그리고 영화 〈콜 미 바이 유어 네임〉에서 첫사랑에 힘겨워하는 열일곱 엘리오에게 남다른 아버지 펄만 교수가 건넸던 말, '네가 겪는 고통이 부러울 리는 없지. 다만 그 고통을 겪고 있는 네가 부럽긴 해'라는 생각에 공감할 나이는 종래 다가올 것을 믿어 의심치 말기를, 그때쯤 우리 모두 등신이 되어 있거나 그러지 않거나.

# 90년생이 오는 길에 대한 연민

그 친구들은 종로학원 출신이라고 했다. 경찰대학에 입학해 동기로 처음 만난 인연들 가운데 세상의 풍파를 좀 더 겪은 듯 여겨지는 모습들이 있었다. 시간이 지나며 내막을 들어 알고 보니 그랬다. '종로학원'이라고 했으니 어순에서 앞서기도 했거니와 서울 토박이가 아닌 나로서는 우선 '종로'만 귀에 들어와 순간 '김두한'이란 단어가 머리에 떠오르더라는 건 부끄러움을 모를 나이가 된 지금에야 고백한다. 다만 종로의 뒤에 따라온 '학원'이라는 단어가 더 낯설었다고 해도 과언은 아니다. 그도 그럴 만한 것이 나는 그때까지 학원이라는 것을 한 차례도 드나들어 본 적이 없었다. 중고등학교 시절 모든 수험 생활을 학교 안에서 섭렵하고 단번에 대학이란 곳에 합격했던, 요컨대 운이 좋은 아이였기 때문이다. 단판에 승부를 보지 못했다면 나도 종로학원이라는 곳에서 재수할 형편이 되었을까? 지금 생각해 보면, 아찔한 느낌이 든다.

물론 그것은 나만의 운은 아니었고 같은 시기를 보낸 세대가 공유한 시운이라고 해야 할 것이다. 1980년 나라를 들었다 놓았다 하던 국가보위비상대책위원회라는 곳에서 '7 · 30 교육개혁조치'라는 것을 발표하면서 재학생의 과외 교습과 입시 목적의 재학생 학원 수강을 금지했던 후광을 입었다. 그 무렵 중학교에 들어갈 때부터 중고등학교 내내 과외가 불법인 세상에 살았다. 그 이후에도 과외 금지법이 위헌 판결을 받기 전까지 대학에서 학사 학위를 받았다. 그러고 보면 내가 학교 울타리 안에서 대학 입시를 준비할 때도 종로학원은 명문 재수학원으로 성업 중이었던 것이 분명하다.

이처럼 순정 공교육 세대인 나는 시간이 흘러 소위 이해찬 세대가 국민 바보 취급을 받던 때에도 반대론자들의 토론에 낄 자격을 흔히 인정받지 못했다. '87학번이면 빠지라'는 차별을 농담 반 진담 반으로 들었다. 전 과목을 잘하지 않아도 대학을 갈 수 있다는 복음을 전파하던 그 시절 정부의 실험적 교육 정책이 '내 아이를 버려놓을 것'이라는 주장을 앞세우며 정책 희생양의 탈을 쓴 당시 학부모들이 모인 자리에서였다. 죽은 과외의 사회에서 자란 주홍 글씨를 이마에 새긴 87학번 출신이라면 '니들이 입시를 알아?'라는 힐난과 함께 양들로부터의 침묵을 강요당했던 토론의 장이었기 때문이다. 이러한 차별의 기억은 내 아이가 중고등학교를 다니기에 이른 때에 우리 사회에 만연해 있던 수월성 교육에 대한 반감으로 귀결되었다. 다만 더 이상 남의 일이 아닌 처지가 되었으므로 남들 다 보내는 학원을 '그게 왜 필요하냐?'고 툴툴거리며 '꼭 필요한 곳'만 보내는 웅변 반, 실천 반으로 내 경험칙이 내 아이의 미래에 미칠 영향을 최소화하고 꼰대의 혐의를 쓰지 않으려 했다. 그러니 '이 또한 지나가리라'라는 것을 아는 또 다른 경험칙에 기대어 다음 세대로 폭탄을 돌리는 비겁함을 감수할 용의가 있었다 해도 변명할 여지가 없다고 하겠다.

다만 90년생이 오거나 이미 와 있는 데다 '1990년대생의 꿈이 9급 공무원인 된 지 오래'인 세태라는 한 베스트셀러 저자의 평가를 참인 명제로 인정하고 보면 그 꿈을 이루려 쪽잠을 자는 곳이 노량진이라거나 그들이 컵밥을 선 채로 먹는 곳이 학원 밀집 지역인 또 다른 사교육 현장의 풍경은 그들의 장래 희망이 된 나랏일을 하는 사람으로서 여전히 가슴이 아프다. '조직의 구성원으로서든 소비자로서든 호구가 되기를 거부한다'라는 같은 책 속의 묘사를 역시 있는 그대로 받아들인다면 꿈을 위해 예외적, 자발적으로 취업 사교육의 '호갱'이 된 배경이 당연히 궁금할 법하다. 물론 역대급의 청년실업률에 더해 번듯한 일자리마저 줄어드는 추세인 데다 아버지 세대는 정년을 연장하고 AI는 인간을 대체할 거라고 하니 옴짝달싹 못하며 나고 자란 사회를 '헬'로 부르는 데서 그 답을 찾을 수밖에 없다. 그러니 구원받기 위해 십일조를 내듯 탈지옥의 복음을 좇아 수강료와 월세를 꼬박꼬박 수탈당하는 그들의 처지를 눈여겨보자면 합격을 약속하는 어지러운 취업 학원의 간판이 모두 가난하던 시절 달동네의 불 밝힌 붉은 십자가처럼 애달픈 감상을 일으킨다.

공정의 가치를 어느 세대보다 굳게 믿는다는 90년대생이라지만 결국 우리 사회에서는 단군 이래 수월성 교육의 시대를 거쳐 온 이들이기에 찰스 다윈의 적자생존 원칙이나 니체의 권력의지와 삶에 대한 긍정을 행동의 동기로 삼는 경향이 없지 않은 것으로 보인다. 이타주의적인 약자에 대한 연민을 기독교 성인의 건강하지 않은 자기 비하로 몰아세운 니힐리즘은 IMF 때 국가부도의 날에 부모와 가정의 몰락을 목도하고 마블 시리즈를 보면서 초인을 동경해온 우리 90년생에게 경쟁의 기준과 과정의 공정에 대한 미신은 강화하되 성공하지 못한 사람은 제힘으로 싸우거나 강자의 권위를 받아들여야 한다고 가르친 게 아닐까? 실패한 자는 징징거리거나 누가 한쪽 뺨을 때리면 다른 쪽 뺨을 돌려대면서 도덕적으로 우월하다고 생각해서는 안 되는 것이다. 싸움은 계속되어야만 한다.

이처럼 이타주의를 건강하지 않은 가치로 치부한다면 서열화 교육에 대한 문제의식은 해소된다. 내가 몸담은 경찰만을 떼어 놓고 보더라도 자식에 대한 희망으로 제일 먼저 같은 이름의 서울우유를 먹는다는 한 대학의 졸업생이 하나라도 경찰에 '입문'하면 많이들 가문의 영광으로 삼으려 드는 것은 물론이거니와 대학을 나오지 않고는 순경 시험에 합격할 수 없는 세태 또한 더 이상 옛날의 경찰이 아니라며 자부의 전거로 삼는 집단 최면 상태를 보이는 듯하다. 그러하다면 서열화된 교육의 성과가 취업의 기회로 이어져야 한다는 전제도 귀납적으로 참이 되겠으나 깊은 불황과 좋은 일자리의 부족으로 학교를 떠나 일자리에 이르기까지의 시간적 간극이 워낙 커져 버렸다. 게다가 대학 교육이 일자리에서 요구하는 직무성과와 연관성이 떨어진다는 고용주들의 오랜 비판까지 더해지면서 취업을 위한 재교육은 선택이 아니라 필수가 되었다. 인터넷 강의를 듣는 밀레니얼 세대의 영리한 소비를 칭찬하는 이들은 여기에도 여전히 비용이 지불되고 치열한 경쟁과 거듭된 실패의 끝자리에는 오프라인 강의가 매복하고 있으며 취업의 길은 과거에 비해 훨씬 멀고 고단한 데다 고비용 장기 투자가 된 지 오래인 현실을 가볍게 여긴다. 돈벌이를 위한 성인의 자기 투자이므로 취업을 위한 사교육은 각자의 부담인 것이 당연하다고 여기고 그 과정에서 소득의 차이가 기회의 균등을 해칠 가능성에 대해서는 애써 관심을 두려 하지 않는 것은 물론이다.

형사소송법을 잘 알아야, 아니 형사소송법에 관해 출제되는 문제를 잘 풀어야 좋은 경찰관이 된다는 증거는 어디에 있는가? 헌법을 잘 이해해야, 아니 헌법에 관해 출제되는 문제의 정답을 더 잘 골라내야 인권을 존중하는 법 집행을 할 것이라는 기대의 합리적 근거는 무엇인가? 버닝썬이 나라를 들썩거리게 한 것을 보면 국민과 여론의 기대는 정직하고 일관된 법 집행에 우선해 있는 것이 분명해 보이는데 많이 배우고 문제를 잘 푸는 순서를 매기는 서열화는 과연 그리들 상찬하는 정답지인가? 대학을 나오지 못하거나 대학에서의 학점이 훌륭하지 못했던 이들의 '공정'이란 사교육을 통해 다시 한 번 기회를 주는 것이라는 항변은 사교육을 경제적으로 감당할 수 있는 소득층위에서나 가능할 텐데 모두에게 과연 공정한 것인가? 공무원의 전문성이 중요하다면 나라에서 오롯이 감당하고 정성을 들여 길러주어야 하는 것 아닌가? 90년생이 온다며 요란을 떨며 미리 대비하는 동안 우리는 오는 길에 있는 90년생이 진 짐을 조금이나마 덜어주기 위해 각자가 할 수 있는 일을 얼마나 고민하고 있는가?

# 격투가의 품격,<br>나랏일의 자부

도널드 카우보이 세로니Donald Cowboy Cerrone는 미국 덴버 콜로라도 출신의 UFC 라이트급에서 이름난 강자 중 한 명이다. 그는 아직 MMA, 즉 종합격투기 단체에서 챔피언에 오른 적이 없으니 절대 고수는 아닌 게 분명하지만, 시합 내내 뒤로 물러나는 법이 없는 직진 파이팅 스타일로 많은 격투기 팬들의 사랑을 받고 있다. 사실 그의 이름 가운데 '카우보이'는 본명이 아니고 미국 남부 출신으로서의 자부심을 담은 카우보이모자를 쓰고 링에 오르는 모습에서 딴 공식 링네임이다. 링아나운서도 선수를 소개할 때면 '도널드 카우보이 세로니'라고 큰소리로 외친다. 이런 도널드 세로니에게는 '카우보이'라는 UFC의 공식 별명 말고도 우리나라 격투 팬들이 붙여준 또 하나의 별명이 있다. 바로 'UFC 공무원'이다. 우리나라에서 만약 그의 시합이 열린다면 그날의 링아나운서가 '도널드 카우보이 공무원 세로니'로 불러주는 편이 더 많은 관중의 환호를 불러일으킬 성싶다.

왜 하필 공무원이냐고? 그 연유를 찾으려면 그의 격투기 전적을 살펴봐야 한다. 그는 또 다른 격투기 단체인 WEC에서 UFC로 갈아타고 2011년 2월에 열린 데뷔전에서 리어네이키드 초크로 서브미션 승리를 거둔다. 그 이후 4개월 만인 6월 두 번째 시합에 나섰는데 그 시합 이후로도 두 달에 한 번씩 경기를 뛰면서 UFC 데뷔 첫해가 다 가기 전 4승 1패라는 전적을 쓸어 담았다. 한 해에 다섯 번의 격투기 시합을 뛰었다는 것이다. 그것도 만만한 파이터 하나 없는 UFC에서 말이다. 2019년 말 현재까지 31번 출전해서 23승을 챙겼으니 앞선 9년간 한 해 평균 3.5번 UFC의 옥타곤 링에 올라 매번 피가 튀고 살이 찢기는 격투가의 삶을 살아내고 있는 셈이다.

부상 정도에 따라 차이는 있지만 격투기에서 훈련과 체중 감량을 거치는 정식 시합을 소화한 후 다시 같은 사이클을 거치기 위한 몸 상태를 회복하는 데에만 3~4주가 걸린다. 물론 시합에서 입은 부상의 정도에 따라 의료진이 경기 참가를 금지하는 기간인 메디컬 서스펜션medical suspension이 정해지면 빠른 다음 시합은 그야말로 물 건너가는 것이다. 그런데 이게 기간을 정해서 내리는 경우 최장 180일, '두고 보자'는 경우 무제한으로 부과되는 경우까지 있다. 다치지 않고 시합을 이어가는 것이 얼마나 힘든 일인지 짐작이

가게 하는 대목이다. 이를 감안하면 이 '공무원'에게는 은밀하게 부상에서 회복하는 자신만의 비법이 있거나 위대하게 싸울 불굴의 투지가 있다는 것에 의심을 둘 여지가 없다. 우리나라 격투 팬들이 이를 상찬하여 '공무원'이라는 별명을 붙여준 것이다. 그래서 그의 이력을 아는 팬들은 세로니의 시합이 잡히면 '출전'이라 쓰고 '출근'이라고 읽는다. 공무원에게는 출전보다는 출근이 제격이라는 것이다.

1983년 3월생인 세로니가 2019년 9월 벌써 그 해 들어 네 번째인 UFC 시합에 나섰다. 같은 스타일의 파이터 저스틴 게이치와 만나는 창 대 창 맞대결이어서 팬들의 기다림이 컸던 경기였다. 공식 계체를 하는 날 한계 체중을 무사히 맞추고 프레스에 짧은 선수 소개를 하기 위해 마련되는 계체 행사장의 무대로 뛰어오르면서 대뜸 내뱉은 세로니의 첫 마디는 이거다.

"나는 내가 하는 일을 사랑한다."

이때 진행자가 '우리는 당신이 일하는 것을 지켜보는 것을 사랑한다'라고 맞장구를 치자 관중의 환호가 이어진다. 다음 날 시합에서 세로니는 1라운드 막바지 게이치의 라이트훅 카운터를 맞고 TKO 패를 당한다. 레프리 스톱이 지나치게 빨랐던 거 아니냐며 판정 직후 항의하는 장면이 있었지만, 둘은 알려진 격투계의 절친답게 결국 어깨동무를 하고 서서 함께 링 인터뷰에 나서는 훈훈한 마지막 모습을 연출한다. '친구를 때려야 하는 게 너무 싫었지만 그게 우리 일'이라던 승자 저스틴 게이치의 인터뷰도 멋짐이 뚝뚝 묻어

나는 데가 있었는데 승리한 친구에게 승자 인터뷰 자리를 넘기며 링을 떠나 '퇴근'하기 전 세로니의 마지막 한마디는 변함없이 '나는 내가 하는 일을 사랑한다'였다. 순간 맡은 일을 사랑하고 그 일을 묵묵히 그리고 쉼 없이 해온 도널드 카우보이 세로니를 하필이면 '공무원'으로 부르고 극진히 아끼는 우리 팬들의 마음을 조금은 이해할 수 있을 것 같다는 생각이 스쳤다. 그리고 어쩌면 출근하고 퇴근할 때마다 스스로 '나는 내가 하는 일을 사랑한다'고 말하는 입버릇이 몸과 마음 여기저기 안팎의 멍을 견디고 아물게 하는 데 조금은 도움이 될지도 모르겠다는 짐작도 함께했다.

다만 개인적으로 팬임을 자처하는 UFC의 격투가는 따로 있는데 라이트급 챔피언이자 28전 28전승을 달리고 있는 러시아 다게스탄 출신 '하빕 누르마고메도프Khabib Nurmagomedov'이다. 지난 2018년 10월 뉴욕 매디슨스퀘어가든에서 열린 UFC 229에서 '왕이 돌아왔다'며 거들먹거리던 전 챔피언 코너 맥그리거를 3회 리어네이키드 초크로 잠재운 27승째의 타이틀전은 격투기를 즐기는 이들이라면 시차 불문 세계 어디서나 지켜보았을 법한 세기의 명승부라고 할 만하다. 나도 물론 팬 인증을 위해 이날 아침 일찍부터 그의 경기를 생중계로 보았는데 이토록 유난을 떠는 이유는 그의 압도적 기량을 선망하기 때문이다. 그는 28승을 거두는 동안 상대한 어떤 유형의 격투가에게도 단 한 순간도 열세를 보인 적이 없는 경기력을 가지고 있다.

두 번째로 눈여겨볼 것은 그의 직업 정신이다. 특히 맥그리거와의 대결에서 이러한 직업 정신은 더욱 그 빛을 발했었다. 맥그리거는 흥분한 팬들을 불러 모으고 장외 심리전으로 상대를 미리 허무는 데 요긴한, 입담과 쇼맨십에 관한 한 천상천하 유아독존이다. 하빕은 그와의 경기에 앞서 자신의 조국, 자신의 아버지, 자신의 종교를 험한 입에 올린 맥그리거에게 그 세 가지는 격투가가 상대에게 지켜야 할 선이 되어야 한다고 엄중하게 설교한다. 프레스 행사장을 가득 메우고 자신에게 일방적인 야유를 보내는 맥그리거의 팬들에게는 '당신들의 꼬마를 박살 내 줄게!'라고 호통을 친 뒤 경기 시작과 함께 일방적인 경기로 승리를 거두었다. 물론 승리 직후 흥분을 가라앉히지 못하고 링 밖의 상대 세컨드로 난입한 것은 옥의 티라고들 말한다. 하지만 시합 직전까지 이어진 맥그리거의 적폐와 금기로 정한 종교를 모욕한 것으로 알려진 사실을 감안하면 마냥 그를 나무랄 수만은 없지 않으냐는 것이 내 편파적인 시각이다.

끝으로는 그의 자부를 들겠다. 러시아 전통 유술인 삼보를 수련하여 이종격투기의 베이스로 삼고 있는 격투가로서 자신의 무술에 대한 자부심을 숨기지 않는다. 링에 오르기 전 자주 입는 티셔츠에 'If Sambo was easy, it would be called Jujitsu'라고 새겨져 있다. 그 뜻은 '삼보가 쉬웠으면 주짓수라고 불렀겠지'이다. 세계 종합격투기의 역사에서 브라질리언 주짓수가 차지하는 아성을 이해하고 보아야 알 수 있는 문장이다. 마냥 터무니없는 도발과는 결이 다른 도장 깨기의 격문 같은 것이라고나 할까? 언젠가 자기 나라인 러시아에서 했던 인터뷰의 한 장면도 소름 돋는다. 시합에서 '상대의 눈을 들여다볼 때 무슨 생각이 드나요?'라고 묻자 싱긋 웃으면서 '내 시합 상대들은 나와 눈을 못 마주치던데'라고 답했다.

카우보이 세로니는 성실함에 더해 물러나지 않는 입식 타격으로 그 팬층이 넓고 두텁다. 반면 하빕의 그래플링 위주 경기 방식에 대해서는 특히 입식 타격을 선호하는 격투기 팬들의 호불호가 다소 갈린다. 다만 나랏일 하는 사람으로서는 세로니의 성실함과 자기애를 오늘을 사는 현재의 덕목으로 되새기는 한편 하빕의 범접 못할 기량과 무도가로서의 철학과 자부는 내일을 향한 미래의 다짐으로 삼을 만한 쓸모를 각각 찾게 된다. 지금 맡은 나랏일에 승패가 따로 있는 것이 아니니 연전연승은 난망하겠으나 누구도 쉽게 넘보지 못할 기량과 흔들림 없는 직업의식을 쉼 없이 가꾸어나가야 하겠다. '나랏일이 쉬웠으면 MMA라고 불렀겠지'라 할 만한 나름의 자부가 끝내 찾아올 것을 믿으며.